中公文庫

ネットリンチ

悪意の凝縮

向井湘吾

中央公論新社

目次

ネットリンチ 悪意の凝縮

ターゲット1　ぬこぬこ映画速報

非日常というのは、日常の薄皮《うすかわ》一枚下に身をひそめているものらしい。その皮がひとたび破《やぶ》れれば、もう一度日常へと戻るのは容易《ようい》ではない。あるいは、二度と元通りにはならない。

北城《ほうじょう》翼《つばさ》にとっての薄皮が破れたのは、やはり、自室の床《ゆか》にパンツと眼鏡《めがね》だけという姿で正《せい》座《ざ》させられた、あのときだった気がする。

ベッドには、その日初めて出会った女が、下着にダッフルコートをはおっただけの姿で腰掛《こしか》けている。女は無様《ぶざま》に正座する翼には目もくれず、スマホをいじっていた。翼のスマホである。カモシカのようにしなやかな足が美しく組まれており、翼は不自然に目を背《そむ》け続けねばならなかった。自身の生白く軟弱《なんじゃく》な四肢《しし》に視線を落とし、身震《みぶる》いする。

「まだ動かないで」女はスマホを、ベッドの上に放り出した。「パソコンのパスは？」

「え、あ、はい」翼は、この小柄な女の言いなりだった。もちろん、翼も若年男性であるからして、腕力で立ち向かえば組み伏せることもできよう。しかし今、切り札は敵《てき》の手にある。

失敗した。おかしいと気付くべきだった。冷静に考えたら、俺なんかがモテるはずない。

今日は、大学の講義《こうぎ》が終わってから、そのままオフ会に直行した。その席で、翼の隣《となり》に座った女は、春谷《はるたに》香織《かおり》と名乗った。セミロングの茶髪《ちゃぱつ》、アイドルみたいにやせた体。利発そうな切れ長の目を持つ、魅力《みりょく》的な人だった。

オフ会に誘《さそ》われるなんて久しぶりだった。その上、こんな美人と出会えたものだから、大いに油断した。家までついてこようとする香織に対し、一片の疑いすらも抱けなかった。

愚鈍《ぐどん》な豚《ぶた》が空を飛ぼうとした結果が、これだ。

「あの……せめて足を崩《くず》してもいいですか」

「ダメ。こんな短時間で壊死《えし》したりしないから、我慢《がまん》してね」

「はい……」

香織は、翼の机に向かって、マウスをカチカチ鳴らした。机の引き出しも、戸棚も、クローゼットもことごとく開けられ、ゲームソフトや小説、漫画《まんが》、ＤＶＤが床にぶちまけられていた。ベッドの上には、香織の服とともに、没収されたスマホと携帯《けいたい》ゲーム機、そしてｉＰａｄが乱雑に置《お》かれている。翼は理由も分からず、作業が終わるのを待ち続けた。

――言うとおりにしないと、「強姦《ごうかん》された」って言って、写真をネットにばらまくから。

この部屋に入ってから、翼は女の肌《はだ》に触れてはいない。シャワーを浴びて出てきたら、いきなり写真を撮《と》られて、犬のようにおすわりしていろと命じられたのである。警察に訴《うった》えれば、恐喝《きょうかつ》で捕まるのは女の方。

だが、現実世界の法則はお守りにもならない。拡散された情報だけが白で、他は黒。それがインターネットというものだ。理屈《りくつ》など通じぬ、おぞましい世界。その中で居場所を守りたければ、今は、大人《おとな》しく正座する以外に選択肢《せんたくし》はない。

似たようなゲームを、やったことがある。

たしか、主人公のことが好きすぎて、独占欲《どくせんよく》をこじらせてしまった彼女――いわゆるヤンデレの彼女――に監禁《かんきん》されてしまうゲームだ。ヤンデレ彼女に支離滅裂《しりめつれつ》な質問をぶつけられ、一つでも選択肢を間違えると、ナイフで刺《さ》されてデッドエンド。彼女の立ち絵が見た目だけは可《か》愛《わい》いから、なんとか完走できたが、そうでなかったら精神崩壊《ほうかい》していただろう。

　あのゲームを、翼はデビュー直後に実況して、ユーチューブに動画を上げた。たしか、一か月で三十再生くらいだった気がする。駆《か》け出しの頃の、ほろ苦《にが》い思い出……。

「他に、ネットに接続できる端末《たんまつ》はあるの？」

「え、えぇと……、これで全部です」思い出から、パンツと眼鏡で正座している現実に引き戻されて、翼はしどろもどろに答えた。状況は、あのゲームよりよほどひどい。

　香織は床に放りだされた翼の服に目を向けた。その上には、彼のポケットの中身がすべて集められている。「童貞《どうてい》かと思ったけど、違ったんだね。ちゃんとゴムも用意してるし」

「……万々が一のために。お守りみたいなものです」

「部屋にはゲームばっかり」

「えっ……あ、はい、一応ゲーム実況者なんで」

「その割には、滑舌《かつぜつ》あんまりよくないね」そりゃあ、こんなアウシュヴィッツで虐殺《ぎゃくさつ》される寸前のような恰好《かっこう》をさせられて、舌なんて回るはずがない。もちろん翼は言い返さず、ただ俯《うつむ》いただけだ。運動不足が見て取れる手足が、また目に映《うつ》る。

　そのうち、香織は自分のスマホを取り出した。「もしもーし。こっちは終わったよ。……ん？ああ、不審な点はなし。……はーい了解《りょうかい》。なら、ウィングはシロってことだね」

　短い通話をして、すぐに切る。シロ？

地球は、相変わらず翼を置きっぱなしにして回っていた。翼が馬鹿《ばか》なのか、世界が狂《くる》ってしまったのか、それともこの女が異常なのか。

香織はようやく、ベッドの上に脱ぎ捨ててあった服に手をかけた。

「あ、キミ、もう正座しなくていいよ」

「は、はい、どうも。……あの、服は？」

「うん、着たければ着ていいよ」

香織は興味なさそうに答えると、細身のデニムに足を通す。翼は部屋の隅《すみ》に丸めて放置されていた部屋着のジャージに、おずおずと手を伸《の》ばした。袖《そで》を通すと、ようやく生きた心地がする。猿《さる》から人間に戻って、心にいくらか余裕ができた。枕元《まくらもと》の目覚まし時計が、日付が変わったことを告げている。「えぇと……もう一ついいですか？」

「ん？　何？」

「実は、今日アップするって予告していた実況動画がありまして……。パソコン使ってもよろしいでしょうか？」

「動画？　この状況で？　キミ、馬鹿なの？」

「え、えぇと、ダメならいいんです。でも、すぐに終わるので……」

及《およ》び腰ながら、翼は食い下がる。自分でも正気《しょうき》の沙汰《さた》ではないとは分かっていたが、こんな非日常に放り込まれてしまったからこそ、翼は日常にすがりついていたかった。

ほとんどダメ元だった。しかし返ってきた答えは、意外にも好意的なものだった。

「あたしが横で監視《かんし》しててもいいんなら、どうぞ」

香織はノートパソコンの前の椅子《いす》を空けた。翼は思わず、頭を下げて礼を言ってしまった。

気を取り直し、ノートパソコンに向き合う。パッと見る限り、データを消されたりはしていないようだ。すぐにユーチューブにアクセス。何百回と繰《く》り返《かえ》してきたやり方で、動画のアップロードを開始した。横倒しの試験管のような進捗《しんちょく》バーが徐々《じょじょ》に満たされ、約二十分間の動画が少しずつ、少しずつ、回線に乗って世界へ解《と》き放たれる。

投稿主《とうこうぬし》の名前――ハンドルネームは「ウィング」。

「ゲーム実況」とは、しゃべりながらゲームをプレイして、ネット上で見てもらうこと。知らない人の目には、得体のしれない黒魔術の儀式《ぎしき》と大差なく映るかもしれないが……。動画サイトの中では、けっこう人気のジャンルである。登場キャラクターの言動に突っこみを入れたり、ちょっとしたテクニックを解説したり。視聴者《しちょうしゃ》からすると、友だちがゲームしているのを横から見ている感覚か。話が上手《じょうず》な人や、プレイがハイレベルな人は、ゲームの魅力を何倍にも引き上げる。

今、アップロードしているのは、ホラーゲーム『クルール・ゴースト』の実況動画パート1。謎《なぞ》の洋館に閉じ込められた主人公が、幽霊《ゆうれい》から逃《に》げつつ脱出《だっしゅつ》を試《こころ》みるパソコンゲームだ。

なんとか、一万くらいは再生されてほしいなぁ……。

「あたし、ユーチューブに動画上げる瞬間《しゅんかん》、初めて見たよ。こんな感じなんだね」

カフェオレをストローで吸《す》いながら、香織が画面を覗《のぞ》き込む。そのカフェオレは、翼が冷蔵《れいぞう》庫《こ》に入れておいたカフェオレではないだろうか。それに、今日はユーチューバーのオフ会だったはずなのだが……。

　言いたいことは、山のように積《つ》み上がっていた。が、アップロード完了を確認すると、翼は黙ってマウスを放した。とにかく、ほぼ予定通りに動画を投稿できた。たとえ、現在進行形で犯罪の餌食《えじき》になっていようとも、楽しみに待ってくれている視聴者を裏切らずに済んだのは、翼にとって救いであった。「終わりました」

「どうしたの？　さっきからかしこまっちゃって。美人と話したことなくて緊張してる？」

　ひっぱたきたい。もちろん、恐喝の材料を増やさぬよう、ただこらえる。

「ええと……香織さ……春谷さん、あの……」

「どう呼んでもいいよ。どうせ本名じゃないし」

「えっ？……じゃあ、香織さん。そろそろ帰ってくれませ……くれないかな？」

「なんで？　本題はこれからだよ？」

「は？」

「貸して」カフェオレの紙パックをゴミ箱に放り込み、香織はパソコンの前に陣取《じんど》った。グーグルで何かを検索《けんさく》する。「ほら、見てみなよ。今夜も〝お祭り〟が始まったよ」

　香織が画面を指し示す。しぶしぶ、液晶《えきしょう》に目を向けると、そこには薄紫《うすむらさき》色の背景、無数に浮かぶ黒・青・緑の文字が映し出されている。暗く、無機質な配色には見覚えがあって、翼は顔をしかめた。ページタイトルは血のように赤く、翼の鼻面にこの世の地獄《じごく》を叩《たた》きつける。

　〝埼玉《さいたま》いじめ事件を糾弾《きゅうだん》するスレ〟

「ええと、これは？」

「先月ニュースになってたでしょ？　高校でいじめがあって、被害者《ひがいしゃ》が自殺《じさつ》した」

「それは知ってるけど、そうじゃなくて……」

「お祭しの通り」宝石的な瞳《ひとみ》を悪夢色に染《そ》めて、香織は気軽に言った。忌《い》むべき名前を、何の躊躇《ためら》いもなく口にする。「『魔女《まじょ》狩り板《いた》』だよ」

翼は小さな頭痛を覚えた。ネットユーザーの中で知らぬものはない、恐怖《きょうふ》の象徴《しょうちょう》。匿名《とくめい》の審問官たちがどこからともなく集まり、現代の魔女狩りを嬉々《きき》として行う、ネット掲示板《けいじばん》。悪趣味極《しゅみきわ》まりない連中が今夜も、真新しい掲示板を立てて蠢《うごめ》いているわけだ。

「キミ、新聞とか読みそうにないけど、ネットニュースくらいは見るでしょ？　だったら知ってるよね？　どんな事件だったか」

「う、うん。もちろん」ツイッターでも、ヤフーニュースでも話題になっていた。被害者は、たしか高校一年生の男子。便器の水を飲まされたり、弁当《べんとう》に黒板消しの粉をかけられたりといったいじめを受けた末、自宅で手首を切った。失血で衰弱《すいじゃく》したところを発見され、救急車で運ばれたが、すでに手遅れだったわけだ。いじめグループの人間は全員未成年であるため、マスコミは一切《いっさい》名前を出していない。

しかし、人の持つ悪意の奔流《ほんりゅう》は少年法などで止められるものではない。

翼は、「魔女狩り板」への書き込みを目で追った。いじめ加害者たちを捕らえんとする悪魔の舌が、縦横無尽《じゅうおうむじん》に駆け巡《めぐ》っていた。

〝７４５：主犯の名前は森口亮司《もりぐちりょうじ》　住所も特定したから貼っとく
　埼玉県さいたま市××区××丁目××
７４６：＞＞７４５　ＧＪ《グッジョブ》！

747：ざまぁ　とことん潰《つぶ》そうぜ
748：二度と社会復帰できないように
749：クソ犯罪者に人権なんてないよ
高校の電話番号も貼っとくから　誰《だれ》か朝イチで凸《とつ》よろ
犯罪者をかばう学校を許すな
750：ガキどもの人生終了で草生える〟

ネットリンチ。それが、この「魔女狩り板」の日常だ。香織が「更新《こうしん》」をクリックするたびに、いじめ加害者の本名、住所、家族構成、両親の職場などが、新たに全世界に向けて発信される。中には、中学の卒業《そつぎょう》アルバムの写真まであった。

ここで晒《さら》された人間の名は、「殺人者」としてネット上に残り続ける。過《あやま》ちを抱えて、名前を検索されることを恐れて生き続けねばならない。匿名の悪魔たちが、それを嘲笑《あざわら》う。

一人の人間を死に追いやったのだから、リンチされても当然なのだろうか。

しかし、それを「当然」と判断しているのは法律ではなく、主観的で身勝手な人間たちだ。

「魔女狩り板」とは通称である。中世の魔女狩りのような理不尽《りふじん》を、現代に蘇《よみがえ》らせてしまった掲示板。ネット民の多くは、恐怖と軽蔑《けいべつ》をこめてそう呼ぶのだ。

目を背けたかった。安全な場所から、生きた人間を散々痛めつけておいて、何が「GJ」だ。

それに、卒業アルバムの流出は、中学の同級生、教師、あるいはその家族が魔女狩りに加担《かたん》していることを示す。人間の心はここまで汚泥《おでい》にまみれることができるのか。

「……吐《は》き気《け》がする」

「うん。それが正常な感覚だよ。キミはヘタレっぽいけど、まともな人だね」

香織の声は、とても落ち着いたものだった。先ほどのオフ会で話したときや、翼を恐喝したときと同じ。血と涙《なみだ》の欠如《けつじょ》を疑いたくなるほどの平静。

「いじめは犯罪。けど、法のルールを破ってまで吊《つ》るし上げていい理由はどこにもない。万引き犯を袋叩《ふくろだた》きにして殺すのと同じで、ただの暴力《ぼうりょく》。キミはそう言いたいんでしょ？」

「う、うん」

「正論だよ。きれいすぎて説得力のない、お坊《ぼっ》ちゃまの正論」

背筋を走る悪寒《おかん》。翼は二、三歩後退《あとずさ》り、ノートパソコンから離れた。香織は、頬杖《ほおづえ》をついて画面を見つめている。「そんな正論吐いたところで、世界はこれっぽっちも変わらないんだよ。キミがへらへら笑ってゲームしている間もいじめは起こるし、魔女狩りは減らないし、誰かの人生が音を立てて壊れていく。そうでしょ？」

「た、たしかにそうかもしれない」

「偽善者《ぎぜんしゃ》と呼ばれたくないなら、行動しなくちゃ」明るめの茶髪を、彼女はかき上げる。「『魔女狩り板』は、日本中の悪意の吹き溜《だ》まり。あたし、この掲示板をぶっ潰そうと思うんだ。だから協力して」

「ぶっ潰す？　本気で言ってるの？」翼は目をむいた。丸腰で狼《おおかみ》の棲《す》み処《か》を攻めようという馬鹿はいない。魔女狩り板に喧嘩《けんか》を売るというのは、そういうことなのだ。

「そもそも、相手は匿名掲示板だよ？　どこの誰が書き込んでいるかも分からないのに」

「そうだね。容疑者《ようぎしゃ》は日本語使用者一億数千万人ってところかな。それから、あたしが敵として想定している数は一万人」

頭のネジが、飛んでいるのではないだろうか。

「一万人のユーザーと戦おうっていうの？　どう考えてもまともじゃないよ」

「まともかどうかなんて、無関係。キミに拒否権《きょひけん》はないよ。ノーって答えたら、ネット上に今日の写真を公開しちゃうから。『強姦魔ウィングの素顔《すがお》』ってね。ゲーム実況者としてのキミの人生は、めでたく終了」

全然めでたくない。視界が暗闇《くらやみ》に呑《の》み込まれていくような感覚に襲《おそ》われた。

「協力って……どうして俺なの？」

「だって、エサにちょうどいいんだもん」

不吉な言葉。具体的に何を意味するのかは見当もつかないが、ろくでもない未来が待っていることだけは、容易に想像ができた。

強姦魔になるか魔女狩り板のエサになるか、二つに一つ。絶望の足音が、さらに高くなる。

「さっき、キミの端末の履歴《りれき》を調べたから。魔女狩り板を利用した形跡《けいせき》は一切残ってなかった。もちろん、履歴を消した跡《あと》もない。それと、キミの馬鹿正直な反応を見れば分かるよ。これまで魔女狩り板に書き込んだこと、一度もないでしょ？」

「そりゃあ、もちろん。あんなところに書き込んで、見ず知らずの人を傷つけるくらいなら、パソコンをハンマーで叩き壊した方がマシだよ」

「だと思った。なら、キミとあたしは敵対しない。エサの資格はそれで十分」

香織は、回転椅子ごとくるりと回って、足を組んだ。他人をエサにしようとしている女——

美女の皮をかぶった恐喝犯とは思えない、優雅な所作だった。

「勘弁《かんべん》してくれよ。魔女狩り板とはかかわりたくないいんだ。エサって、別に俺じゃなくてもいいんだろ？　条件に合う人間なんて、他にもたくさんいるよ」

釣り針《つばり》から逃《のが》れようともがいた。けれど、香織はそよ風ほどにも気にしないようである。画面に目を戻し、カチリカチリと「更新」をクリックする。ネット上で展開される地獄を、じっと見つめている。

「あたしは、キミの持つすべてを利用したいの。交友関係、良心、過去、未来……何もかも。あの腐《くさ》った掲示板を叩き潰すためにね。もう一度言うけど、拒否権はないよ」

翼はさらに後退った。本棚《ほんだな》に背がぶつかり、薄い本が一冊、床に落ちる。

逃げ道を探した。そんなものはなかった。


台風の通過後のように散らかされた部屋を元通りにし、ようやくベッドに倒れ込むことができたのは、深夜三時であった。数時間後には一限《いちげん》があるが、睡眠《すいみん》を愛《あい》する標準的な大学生である翼では、朝八時に家を出るのは不可能《ふかのう》。涙を呑んで自主休講にせざるを得ない。

ひと言の謝罪もなく、台風・香織は出て行った。冷蔵庫からはカフェオレが消え、翼の財布《さいふ》からは香織のタクシー代として諭吉《ゆきち》が消えた。そして、協力を惜《お》しまないことを約束させられた。かつて日本が列強諸国《しょこく》と結んだ不平等条約と同じである。弱者は強者に尻尾《しっぽ》を振ることでしか生きられないのだ。ベッドの中で、翼は疲労の蓄積《ちくせき》した脳を働かせる。

警察に通報するとしたら、何と説明すればいいのだろう。「女を家に連れ込んだら、写真を撮られて恐喝された。部屋に入ってから、俺は彼女に指一本触れていないのに」だろうか。香織からの報復も怖《こわ》い。ネット上に「強姦魔ウィング＝北城翼」のデマをばらまかれてしまう。過去の似たような事件では、あとから本人が否定したって、ほとんど焼け石に水だった。ネット民は「面白《おもしろ》そうな方」を信じるのだ。「ゲーム実況者、ファンを強姦して逮捕《たいほ》される」という見出《みだ》しは、彼らのお気に召《め》すことだろう。翼は、「強姦」という言葉を心の底から憎《にく》んでいるというのに。不本意だが、「通報」という選択肢は捨てた。

香織は、翼の一番大事なものを知っている。翼はゲーム実況者として成功する夢を、捨てたくはなかった。他人には理解されないかもしれないが、実況こそが翼を支える原動力である。

香織はそれを承知の上で、最も効果的かつ凶悪《きょうあく》な手段で翼を脅《おど》したわけだ。

目が冴《さ》えていた。十重《とえ》二十重《はたえ》に織り上げられた暗闇を押し上げ、そっと身を起こす。昨日までと変わらない部屋の底で、昨日とはまるで変わってしまった運命を眺《なが》める。

——魔女狩り板は、まとめサイト「ぬこぬこ映画速報」と提携《ていけい》してるって、知ってた？

協力をしぶしぶ承諾《しょうだく》したあと。香織は試すように尋《たず》ねてきた。無論、翼はそんな裏事情を知るはずもない。

まとめサイトというのは、ネット上で話題になっている事柄を要約し、ユーザーたちのコメントを募《つの》るサイトだ。「ぬこぬこ映画速報」もその一つ。最初はその名の通り、ぬこ——「猫《ねこ》」のネットスラング——が出てくる映画の紹介《しょうかい》ばかりしていたが、だんだんと幅広く映画のレビューを扱《あつか》うようになり、ついには映画と無関係の記事も掲載《けいさい》しはじめた。そして去年くらいから、炎上《えんじょう》ネタを扱い出して人気サイトへの階段を駆け上がっている。

どうせ眠れぬならと、翼は電気をつけ、眼鏡をかけ直した。机上のノートパソコンを立ち上げ、「ぬこぬこ映画速報」のページに飛ぶと、最新記事のタイトルが嫌でも目についた。

〝埼玉いじめ事件の犯人、人生終了wwwwwwww〟

やはり。魔女狩り板での〝祭り〟の概要《がいよう》が、さっそく記事として出来上がっている。気が進まなかったが、タイトルをクリック。埼玉いじめ事件の主犯の名前・住所・顔写真が特定されたことが記されており、ご丁寧《ていねい》に魔女狩り板へのリンクも用意してある。

すでに、記事に対するコメントもついていた。「加害者は全員死刑《しけい》にすべき」「ざまあ」「犯人も自殺すればいいのにな」「生きる価値《かち》なし」。予想通り、犯人グループへの人格攻撃が大半だ。いくつか読んだところで、心が拒絶反応を示し、ページを閉じた。

――「ぬこぬこ映画速報」は、魔女狩り板の〝お祭り〟の様子を毎回速報して、火に油を注《そそ》ぐ役割を果たしているんだよ。

指先に髪をくるくると巻きながら、香織は言った。

事件に関心を持つネットユーザーが増えるのは、魔女狩り板にとっては願ってもないことだ。そして、過激な記事を載せれば閲覧《えつらん》数は増え、「ぬこぬこ映画速報」の管理人の広告収入は増える。両サイトの利害は、一致《いっち》しているわけだ。

さらに、香織が注目したのは「記事の出る速さ」である。まとめサイトはネット上に無数に存在するにもかかわらず、「ぬこぬこ映画速報」は、魔女狩り板の〝祭り〟を常に最速で記事にしているのだ。まるで〝祭り〟がいつ起こるのか、あらかじめ知っているかのように。

いや、「実際に知っている」というのが香織の予想だ。そう、魔女狩り板はぬこぬこ映画速報と癒着《ゆちゃく》して、相互《そうご》に利益――魔女狩り板にとっては話題性、ぬこぬこ映画速報にとっては閲覧数――を得ているというのだ。いまだ、憶測《おくそく》の域《いき》を出てはいないが……。

――キミ、「ぬこぬこ映画速報」の管理人に会ったことがあるんでしょ？

翼は驚き、息が止まるかと思った。自分しか鍵《かぎ》を持たない記憶《きおく》の部屋に、赤の他人が入りこんでくる。気味の悪い体験だった。

――二年と少し前。キミが大学一年生だった年のオフ会で、管理人「にょ次郎《じろう》」がキミの隣に座った。その直後くらいから、「ぬこぬこ映画速報」はだんだんと有名になったんだよね。キミはそのことを裏アカで自慢してた。ホント、みっともない人だね。

――ど、どうしてそんなこと知ってるの？

――非公開だから安全だと思った？　頭の中にお花畑でもあるんじゃない？　裏アカ探しなんて初歩の初歩だよ。それに、お友だちがキミに送ったリプから、キミのツイートの中身も簡単に推測《すいそく》できるんだから。お友だちの中には、公開アカの人も多いでしょ？

恐ろしいことを、楽しげに語る香織。彼女の暗い笑顔を思い出しながら、翼は身震いする。

そして、パソコンから裏アカウントにログインした。ウィングとしての本アカウントと違い、画面いっぱいに流れるのは、日々の内容のない独《ひと》り言《ごと》や、友だちとの他愛《たわい》ないやり取り。上から下へ、川のように。生活排水《はいすい》をたっぷり含んだ、どぶ川のように。

翼の裏アカをフォローしているのは、知り合い六十二人。今までは、鍵のかかった部屋の中で、六十二人と好き勝手に雑談《ざつだん》し、愚痴《ぐち》をこぼし合い、くだらないことで笑い合っているだけだと思っていたけれど。実はすべての壁がガラス張りで、他人からも丸見えだったわけだ。いや、そもそもこの六十二人の中にだって、知り合いのフリをした他人が紛《まぎ》れ込んでいても、きっと翼は気付かない。

信じた世界のメッキがはがれ、息が苦しくなって、翼はノートパソコンをたたんだ。

——あたしは、キミの持ってるにょ次郎とのコネを利用して、魔女狩り板の主要メンバーをあぶりだす。そのために、あたしの言う通りにして。

香織が帰り際に放った言葉が、鎌首《かまくび》をもたげる。

——それにね。あたしの手伝いをすると、キミにもメリットがあるんだから。

メリット。それは翼を走らせるために吊るしたニンジンなのか。それとも、魔女狩りたちが隠《かく》している金銀財宝なのか。話の底は、いまだに見えてこない。


茶色と黒の無数の頭が、大河《たいが》のように銀杏《いちょう》並木を流れている。黄金色に染まった扇《おう》形《ぎ》の葉が、風が吹くたびに雨のように降る。講義後の解放感が会話に弾《はず》みを与《あた》え、昼休みのキャンパスを賑《にぎ》わしていた。枯葉《かれは》を踏みしめる音が、どこか切ない。

「飯と交換《こうかん》」人の波に乗って食堂へと向かいながら、茶髪の男——瀬川幸平《せがわこうへい》は人差し指を立てた。「『言語科学』のノート、飯おごってくれたらコピーしていい」

「分かったよ」隣を歩く翼は、仕方なく了承する。一限を休んだのにには事情があったわけだが、まさか「女に脅されたせいで、睡眠時間が足りなくて」などと言うわけにもいかない。

二人は黄金の雨が降る並木を通り抜けて、食堂の自動ドアをくぐった。中は祭り会場のように人でごった返していたが、うまい具合に二席空いた。翼は二人分の金を払って注文を済ますと、丼《どんぶり》を載せたトレーを手に空席に腰を下ろした。幸平も、あまりきれいではないテニスバッグを足元に下ろしてから、席につく。

「北城翼らしくない。なぜ一限をサボった？」

「別に。普通に寝《ね》ぶっちだよ。目覚ましを止めちゃってね」

「ふぅん、そうか」幸平は、それ以上は興味なさそうな様子で、勢いよくカツ丼を食べはじめた。翼も遅れて、自分の親子丼に箸《はし》をのばす。

「やはり、人の金で食うカツ丼はうまい」

「嫌な言い方だなぁ」

「まずいと言われるよりずっといいだろ？」

「まあ、そうだけど」

「助かるよ。今月もカツカツなんだ。デート代捻出《ねんしゅつ》のために餓死《がし》するところだった」

「さりげなく惚気《のろけ》るのはやめてくれ」

翼が鶏肉《とりにく》をもぐもぐと咀嚼《そしゃく》している間も、幸平の箸は動き続け、二口、三口と口に放り込んでいる。それにしても、昼飯代がなかろうが、髪やファッションに一切の妥協《だきょう》が見られない点は、いつものことながら感心してしまう。

幸平は、見る見るうちにカツ丼の四分の三ほどを一気に食べてしまった。そして、思い出したように手を止めると、なぜかスマホのカメラを翼に向ける。

パシャリ

何の準備もしないまま、箸を口に入れた瞬間を撮られてしまった。

「な、なんだよ、急に」

「すまない。誰と飯を食っているか、彼女に送ることになっているんだ」

「え……？　毎食？」

「まさか。そんなことをしたら、俺は病気になってしまう。訊《き》かれたときだけだ」

幸平は、作り物みたいに整った顔をほとんど動かさずにスマホを操作《そうさ》すると、また箸をとった。カツ丼の残りを、勢いよくかきこむ。

同じ文学部、同じゼミ、同じ埼玉県出身だから、たびたび食事をともにするようになったものの……。幸平は、冴えないインドア系である翼とは、まるで違う人間だった。端整な顔立ちに、明るい茶髪。あの無造作に見える髪も、きっと流行に合ったセットをしているのだと思う。翼なんて、変に髪を伸ばしたりいじったりしてやらかすことを恐れて、床屋では「適当に短くしてください」を中学の頃から貫いているというのに。

彼女は、略奪されないか不安なのだろう。幸平の人となりを知っていれば、心配ないと分かりそうなものだが。それにこの男は、一人暮《ぐ》らしする金がないから、わざわざ埼玉の実家から二時間かけて大学に通い、深夜のカラオケバイトで学費を稼《かせ》いでいるのだ。この上で彼女二人分のデート代が必要になったら、きっと過労死するだろう。

「女というのは、難しい」

丼と箸を置き、幸平はお冷に口をつける。翼は同意しようとしてから、やっぱり思い直した。女一般についてどうこう言えるほど経験豊かではない。それにどんなに難しくても、香織よりはマシなはず。「でも、もう一年以上続いてるよね。うまくいってるんでしょ？」

「そうでもない。前はこんなこと言ってこなかった。俺が忙しいときほどひどくなる」

「忙しいときは、たしかに困るね。授業も、ゼミも、サークルも、バイトもあるし」

「ああ、サークルは辞《や》めるかもしれない」

幸平はサラッと、重大なことを口にした。翼の箸から、米の塊《かたまり》が丼の中に落ちる。

「そうなの？　またバイト増やすとか？」

「いや。もう三年の秋だ。就活《しゅうかつ》もあるし、スパッと辞める時期が来たと思う。時間ができれば、インターンとかも申し込めるしな」

「へぇ……」

「もちろん、金をもらえるインターンだ」

「そこは抜け目ないね」翼は米を拾い直し、口に放り込んだ。あまり味を感じない。

幸平が所属しているのは、「ＣＲＯＷＮ」というテニスサークル。けっこう自由な雰囲気《ふんいき》で、和気藹々《わきあいあい》とテニスを楽しんでいるイメージだったが。就活があるからって、わざわざ辞めるだろうか。籍だけ置いて、気が向いたら顔を出す、という形もできるだろうに。

「本当に、就職だけが理由？」

「いいや、それだけじゃない」幸平がコップを振ると、氷がカランと鳴った。「俺が入った頃と比《くら》べて、ＣＲＯＷＮもずいぶん変わってしまった」

「変わったって……どんなふうに？」

「旅行と飲みばかりで、テニスなんて今じゃほとんどやらない。来年の新歓《しんかん》では顔セレクするらしい。ただの飲みサーと変わりがない。いや、出会い系と言った方が近いかもしれない」

顔セレク。翼は相槌《あいづち》も打てずに押し黙った。残った親子丼を、機械的に口に運ぶ。

一部の人気テニサーでは、人数を制限するためにセレクションが行われる。セレクションの基準は「顔」。イケメンを集めることで、可愛い女の子を釣ろうというわけだ。正直でよろしい。むしろすがすがしい。ただし、翼には決して好きになれそうにない制度だ。

「それは、辞めるのが正解だね」

「だろ？　金がなくて飲み会に行かない男が、飲みサーに所属する理由がない」

幸平はお冷を飲み干《ほ》すと、またポケットからスマホを取り出した。そちらに熱中しはじめたので、翼は黙々と箸を進める。そして、丼を空にしたとき、幸平の眉間《みけん》に寄《よ》ったしわに気が付いた。「どうかした？　何見てんの？」

「ニュース。最近話題のいじめ事件だ」

心臓《しんぞう》が、大きく跳《は》ねた。最近のいじめといったら、二人の地元である埼玉で起こった、例の事件に違いない。昨日の〝祭り〟で垣間《かいま》見た惨状が、胸をむかつかせる。

「怖いよな、ネットって」

「違うよ」

翼はきっぱりと否定した。幸平が意外そうに眉《まゆ》を上げる。

「怖いのはネットじゃない。その向こう側にいる人間だよ。悪い人間がいなかったら、ネットも怖いものになったりしない」

「……そうかもな」

幸平のつぶやきが、食堂の喧騒《けんそう》の中へ溶けていく。腹の底にどんな考えを宿しているか分からぬ、得体のしれない他人の群れが、二人の周囲で休むことなく蠢き、飯を食っている。

「おーっす、ウィングでーす。『クルール・ゴースト』の実況、今日も元気にやっていこー」

電話対応のオペレーターが使っていそうなヘッドセットを装着《そうちゃく》して、マイクに向かってしゃべりかける。密室、ノートパソコンを前にしているのは翼一人。録画・録音が問題なく進んでいることを確かめてから、翼は明るい声を出した。

「前回はたしか、隠し部屋に閉じ込められていた可愛い女の子を、助けたところでセーブしたよな。洋館に女の子と二人っきりだと考えると、テンションが上がるぜ」

傍《はた》から見たら変人である。一人でゲームをプレイし、一人でしゃべり、それを一人で編集して動画にする。暗い実況は好まれないから、一人で終始明るく振る舞う。

「え、『強盗団《ごうとうだん》に捕まってた』だって？　マジかよ、幽霊の他に、そんな奴《やつ》らもいるのか。せっかく二人っきりだと思ったのに」日常生活では絶対に吐かないようなセリフも、「ウィング」としてゲームを実況しているときは躊躇《ちゅうちょ》なく口にする。時々、自分が二重人格になったような気分になる。いや、実際に二重人格なのかもしれない。

「まあいいや。一緒に行動してれば、ムフフなイベントも待っているはず。吊り橋効果だ」

本当は幽霊よりも、現実の人間の方が怖いのだと、昨日思い知ったばかりだけど。もちろん、何事もなかったフリをしてゲームを進める。視聴者にとって、実況者のプライベートなど関係がない。実況者とともにホラーを楽しんだり、実況者が怖がるところを笑ったり。重要なのはそれだけだ。翼は、一時間分の実況を撮った。途中、道に迷った部分は編集でカットするから、実質四十分くらいか。動画二本分である。窓から入り込んだ夕陽《ゆうひ》がワンルームを血の色に染めていた。

昼休みの間に幸平のノートをコピーし、そのあとに三限を受けた翼は、帰宅してユーチューブを覗いた。『クルール・ゴースト』の実況動画が、半日の間に意外と再生数を伸ばしていた。うまくいけば、自己《じこ》記録を更新できるかもしれない。俄然《がぜん》、やる気が湧《わ》いてきて、パート2とパート3を連続で撮影《さつえい》したわけだ。

ヘッドセットを外して、ウィングから翼に戻る。まだ気分が昂揚《こうよう》していた。カフェオレを飲もうと立ち上がり、昨日、香織に略奪されてしまったことを思い出す。

そのときベッドの上で、着信を得たスマホが震えだした。知らない番号。しばらく黙って、平たい機械を見つめてから、翼は観念して通話ボタンを押す。女の声。

「香織だけど。なんですぐ出ないの？　三回も電話したのに」

「いや、こっちにも都合が……。あと、番号教えてたっけ？」

「パソコンにメール送ったから。今すぐ見てね」一方的な物言い。なんだか胃《い》が痛くなってきた。逆らうわけにはいかないので、翼はのろのろと机に戻る。新着メールが一件。

「添付《てんぷ》ファイルがあるでしょ？　それ、開いてね」

「はいはい、了解」言われた通りに、翼はファイルをクリックする。開かれたのはＰＤＦファイルだった。二十人ばかりの人名が、老舗《しにせ》の喫茶店《きっさてん》のメニュー表よろしく、飾り気のない横書きでずらりと並んでいる。「これは、何？」

「次のターゲット一覧なの。どうやって手に入れたかは、今は言えないけど」

「ターゲットって、魔女狩りの？」

「そうそう。ちなみに、東光《とうこう》大学のテニスサークル『CROWN』のメンバー」

「えっ⁉」斜《なな》め後ろから殴《なぐ》りつけられたような衝撃《しょうげき》だった。急いで、PDFを上から下へ確認する。真ん中辺りに、その名前はあった。

瀬川幸平。

「ほらね？」冷たい機械の向こう側から、楽しげな声が届く。「あたしが言った通り、キミが協力するメリット、あるでしょ？　この人たちの人生を救うことは、キミの退屈でありふれてつまらないけど平穏《へいおん》無事なキャンパスライフを、守ることになるんだから」

「どうして幸平……いや、CROWNが標的に？」

「先週、CROWNの一人がコンパ中に救急車で運ばれたからね。魔女狩り板のメンバーが、空っぽで見せかけだけの正義を振りかざして、サークルのメンバー全員を吊るし上げようとしてるんだよ。リストにある人は、近いうちに個人情報とか過去の悪事とかが晒されることになる。どうせみんな、未成年飲酒や喫煙《きつえん》くらいしてるでしょ？　ハーブとかやってる人もいるかもね。そういうのを一切合財《いっさいがっさい》、ネット上に公開されちゃうわけ。馬鹿なことした代償《だいしょう》を支払うよう、別の馬鹿どもが迫《せま》ってくる。気持ち悪い話だよね」

スマホを当てた耳から、頭の芯《しん》へと痛みが広がる。CROWNが飲みサー化している、と嘆《なげ》いていた幸平の顔が、自然と思い出された。「そりゃあ、辞めたくもなるよな……」

「ん？　何？」

「いや、こっちの話。……それで、CROWNの人たちはどうなるんだろう？」

「う〜ん、相当ひどいことになる、ってのは確実かな。もちろん、前科になったりはしないけど、ネット上には永遠に名前が残る。たとえば就活で最終面接まで行くと、名前をネットで検索されるから、そこでヒットして一発アウト。未成年飲酒をしたり、させたりして有名になった人を、進んで採用《さいよう》したい会社はないもんね」

「このことを、CROWNの人たちは？　早く伝えないと」

「キミ、まだ分かってないの？　伝えたって遅いんだよ。奴らは〝お祭り〟の準備を進めてる。今からツイッターとかフェイスブックを全部削除《さくじょ》したって、もう魚拓《ぎょたく》をとられてる」

翼は押し黙った。頭痛は、すでに痺《しび》れに変わっていた。

ネット上の発言が削除される前に、ページを丸々コピーしておくことを魚拓という。これがあるから、失言を「なかったこと」にするのは難しい。失言を見かけたらとりあえず魚拓をとるような暇人《ひまじん》が、ネット上にはウヨウヨ棲息しているのだ。

「状況、分かった？　魔女狩り板の頭を叩く以外に、お友だちを救う手はないよ」

翼に選べる道は一つだけ——崖下《がけした》へ続く一本道だけだった。

「分かったらあたしが言う通り、にょ次郎に連絡《れんらく》して。今すぐ」

自動ドアをくぐって、店内を見渡す。平日だけあって、学生と思《おぼ》しき若者と、主婦らしい女性客が多い。その中で、まとめサイトの主を見つけるのは容易だった。

「よぉ、ウィング。ずいぶん久しぶりだな」

「にょ次郎、もう来てたんだね」

片手を上げて、翼は髪をツーブロックにした男に歩み寄った。ファミレスの隅の四人席に陣取り、二人分のソファを使ってくつろいでいる巨漢《きょかん》。筋肉の上に脂肪《しぼう》が乗ったその体は、前に見たときよりも膨《ふく》らんだようだった。あえてそのことには触れず、なるべく自然な顔を意識して、向かいに腰を下ろす。

「ごめんね、急に呼び出しちゃって」

「いや、いいってことよ。俺だって懐《なつ》かしかったからな」

にょ次郎は、口を大きく広げて笑った。そして、翼がメニュー表を広げた瞬間に呼び出しボタンを押してしまう。慌《あわ》ててページをめくっている間に、店員が来た。

「ハンバーグとドリアと、チョコパフェをくれ」

「あ、ええと……俺はペペロンチーノを」

「……さて、友との再会に、乾杯《かんぱい》だ」

にょ次郎は大袈裟《おおげさ》な動作で、店員が置いていったお冷を掲げた。恥《は》ずかしかったが、翼も結局、コップを手に取る。打ち鳴らすと水が少し跳ね、テーブルを濡《ぬ》らした。

にょ次郎は、お冷をグイッと一気に飲み干してしまう。

「大学三年だよな、留年してなければ」

「してないよ。そっちは？」

「ギリギリ助かってる。けど、前期はかなり危なかった。やっぱり、毎日映画館に行ったのが良くなかったかな。金も時間もどんどん飛んでいっちまったよ」

にょ次郎は氷を嚙み砕いた。さっそく、ハンバーグの付け合わせのサラダが運ばれてきたが、彼はぺろりと一瞬で平らげてしまった。

にょ次郎は高校時代、ラグビーをやっていたらしい。運動をやめても食欲が変わらないから、筋肉に加えてどんどん脂肪が蓄積されている。二度目に会ったオフ会は焼肉《やきにく》だったが、翼の三倍ほどの肉と米を食べていたのを覚えている。

この日も、注文した品がすべてそろうと、その四分の三がにょ次郎の食事であった。

「ウィング、彼女は？」

「前に会ったとき、別れたって話はしたよね。あれっきりフリーだよ」

「俺も似たようなもんだ。あーあ、空から女の子が降ってきたらいいんだけどなぁ」

「アニメの世界に行きたいって、思うときあるよね」

「いや、そこまで言ってない。俺は、オカズには三次元しか使わねぇんだ」

「そんな情報いらないよ。それに降ってきたとしても、君はパズーじゃなくて親方だ」

「なんだと？　だったらお前はアイツだ。……ええと、そう、アンリ」

「え、誰？」

「ドーラ一家の末っ子。兄弟の中で唯一《ゆいいつ》、髭《ひげ》がないヤツ」

「知らないよ、マニアックすぎる。劇中で名前呼ばれてないでしょ」

「ドーラ一家の名前は、小説版に出てくるらしい。俺もネットで知っただけだが」

にょ次郎はしゃべりながらも、むしゃむしゃと食う。翼もフォークを動かしつつ、気軽に応じた。幸平とは、世界がひっくり返ってもこんな話はしないだろう。ネットで知り合った友だちというのは、大学の友だちとはまた違った近しさがある。共有するスペースがキャンパスなのか、SNSや動画サイトなのか——異なるスペースで生きる人には、異なる自分をさらけ出すことができた。どちらかというと、ウィングに近い自分。

会話は弾んだ。けれども、使命を忘れるわけにはいかなかった。

にょ次郎は友人だが、魔女狩り板の炎上に加担している可能性もあるのだ。

翼はペペロンチーノの最後の麺《めん》を咀嚼し、お冷で流し込む。

「ぬこぬこ映画速報、調子がいいみたいだね」

「おうよ」と、にょ次郎は思いのほか嬉《うれ》しそうな顔をした。早くその話をしたかったのかもしれない。ぬこぬこ映画速報が有名になってから、にょ次郎に会うのは初めてだったから。チョコパフェの生クリームを、うまそうに口に運ぶ。

「おかげさんでな、学費と生活費を引いても、十分なお釣りがくるくらいには稼げている。最近では、映画の記事がおまけくらいになってるのが不満だが」

「すごいよ。個人でそこまでやれるなんて」

「嫌なことも多いがな。『アフィカス』呼ばわりされたりさ」

にょ次郎の大きな口が、かすかに歪《ゆが》む。パフェを崩すスプーンの動きも、止まっていた。

「アフィリエイトで生活しているカス」。まとめサイトで広告収入を得ている人に対する蔑称《べっしょう》だ。まとめサイトの中には、人が書いた記事を無断転載したり、キャッチーなデマを平気で流布《るふ》したりするものも多く、そういう手段でアクセス数を稼いでいることが、「カス」と呼ばれる要因になっている。

にょ次郎は、いつも転載許可を取ってから記事を作っている。だから、受け取っているのは正当な対価なわけだけど、傍から見ると、「ネット上の情報を切り貼りしている」という点で、他の違法サイトと大差ないらしい。

「俺は学生だがな、自分で学費を稼いでいるんだ。そこらの無軌道大学生よりずっとマトモだ。まとめサイトは俺の仕事だと思ってるし、やりがいもある。日本中の人に、俺の記事が届くわけだからな。いつか『ぬこぬこ映画速報』を、日本一のまとめサイトにしてやろうと思ってる。もちろん、合法的なやり方でだ」

両目をギラギラと輝《かがや》かせ、にょ次郎は語る。

「『転載ばっかりで、楽な仕事』だとも言われるけど、自分一人の力で金を稼げる人間はいないんだ。営業は他人が作った物を売る仕事だし、研究開発だって、先人の知恵《ちえ》をふんだんに使う。なのに、俺たちまとめサイトの管理人だけは『アフィカス』と罵《ののし》られる。どうにも理不尽だ。そんな偏見《へんけん》、跳ね返してやる。俺はやるんだ。やってやるんだ」

世間に対する怒りが、巨体からにじみ出ていた。翼は気圧《けお》され、唇《くちびる》をお冷で湿《しめ》す。

情報を編集して公開し、正当な広告収入を得る——多少の偏向も含めて、新聞や雑誌も普通にやっていることだ。合法。もちろん、魔女狩り板との提携の件を除けば、である。

まとめサイトは罵倒《ばとう》される。反則をしているような目で見られる。出る杭《くい》として打たれる。理不尽だとも思う。同時に、罵倒する側の気持ちも理解できる。自分が上司や部下との板挟《いたばさ》みにされて苦労しているのに、自宅でニュースを切り貼りしているだけで、自分以上の収入を得ている人がいる。足を使って裏を取る努力は他人任せ。嫉妬《しっと》の理由としては十分だろう。

ゲーム実況者だってそうだ。他人が作ったゲームに乗っからせてもらって、人によっては、それだけで生計を立てられるほどの広告収入を得ている。翼は、製作者が許可を出しているゲームしか実況していない。つまり、すべて合法だ。それでも、胸のモヤモヤが消えてなくなるわけではない。

自分は、ゲームにどれだけの付加価値を与えられているのだろうか。

「ああ、悪い。ついつい熱くなっちまった」

「いいよ。俺も同じように思ってる」

翼は、湧き上がる様々な想いを抑えつけた。香織の考えた台本を、頭の中に呼び出す。

「ところでさ、にょ次郎。最近はウェブ漫画のまとめもやってたね。ああいうのは、漫画の宣伝にもなるし、お互いの利益になりそうだよね。提携関係、みたいな」

「ああ、鋭《するど》いな。実は、最近はウェブ漫画家とも提携してるんだ」

「あ、そうなの？」

白々しいセリフ。話題を誘導《ゆうどう》したのだと勘付かれないことを、心の中で祈《いの》る。

まとめサイトに取り上げられると、自然と知名度が上がる。だから、ネット上で活動する個人やグループの中には、まとめサイトと提携したがる人もいるのだ。たとえば件《くだん》のウェブ漫画家は、ツイッターで連載している自分の漫画を、ぬこぬこ映画速報以外へ転載することを禁じている。ぬこぬこ映画速報は独占権を利用して漫画ファンを集め、漫画家はぬこぬこ映画速報の閲覧者に名前を売る。ＷＩＮ－ＷＩＮの関係。

おそらく、魔女狩り板とも似たような関係を持っているはず。翼はゴクリと唾《つば》を飲んだ。

「そういう提携相手とは、どうやって連絡先を交換したの？」

「最初はたいてい、ツイッターでつながるんだ」

「それからライン？」

「いや、パソコンのメールだよ、もちろん。データのやり取りは、やっぱりスマホよりもパソコンの方が楽だ」

「そっか、そうだよね」翼は相槌と同時に、頭をフル回転させた。ここからどうにか、魔女狩り板との提携の話を聞き出さなくてはならない。

　しかし、翼の声が口から飛び出す寸前、にょ次郎が先にこう言ったのだ。

「それより、ウィングの話も聞かせろよ。最近は『クルール・ゴースト』上げてたよな？」

「あ……、え、うん。一万は超えそう」

「もっとデカく狙《ねら》えよ。お前、『ビューティフル・マインド』を観《み》たことは？」

「な、ないけど……」

「ノーベル経済学賞を獲《と》ったジョン・ナッシュの半生を描いた映画だ。面白いぞ？　ナッシュは経済学の常識をまとめてぶち壊すつもりで、一発逆転の大穴を狙い続けた。あのアダム・スミスの理論だって疑ってかかったくらいだ。そして、最後には成し遂げたんだ」

　にょ次郎は、すぐに映画やアニメの影響《えいきょう》を受ける。それでも、口から出るのはいつだって熱い魂《たましい》の言葉なのだ。

「とにかくだ、お前も俺も、そういう気概でなきゃならん。人生は一度きり、足跡を残さないでどうすんだ。あの動画、面白かったぜ？　作業用BGMの代わりにしてる」

「作業用かぁ、ひどいなぁ」

「褒《ほ》めてんだよ。そこは喜ぶところだ」

にょ次郎は、パフェの最後のひと口を味わうと、満足そうに腹をさすった。

それからしばらくの間、実況動画の話をした。にょ次郎は時々、翼の動画を覗いてくれているらしい。直接会ったことは数回しかなくて、連絡だって、ツイッターで時々冗談《じょうだん》を言い合うくらいなのに。素直《すなお》に嬉しかった。

その代わり、魔女狩り板についての質問は、行き場を失って永遠に腹の中。翼が自分の失態に気付いたのは、にょ次郎が腕時計に向かって「ああ、もう行かなくちゃならん」とつぶやいたときだった。

脳内《のうない》で、後の祭りが絶賛開催中《かいさいちゅう》である。嫌な汗が背中ににじむ中、にょ次郎の「会計、別々がいいよな」の言葉に、かろうじて頷《うなず》くことしかできなかった。翼は、にょ次郎と比べてずいぶん安い金額《きんがく》を払い、店内から足を踏み出す。世間では実りの秋が終わろうとしているのに、翼の収穫《しゅうかく》はほとんどゼロであった。

「ウィング、お前は就活するのか？」

「え？　就活？」

「だって、俺たちも冬を越したら四年だぜ？」

「そうだよね。……うん、しなきゃいけないとは思ってる」

「そうか。じゃあ、急にその選択肢を奪われたら、どうする？　つまり、その……就活できない事情ができた、とか」

「事情？　よく分かんないけど、すごく困るな。途方に暮れると思う」

「だよな……」ファミレス前での別れ際、にょ次郎は少し苦しそうな顔をした。その表情の意味が分かったのは、彼の背中が雑踏の中へと消えたあとだった。

「キミ、思ってたより三十二倍くらい無能だね」助手席のシートにもたれて、香織がため息を吐《つ》いた。翼は細い体をますます縮《ちぢ》ませながら、車のエンジンを切る。

「……ごめん。魔女狩り板の話、結局何も聞き出せなかった」

「ん？　ああ、そっちは別に問題ないよ。自宅を特定できたんだから、それで十分」香織はアンテナの伸びた消しゴムサイズの直方体――翼が返却《へんきゃく》した盗聴器《とうちょうき》――を、指の間でもてあそぶ。「問題は運転。こんなに下手《へた》だとは思ってなかったよ」

「ほとんどペーパーなんだ」

「それにしても、駐車《ちゅうしゃ》を五回も失敗するなんて。次からもっとマシな配役を考えないとね」

そう言いながらも、窓の外に油断なく視線を送る香織。道路を挟んだ向かい側で、マンションのエントランスが温かな明かりを灯《とも》していた。

あれが、にょ次郎のマンション……。

食事が終わると、駐車場に待機していた香織は単独でにょ次郎の尾行《びこう》を開始。大学で講義を受け、秋葉原《あきはばら》をぶらぶらする彼をつけて、マンションを特定したのだ。しかも、にょ次郎の直後にエントランスをくぐることでオートロックを突破。部屋番号まで暴《あば》いてしまった。

翼は、九時間の待ちぼうけを食ったあとで、知らせを受けて、預かっていた香織の車で馳《は》せ参《さん》じたわけである。途中、何度も道に迷ってしまったが。

「それで、後ろに積んである大荷物は何？　まさかキミの抱き枕ってわけじゃないよね？」

「ええと、張り込みだって聞いたから、時間あるときに実況撮ろうかと思って」

「そんなことできるわけないじゃん。どんだけ頭悪いの？」あんパンの袋を破りつつ、香織はきれいな眉を段違いにしてみせた。「これから明日の朝、にょ次郎が大学に出かけるまで、交替でひたすら見張るんだよ。暇なんてない」

「そ、そっか」翼はがっかりして、暗く沈《しず》んだ後部座席をそっと振り返る。わざわざ家に寄って持ってきた機材入りナップザックが、闇の中でもその存在を主張《しゅちょう》している。

夜の十時。街灯は多くないが、住居から漏《も》れる光のせいで、辺りはそこそこ明るかった。脇道に引っ込んで停めたこの車の中からでも、にょ次郎のマンションがよく見える。

「ねぇ、さっき話した感じだと、にょ次郎が魔女狩り板とグルだっていうのが、どうも信じられないんだ。何かの間違いでなければ、深いワケがあるんじゃないかな」

「ワケなんてどうでもいい。ぬこぬこ映画速報が炎上を助長してるのは動かしがたい事実なんだから」

「にしても、一晩中見張るのって、やり過ぎじゃないかな？　朝だけじゃダメなの？」

「朝って何時から？　六時、五時、それとも四時？　それにキミ、彼女いないんでしょ？」

「いないよ。……今は」

「今は。ふぅん……。ま、とにかく外泊で嫉妬する人もいない。徹夜上等」

香織は、あんパンにぱくりとかぶりついた。そのかじり跡は、とても小さかった。

こうして見ると、可愛いんだけどなぁ。諦《あきら》めに似た感情とともに、香織の横顔を盗《ぬす》み見た。

同時に、これからのことを思案する。

にょ次郎が朝早くから出掛けてくれればいいが……下手をすれば十時間以上も車の中で缶詰《かんづ》めになった上で、午前の授業をすっぽかすはめになる。また幸平に、昼飯をおごらないといけないのか。こっちは幸平のために苦労しているというのに。

翼は、自分で買っておいたコッペパンをかじる。

「ねぇ、香織さん。やっぱりにょ次郎は魔女狩りメンバーと、スマホじゃなくてパソコンでやり取りしてると思うの？」

「うん。キミが聞き出した通り、重要な取引相手とはパソコンメールで連絡を取っていると思うよ。ラインなんて乗っ取るのも簡単だし、個人情報ダダ漏れだからね。あの用心深い魔女狩りメンバーが、そんなものを使うとも思えない」あんパンをちょびちょびと食べながら、香織は物騒なことを言う。「にょ次郎のパソコンには、魔女狩り板と連絡をとった痕跡《こんせき》があるはず。そこから、あわよくば芋《いも》づる式に情報を得たいよね。魔女狩り板の『中枢《ちゅうすう》』は四人。にょ次郎は、おそらくその中の誰かとつながってるから」

「四人？　どうして分かったの、匿名掲示板なのに」

「それは、キミが知らなくてもいい話だよ」香織は、半分残ったあんパンを袋に戻した。相変わらず、最低限の情報しか教えてくれない。彼女は口に手を当て、控《ひか》えめなあくびをした。

「あたし三時間くらい寝るから、その間は見張ってて。運転は絶望的なキミでも、目は二ついてるんでしょ？　もしにょ次郎が出てきたら、すぐ起こしてね」

ドアを開けると、香織は後部座席へ移動する。そして、翼のナップザックを足元に下ろすと、シートの上に寝転がった。マンションの前は、人通りもほとんど絶えていた。赤ん坊のような寝息が、かすかに車内に響きはじめる。

にょ次郎がマンションを出たのは、短針がちょうど一周したあとだった。すっかり昇《のぼ》った太陽の下、動き出した街が活気をみなぎらせる。翼は、寝不足で頭の芯が痺れていた。

「ついてこなくたっていいのに」

「そうはいかない。俺はあなたを監視する。もののついでに、預金通帳《よきんつうちょう》をとったりしないようにね」あくびをこらえつつ、翼は香織のあとについて自動ドアをくぐった。住人の女性が外に出るタイミングを見計らい、オートロックを通過。エレベーターを使って七階に上がる。住人の大半が仕事や学校に出掛けたあとのようで、マンション全体がひっそりとしていた。翼たちは、眠った巨人の腹の中を、抜き足差し足で進んでいく。

にょ次郎の部屋は、七階の一番奥にあった。「平田《ひらた》」の表札。二年以上前から知り合いなのに、苗字《みょうじ》を知ったのは初めてである。

翼は香織から、白い手袋と汚《よご》れのないスニーカーを受け取った。二十代前半の女性にしては、香織は手慣れすぎていた。ドアの前で、彼女は大きなショルダーバッグを開き、二つの工具を取り出す。先がくちばしみたいに曲がったその工具を、翼は刑事ドラマで見たことがあった。一分弱。脱いだ靴《くつ》を鞄《かばん》に詰め、スニーカーの紐《ひも》を結び終える頃には、ピッキングは完了していた。プライバシーの扉《とびら》を開けると、普通のワンルームが姿を現《あらわ》す。漫画やＤＶＤ、服がごちゃごちゃと積み上がっていて、お世辞《せじ》にもきれいとは言えない。テレビの横には、ゲームのコードがジャングルのツル植物みたいに絡《から》み合っていた。枕元に置いてあるティッシュ箱と、表紙にやたら肌色が多い百合《ゆり》同人誌は、見なかったことにした。

空き巣《あす》に加担している自分を発見して、翼の頭はまた痛む。

「すぐ終わらせるから。キミはカーテンの隙間《すきま》から、エントランスを見張ってて。万が一、ってこともあるからね」テキパキと指示を出すと、香織は迷いなく、デスクトップ・パソコンの電源を入れる。翼は言われた通りに、カーテンを細く開けた。ミニチュアみたいな人がまばらに見えるが、見分けがつかないほどではない。

にょ次郎は、五分ほど前に出て行ったばかりだ。それは分かっているのだが、心臓が不安で潰れそうになる。

「うーん、やっぱりパスワードいるよね」香織は手袋に包まれた指をこめかみに当て、空色のロック画面を前にして片頬を膨らませた。「ま、にょ次郎もアホじゃないってことか」

「ど、どうするの？」

「このUSB、ちょっと拝借《はいしゃく》」彼女は、机の隅に放置されていたUSBメモリを取り上げた。それを、バッグから引き出した自分のノートパソコンに接続する。

何かを自分のパソコンから、にょ次郎のUSBにコピーしているようだが……。

「それ、何のデータ？」

「ウイルスちゃん」

「ウイルスちゃん⁉」

「ほら、通りから目を離さないで」進捗を示す緑のバーを見つめながら、香織は言った。翼は慌てて、地上のミニチュアに視線を落とす。背中に、楽しげな声が飛んできた。

「ウイルスちゃんを仕込んだUSBをパソコンに挿《さ》しておけば、にょ次郎がパソコンを起動した瞬間、感染《かんせん》するわけ。そうすると、あたしが彼のメールソフトを遠隔《えんかく》操作できるようになる。わざわざ特注した新型だから、ウイルス対策《たいさく》ソフトの網《あみ》だって抜けられるよ」

翼は、卒倒しそうだった。遠隔操作――以前、社会全体に衝撃を与えた凶悪なウイルスだ。パソコンが意図せず悪事の片棒《かたぼう》を担《かつ》ぐことになって、誤認逮捕される人が続出した。

「感染させたら、あとは簡単。遠隔操作で魔女狩りメンバーにメールを送って、そいつもウイルスちゃんに感染させる。ベタな方法だけど、偽物じゃなくて本物のアドレスから送るわけだから、まず気付かれないよ。キミだってこの前、あたしが送ったメールの添付ファイル、何の疑いもなく開いたでしょ?」

たしかに、そうだ。人は、知っている差出人から来たメールを疑いはしない。実際にメールを打つ姿を見たわけでもないのに、画面の向こうに知った相手の顔を幻視《げんし》する。少し前にはびこっていたラインの乗っ取り詐欺《さぎ》とか、基礎《きそ》年金番号の流出事件とかは、そうした心理の隙を突いたものだった。「あのさ、これって犯罪だよね?」

「不法侵入《しんにゅう》しておいて、今さら何言ってんの?」

「たしかに、そうだけど」

「魔女狩り板のやること、見過ごせないでしょ? だったら、誰かが汚れるしかない。これは悪人を裁《さば》くための必要悪……」

「あっ!」

翼は、香織の言葉を最後まで聞かなかった。窓の下の地上……角を曲がって、巨体が現れたからだ。目を瞬《しばたた》いてから、また凝《こ》らした。見間違いではない。

「もう帰ってきた！」自分の叫び声が、他人の悲鳴のように冷淡《れいたん》に鼓膜《こまく》を震わせた。顔から、血の気が引いていく。「や、やばいよ、どうしよう！　忘れ物でもしたのかな……！」

「うん、割とヤバいね」

香織は、自身も窓からにょ次郎の姿を確認し、彼がこのマンションへと吸い込まれるのを見届けると、ノートパソコンを抱え上げた。ＵＳＢは挿されたまま。進捗は……あと二十秒。

「ここは一番奥の部屋だから、どこかでにょ次郎とすれ違う。あたしはいいけど、キミは鉢合《はちあ》わせしたらまずいよ」

「顔を隠せば、大丈夫《だいじょうぶ》じゃないかな？」

「そうかもしれない。そうじゃないかもしれない」これまでで一番真剣《しんけん》な顔つきで、香織は言った。ノートパソコンを抱えたまま、玄関《げんかん》へと足早に進む。翼も追いすがった。

「ちょっと待ってよ、どうする気なの⁉」

「あたしは、先に外へ出る」

「俺は⁉」

「あたしが出たら鍵かけて、ＵＳＢをパソコンに挿す。簡単でしょ？」

「そうじゃなくて、俺はどうやって逃げるかって聞いてるんだ！」

「クローゼットにでも隠れて、やり過ごして。ホラーゲームだと思えば平気だから」

絶望的な提案だった。そして、翼の心中などまるでお構いなしに、香織の腕の中でノートパソコンが作業終了を告げる。香織は、勢いよくUSBを引き抜いた。

「コピー完了！　よろしく！」

香織が投げた親指大のメモリを、翼は両手で受け止めた。同時にドアが閉まり、翼は一人、他人の家に取り残された。しばしの茫然自失《ぼうぜんじしつ》。手の中のUSBと、肩からかけた鞄がやけに重たい。震える手で、内側から鍵をかけた。

自分の頬を、勢いよく平手打ちする。痛みと恐怖が混ざり合い、体に熱が戻ってくる。時間がない。自分は今、刑務所行きになるか否《いな》かの瀬戸際《せとぎわ》なのだ。

目眩《めまい》に耐《た》えながら、翼は室内に取って返した。デスクトップ・パソコンへと歩み寄り、一瞬だけ迷ってから、USBを挿す。

電源を落とした瞬間、玄関の外で人の気配がした。

もし、にょ次郎が忘れ物を取りに来ただけなら、数分間見つからずにいれば……。

翼がクローゼットの暗闇に飛び込んだのと、鍵の開く音がしたのは、ほとんど同時だった。

ドアを開ける音、閉める音、靴を脱ぐ音、足音、水音。すべてが間近に聞こえる。息をひそめる。呼吸や心臓の音が、クローゼットの扉を越えて、相手に届いてしまう気がした。

蟬《せみ》の抜《ぬ》け殻《がら》じみた空っぽの洋服が、頭上からいくつも吊り下がっている。防虫剤の臭《にお》いが充満《じゅうまん》して息が詰まる。鞄を抱えた手が、薬物中毒者のように震える。手を伸ばせば届く位置には一筋《ひとすじ》の光が、極楽からお釈迦《しゃか》様が垂《た》らした蜘蛛《くも》の糸のように、天井《てんじょう》から床まで下りている。

幅一ミリにも満たぬこの光明が、これ以上闇を食い荒《あ》らさぬよう、ただ祈る。

大丈夫。ほんの少しの辛抱《しんぼう》だ。自分自身に、暗示《あんじ》のごとく言い聞かせる。

けれど、いつまで経っても、にょ次郎が部屋を出て行く気配はなかった。身じろぎせずに、石と化す。このひとときが一時間にも感じられる。いや、実際に一時間経ったのかもしれない。もしかしたら、一分かもしれない。

椅子がきしむ音。パソコンの電源を入れる音。直後、キーボードを素早く叩く音。ウイルスに感染したことで、何か警報が鳴りはしないかと、気が気でなかった。

よく考えたら、にょ次郎は真面目《まじめ》に大学に行くような男ではないのだ。おそらく、朝飯でも買いに出ただけだったのだろう。今日はもう、ずっと家にこもりっきりかもしれない。

ならば香織は、きっと翼を見捨てるだろう。

にょ次郎のパソコンにウイルスを仕込むという目的は果たされた。彼女はもう、翼に用などない。翼が警察に捕まっても、痛む良心など一グラムも持ち合わせてはいまい。翼は結局、「春谷香織」という偽名しか教えてもらえなかった。

俺、捕まるのかな。いや、案外なんとかなるんじゃないか。

クローゼットの扉を隔てて、クリックとタイピングの音が交互に響く。

翼とにょ次郎は友人同士。今、姿を現して、香織に脅されたことやウイルスのことを洗《あら》いざらい打ち明ければ、あるいは……。

だが、脳裏に幸平の顔が浮かんで、翼はひときわ大きく身震いした。

自らの保身のために、幸平を見捨てるわけにはいかない。なんとしても、見つからずにこらえなければ。香織が魔女狩り板を潰すところを、見届けなければ。腕の中の鞄を、きつく抱え直した。ナイロンの生地を通して、馴染《なじ》み深い手触りを感じる。

——ホラーゲームだと思えば平気だから。

翼は覚悟《かくご》を決め、鞄のファスナーを開いた。音を立てないよう、慎重《しんちょう》に。

そっと手を入れ、掴《つか》んだ。いつも実況で使っているヘッドセット。ナップザックに入りきらなくて、鞄に入れておいたものだった。恐怖が、今にも胸を押し潰そうとする。弱い自分が、すぐにでも負けを選びたがる。一人では勝てそうにない。クリアできそうにない。

だったら、コイツと一緒なら？

ヘッドセットをかぶる。頭の奥で、カチリと音がした。

（おーっす。どうもウィングでーす。今日もホラーゲーム『クルール・ゴースト』の実況、続きからやっていこー）

翼の脳内に、翼の声が響く。いや、実際は翼であって、翼ではなかった。実況しているのはウィングだ。右手を頭に伸ばすと、ヘッドセットの冷たい感触《かんしょく》。

（さて、幽霊に追われてクローゼットに隠れたところでセーブしたんだったな。いきなり絶体絶命《ぜつめい》、か。大声を出すと幽霊に見つかるから、なるべく小声で実況していこう）

コードはどこにもつながっていない。両耳を覆《おお》うヘッドフォンは何の音も発しないし、口元のマイクは翼の声をどこへも届けない。それでも、これはまさしくゲーム実況だった。ポーズで中断はできない。失敗してもコンティニュー不可。一発勝負のホラーゲーム。

指先の震えは、今はすっかりおさまっていた。手のひらの汗も引いている。ウィングはいつもの通り饒舌《じょうぜつ》だった。吊り下げられた衣類の上から、翼はウィングを見下ろす。

何やってんだかなぁ……。

実況を続けるウィングは、当然、答えてくれない。

（頼む、来ないでくれよ。こんな人里離れた洋館で、得体のしれない幽霊なんかに殺されるなんて、俺はごめんだからな。ああ、でも、もしも女の子の幽霊だったら、お近付きになるのも悪くないかも……）

ガタン
突然だった。突然、目と鼻の先で音がしたかと思うと、暗闇を光が切り裂《さ》いたのだ。クローゼットの扉が外側から開かれ、あまりのまばゆさに目がくらむ。

ただし、片方だけ。翼が縮こまっている側とは反対の扉が、他ならぬにょ次郎によって開かれていた。彼の太い腕が、ぬっと伸びてくる。

（ギャ！）

脳内のウィングが、声の限りに絶叫する。ホラーゲームの実況では、絶叫も見せ場の一つ。ウィングが翼の代わりに叫んでくれているのだ。翼の体は、一切の音を立てない。

ハンガーにコートを一着吊るすと、にょ次郎の腕は光の中へと去っていった。

（ヤバかった……！　今のはヤバかった……！　神回避《かみかいひ》、神回避だ……！）

心臓がバクバク鳴っている。凄《すさ》まじい量の汗が、背中から、額《ひたい》から、次々と溢《あふ》れ出る。雑に閉められた扉の、十センチほどの隙間から光が漏れ、クローゼットの中を照らしていた。

（半開き……この状態はまずいな。なんとか、閉められないかな？）

身を小さくして光の帯を避けていると、ウィングが脳内でつぶやく。部屋にはまた、クリックとタイピングの音が響いている。

(今なら、幽霊もこっちに背を向けているはず)

胸の底から、勇気が湧く。「北城翼」ならいざ知らず、歴戦のゲーム実況者ウィングならば、前に進むことを躊躇わない。ウィングはそろそろと扉へ指先を伸ばし、そして……。

ギギィ……

(あ……)

「ん?」

パソコンの操作音が、ピタリと止まった。手を引っ込めたけれど、時すでに遅し。

扉を閉めることはできた。だが、蝶番《ちょうつがい》の鳴らす音が、予想の何倍も大きく、不気味だったのだ。まるで、本当の幽霊屋敷であるかのように。

ガタン、と椅子を引く音がする。近付く足音。翼の肺《はい》は、呼吸の仕方を忘れてしまった。息が吸えずに苦しむ間、ウィングが無様に命乞《いのちご》いをする。

(すいません、神様仏様幽霊様、どうかこっちに来ないでください……! 私は食べてもおいしくありません、絶対にお腹《なか》を壊し……)

ピーンポーン
脳内の実況は、不意に鳴り響いたチャイムによって中断される。少なくとも翼には、それは天使のファンファーレのように聞こえた。にょ次郎の足音がクローゼットから遠のき、束の間、死刑執行までの時間が引き延ばされる。

(ひとまず助かった……。けど、来客? 平日の午前中に、いったい誰が?)

疑問が消化される間もなく、インターフォン越しの声が耳に入ってきた。

「宅配便で～す」明らかに香織の声であった。

「あー、はいはい、今開けるから……」

「それが、この荷物重たくって～。下まで取りに来てくれませんか～？」

「はぁ？　何言ってんだ」

「お願いしますよ～」媚《こ》びたようなしゃべり方。手の中の汗が、二倍くらいに増える。

「ったく。仕方ねぇな」

通話が切れた。少し遅れて、靴を履《は》く音、ドアが開く音、ドアが閉まる音。

完全な無音。翼は、クローゼットから這《は》い出した。

（ナイス！　あの女、意外と役立つNPCだった！　もうダメかと思った！）

危うく窒息死《ちっそくし》を免《まぬか》れた翼は、深く、激しく呼吸した。だが、生の喜びを噛《か》み締めている時間はない。翼は散らかった部屋を見渡した。USBは、パソコンに挿さったままだ。

（取り逃したアイテムは……なし！　今のうちに脱出！）

実況の声に後押しされて、翼は急いで玄関から飛び出した。全身を包む防虫剤の香りを振り払うように、長い廊下《ろうか》を駆け足で行く。

エレベーターは一階へ向かっていた。翼は隣の非常階段を、足音を殺して下りはじめる。七階から一階へ下りるというのはけっこうな運動だったが、数分前までの苦痛に比べたらお遊びみたいなものだ。死地を脱して一階に到達した翼は、壁の陰《かげ》に隠れて、おそるおそるエントランスを覗き込む。男と女が、もめていた。

「え～平本さんじゃないんですか～」

「ああ違うよ、俺は平田だ」

「でも、たしかに住所はここなんですけど」

「だから何度も言うように、間違いだって」送り主にも荷物にも心当たりはない。下の名前にいたってはかすってもいない。

それは、宅配会社の制服に身を包んだ香織と、苛立《いらだ》たしげなにょ次郎だった。二人が言い合っている横を、翼は顔を背けて通り抜けた。

……いや、通り抜けようとした。

「あれ？　おい、そこの兄さん」

心臓が、破裂《はれつ》するかと思った。にょ次郎の声を背中に受け、翼は立ち止まる。顔は見られていないはずなのに。足が震えて、今にもその場に崩れ落ちそうだった。

しかし。続いて投げかけられた言葉は、完全に予想の外側からやってきた。

「鞄が開いて、中身が出そうになってるぜ」

翼は息を止めて、肩からさげた鞄にそっと目を落とした。たしかに、鞄が大口を開けているせいで、中から靴がこぼれ落ちそうになっている。スニーカーに履き替える前の、翼の靴だ。ヘッドセットを取り出してから、ずっと開けっ放しだったのか。

翼は無言でファスナーを閉めた。そして、次の言葉が飛んでくるよりも早く、振り返ることなく自動ドアを抜けた。光に満ちた世界が祝福してくれた。

（よっしゃあ、洋館脱出！　ステージクリア！　一発で越せた……）

翼は駐車場へと走った。ガムの貼り付いたアスファルトが、犬の小便の跡がついた電柱が、これほど愉快《ゆかい》に見えたのは初めてだった。転げるように、車の陰へと身を隠す。

香織は、ほどなくして戻ってきた。巨大《きょだい》な段ボール箱を抱えているせいで、もどかしくなるほどに遅々《ちち》とした足取りだった。

「変装セット、万が一のために用意しておいたの」ドアのロックを解除して、香織は笑う。翼はすぐに、倒れ込むように助手席に腰を下ろした。

「見捨てられたと思ったよ」

「キミにはまだ利用価値があるんだから。見捨てるわけないでしょ？　まあ、鞄開けっ放しで登場したときは、本気でひっぱたこうかと思ったけど」

香織は、「よいしょ」と後部座席に段ボールを積むと、背後から翼の頭を強めにはたく。

「キミの実況セット、勝手に使わせてもらったから。中に入れる重たい物が必要だったの」

振り返ると、たしかに後部座席にあったはずのナップザックが消えてなくなっていた。高価なパソコンや録画機器が詰め物に使われたことを思うと、なんとも複雑な気分である。

香織がひらりと、運転席のシートに収まる。

「助かったよ。けど、もう二度と空き巣はごめんだ」

「ところで、なんでヘッドセットつけてるの？」

「NPCはそういうこと気にしないでいいの」

「NPC？」

「プレイヤーが操作できないキャラクターだよ」助手席に深々と体を沈め、翼はヘッドセットを外した。同時に、脳内でしゃべり続けていたウィングが煙《けむり》のように消えていく。

ありがとう、と心の中でつぶやいた。返事はない。車は、滑《なめ》らかに発進した。

「大学まで送ってくれない？」

「ダメに決まってるでしょ。キミの家までだよ」

「言ってみただけだよ。ああ、二限も欠席か……」頭の中で時間割を思い浮かべて、あくびを嚙み殺す。二限は幸平とは別の授業だから、誰にノートを借りるか考えないといけない。

意識はそこで、眠りの淵《ふち》へと沈んでいった。


にょ次郎のパソコンに侵入したウイルスは、つつがなくその役割を果たした。パソコン内の全メールを香織に転送。その上で、メールソフトの支配権を完全に香織の手にもたらした。

メールのほとんどは、「ぬこぬこ映画速報」関連のもので、昼食のときに聞いたウェブ漫画家とのやり取りもあった。そして当然、魔女狩り板との連絡の痕跡も。

〝にょ次郎様
明日二十三時より〝祭り〟を開催いたします。テーマは、埼玉いじめ事件について。添付の資料をあらかじめご確認ください。あとは、いつもの手順でよろしくお願いします。

ガウェイン〟

にょ次郎に速報を打たせるために、〝祭り〟の日時をあらかじめ伝えるメールだった。添付ファイルには、晒し上げる予定の人物一覧。事前に記事を作っておくには十分の情報。

ガウェイン——それが敵のハンドルネームだった。

何千通とあるメールの中から、翼と香織で手分けして重要なものをピックアップした。作業場所は、翼のマンション。自宅まで車で送り届けてもらった翼は、いざ大学へ行こうとしたときに、香織に呼び止められたのだ。

――どこ行くの？　仕事はここからが本番なのに。

結果、夜まで部屋に缶詰めである。授業をすべてすっぽかすことになったから、というのももちろんあるが……。にょ次郎が実際に魔女狩りの片棒を担いでいたというショックは、思っていたよりも大きかった。気の合う友人だ。それが、裏で人を貶《おとし》めて喜ぶ下衆《げす》とつるんでいる。

許せなかった。やはり、どうしても止めなければと思った。

それなのに。

「おかしいな。メールが送れないんだけど」ベッドの上で自分のノートパソコンを開いて、香織が腕を組んだ。肩越しに見やると、にょ次郎のメールボックスのデータが表示されている。罪悪感に苛《さいな》まれつつ目を通すと……たしかに、ガウェインに向けて送ったはずのメールが、エラーで戻ってきている。

「受信拒否……。もしくは、ガウェインのアドレスが消えたってことね」

「えっ？　だって、三日前まではやり取りの記録があるのに」

にょ次郎のパソコンを遠隔操作し、魔女狩りのメンバーにウイルスを送りつける、という手筈《はず》なのだが……。何かの偶然《ぐうぜん》？　いや、そんな馬鹿な。

急いで机上のパソコンに取り付き、検索をかけた。表示された文字は「Not Found」。

「……ぬこぬこ映画速報が消えてる」

「やられたね、ものの見事に」香織がかすかに眉をひそめ、自分の画面を指差した。翼は震える足で、ベッドに近付く。にょ次郎のアドレスから新着メールが一件、届いていた。

〝ごくろうさん〟

たったそれだけの文面。身の毛もよだつ悪意が凝縮された六文字だった。

「にょ次郎じゃない」

「分かってる。アドレスはにょ次郎だけど、これはガウェインからのメッセージだよ」冷淡な声で、香織は言った。「多分、メールソフトが想定外の動作をしたら、ガウェイン本人に連絡がいくようにプログラムされていた」

「つまりそれって……」

「にょ次郎のパソコンには、すでに魔女狩り側の用意したウイルスが潜伏《せんぷく》してたってこと。それで、怪しい動きがあったから切り捨てた。『疑わしきは罰《ばっ》せよ』が魔女狩りの理念だから。何百年も前からまるで変わってないんだよね。ふざけてるよ」

二本の足が、床に突き刺さったまま動かなかった。にょ次郎が、トカゲの尻尾みたいに捨てられた。「提携」などではなかったのだ。明確な上下関係。にょ次郎は魔女狩り板に、ただ利用されていただけだった。努力の結晶であるまとめサイトを、人質にされて。

「ふざけてるよ」香織がもう一度、嚙み締めるようにつぶやいた。

その夜のうちに、〝祭り〟は始まった。〝東光大学「ＣＲＯＷＮ」の悪行を糾弾するスレ〟。二週間ほど前に起こった救急車騒ぎへの非難が徐々にエスカレート。日常的な未成年飲酒・喫煙、危険ドラッグの使用、飲酒運転までもが行われていたとして、メンバー二十二人が吊るし上げられた。すべて、ガウェインがにょ次郎に送付していた筋書き通りだった。

実際は、ドラッグや飲酒運転にまで手を染めていたのはほんの数人であった。が、あたかもメンバー全員が犯人であるかのように扱われた。その中にはもちろん、瀬川幸平の名もあった。SNSに上がっていた写真などから、一人、また一人と住所が割り出されていく。電話番号やメールアドレスが晒された人もいた。二十二人は、一夜のうちに魔女にされ、永遠に消えない烙印《らくいん》を押されることとなったのだ。遊び感覚で、彼らの人生は狂わされた。

幸平が来年の就活を諦めると言い出したのは、その数日後のことだった。

「そっか。そのこと、彼女には話したの？」

「別れたよ」

「えっ、今何て……」

「別れた。これでバイトも増やせるし、案外、良かったかもな」

――いつか「ぬこぬこ映画速報」を、日本一のまとめサイトにしてやろうと思ってる。

にょ次郎の決意の言葉が、胸を締めつける。あの日以来、連絡は一度もできていない。

「ふざけてるよ」

あの夜、香織はそうつぶやいてから、しばし〝祭り〟を眺め続けた。翼も、そばでカカシのように棒立ちすることしかできない。香織が「更新」をクリックするたびに、凝縮された邪悪《じゃあく》が画面上に垂れ流されていった。

〝東光大学「CROWN」の悪行を糾弾するスレ〟の騒擾《そうじょう》は、日付が変わる頃に最高潮に達した。全員の個人情報が暴かれ、ネットの海に放流される。それらは、永久に捕まえることができない。嚙み締めた唇に、血がにじんだ。

「一応訊くけど、法的手段は?」

「ないことはない……でも、いたちごっこだね。『消すと増えます』が魔女狩り板だから」

「幸平の人生が狂っていくのに、見ているしかないなんて……」

「ん～、まあ、そうとも限らないかな」香織が、そっけなく言った。翼は、面食らって目を白黒させる。

「そうとも限らないって……どういうこと? 幸平を助けられるの?」

「いや、それは無理。でも代わりに、クズの人数を少し減らすことはできる」

「人数を、減らす……」

「おかしいと思わなかった? 赤の他人がネットでちょっと調べただけで、どうして電話番号やアドレスまで出てくるの? どうして都合よくヤクやってる写真が流出するの?」

翼は額の汗を拭《ぬぐ》った。たしかに、おかしい。

「そういうのって、仲間しか知らない情報だよね。つまり、サークルの現メンバーか、昔サークルに所属してた人だけ。そうでしょ?」香織は、素早くキーボードを叩いた。「あらかじめ、怪しい奴を調べておいたの」と囁《ささや》くと、一つの名を画面上に打ち込む。

青井正太郎《あおいしょうたろう》
「八月にこのサークルを辞めた男。魔女狩り板に『CROWN』の内部情報をリークしたのは、コイツ。サークルの裏切り者ってわけ。サイテーだよね」

「裏切り者……？」

「そうそう。個人情報をネットに流すのって、けっこう身内が多くてね。本人は気を付けてても、これじゃあ意味ないよ」

床が揺れているのかと思った。一瞬あとに、目眩だと気が付いた。

ほんの二、三か月前まで仲間だった男に裏切られ、個人情報をぶちまけられてしまった幸平。人は匿名という隠《かく》れ蓑《みの》を使って、簡単に他人を陥《おとしい》れることができる。

当然、翼も。簡単に加害者になれるし、被害者にもなり得る。

香織が再び、タイピングを開始する。不吉な雰囲気を感じ取り、翼は彼女の肩を掴んだ。

「待って、何する気だよ」

「何って、コイツも魔女狩りの餌食になってもらおうと思って」

「何だって……？　これ以上、被害者を増やすっていうのか？」

「青井は、遊び心を満たすために仲間を売ったクズだよ。同情は人間に対してするものでしょ。コイツは人間じゃない。なんなら、キミが送信ボタンをクリックしてもいいんだよ」

「冗談じゃない！」吐き捨てると、翼は香織に背を向けた。でも、そんな行為《こうい》に意味なんてない。三百六十度どこを向いても、目の前には現実が広がっているのだから。

「うん、そう言うと思った。キミは偽善者だもんね」

香織の声。キーボードを素早く叩く音。こらえきれずに、振り返る。

「はい、さよなら」左クリック音は、小枝の折れる音と似ていた。

〝666：ほい　こいつも追加↓青井正太郎
667：＞＞666　八月にサークル辞めたからリストから漏れてたっぽい
668：＞＞666　GJ！
669：直前で辞めたからって知らん顔はないだろ　おい辞めた奴は関係ないだろ　名前消せよ
670：＞＞669　同罪だな　住所特定はよ
671：＞＞670　例の飲み会にいなかった人間は無罪に決まってるだろ
672：何月に辞めたとかそういう細かいことはどうでもいい　××乙（編注：差別用語につき削除）
お前もしかして青井本人？　だとしたら残念だったね
過去にも似たようなことを繰り返しているわけだし　擁護《ようご》はできんよ
このサークル自体が害悪だから
祭りが楽しければいいんだよ　お前らゴミ大学生はただの燃料だ〟

あっという間だった。香織が「青井正太郎」の名を出した直後、魔女狩りの連中は青井を敵と認識した。それは、ライオンの群れに放り込まれた瀕死《ひんし》のハイエナだった。

「自分が狩る側だと思い込んでいる奴ほど、狩られる側に回ったときに脆《もろ》いんだよね」

香織は「更新」をクリックし続ける。時計の針が、舌打ちのような音を響かせ回っている。

青井の運命は、およそ一時間のうちに、あっさりと決まった。

〝815：青井の住所分かったよ　何か送りつけようぜ

816：こいつが十九歳のときのコンパの写真　見つけたから貼っとくわ
　右の隅っこにタバコくわえて写ってる
817：>>816　有罪確定
818：すごいな　こんな古い写真どこから持ってきたんだ
819：青井が調子に乗ってツイッターに上げてたから
　いつかネタに使えると思って消される前に保存した
820：>>819　やめたげてよお！　青井正太郎がかわいそう！
　青井正太郎の……青井正太郎の名前は晒さないであげて！〟
「あたしがやろうとしてるのは、これ。被害者を減らすんじゃなくて、加害者を潰す」
香織はコキリと首を鳴らすと、ベッドの上でノートパソコンを二つ折りにした。
「キミは、青井をかばおうとしたけど、だったら、他の被害者は泣き寝入りしなくちゃいけないの？　それが正しいと本気で思ってるの？　悪人だけが笑う世の中に住みたいの？」
冷たい、けれど透《す》き通った眼差《まなざ》し。たじろぐ翼に、香織はたたみかける。
「青井は魔女狩り板の『中枢』とはほど遠い。コイツを潰したって何にもならない。でも、中心人物のうち、一人のハンドルネームが分かった。ガウェイン。これは収穫だよ」
ガウェイン。魔女狩り板を裏から操る、姿なき魔物――否、正体は人間だ。
「警察は、はっきりとした殺害予告とかがないと動かない。しかも、仮に動いたとしても、奴らの尻尾を捕まえられない理由があるんだよ。だったら、あたしたちがやるしかない。キミには、まだ手伝ってもらうよ」

翼は俯いた。また、言葉巧《たく》みに流されている？　こんな女、早く叩き出した方がいい？

次の瞬間、迷う心に浮かんだのは、二人の友の顔。

魔女狩り板は、もはや翼と無関係ではあり得なかった。

「ね？　許すわけにはいかないでしょ？」

薄く笑って、香織は手を差し伸べる。それは魔王の誘いか、それとも勇者の導きか。翼には判断することができない。何人《なんぴと》にも、判断する力はあるまい。

けれど、彼はたしかに香織の手を取った。

悪意のはびこる世界で、逃げ隠れせずに抗《あらが》うと決めたのだ。

1・5

今日の夜食は、お茶碗《ちゃわん》に大盛《おおも》りのお米、それとスナック菓子のふりかけです。

この究極《きゅうきょく》の倹約《けんやく》メニューをご存じでない方のために、紹介いたしましょう。作り方は簡単です。まずお米を炊《た》きます。お茶碗に盛ります。続いて、一個十円の棒状のお菓子を砕《くだ》いて、その三分の一をご飯にかけます。十円でご飯三杯分のおかずになるわけです。非常に安い。そして、明太子《めんたいこ》味、チーズ味、納豆《なっとう》味、コーンポタージュ味、ピザ味、キムチ味など、バリエーションも豊富なのです。何度食べても飽《あ》きません。毎日だって食べられます。あまりに素敵な一品なので、以前、記事にして紹介したことがあるほどです。

ひと口ごとに、サクサクと気持ちのいい音がします。私《わたくし》のような男一人の食卓《しょくたく》にも、これだけで彩《いろど》りが添《そ》えられるというもの。やはり、日常を過ごすためには工夫が不可欠です。

「ごちそうさまでした」ごちそうに感謝し、お茶碗とお箸を流しで洗いました。スナック菓子は、口をテープで留めて冷蔵庫へ。後始末が簡単なのも、このメニューの強みでしょう。人に勧《すす》めてもなかなか実践《じっせん》してくれないのは、永遠の謎なのです。

さて、胃袋さんが消化にいそしんでいる間に、ネットの海をサーフィンすることにいたします。今日のお仕事は一段落しておりますゆえ、あとはのんびりと、好きな場所で気ままに波を待っていればよいわけです。ネットニュースのタイトルを、上から下へと順に眺めます。世界ではいろいろなことが起こっているようです（私が最近体験した事件といえば、近所の公園でミノムシを発見したことくらいですが）。世間は山あり谷あり、一難去ってまた一難で、人々は七転《ななころ》び八起《やお》きの生活を送っているようなのです。どうにも実感が湧きませんが、ネットニュースがそれを真実だと教えてくれます。真実ならば、信じるしかないでしょう。

そうこうしていると、中くらいの波が、ぼんやりとしていた私に覆いかぶさってきました。私はサーフボードを巧みに操り、乗りこなします。波の名は、こんな具合でした。

〝東光大学のテニサーCROWN、未成年飲酒・喫煙や薬物使用で大炎上！〟

「む」タイトルが、私の心の中のピアノを叩きました。これはファの音です。私は楽譜《がくふ》が読めませんが、きっとファに違いありません。少し興味があるときに、胸の中で鳴る音です。

「魔女狩り関連の記事です。分かりやすくまとまっています」

記事にひと通り目を通すと、私は一人でつぶやきました。未成年の方々が、お酒や煙草《たばこ》、さらに危険ドラッグを嗜《たしな》んでいたのがばれて非難囂々《ひなんごうごう》、という内容です。そのせいで、サークルのメンバー全員の個人情報が大流出した、とも書かれています。

記事を読んでいると、不意に、頭の中でガミガミおじさんが騒ぎ出しました。「こういう事件が起こるのは、大学が悪い！　教育が悪い！　社会が悪い！」と雷《かみなり》を無差別に落としております。私はパソコンの前で両手を合わせ、お祈りをします。ご存じのことと思いますが、お祈りをすれば、おじさんは静かになってくれるのです。

私の頭の中には、こう見えて普通の人よりも多くのおじさんが住んでいます。ガミガミおじさんはそのうちの一人。怒りっぽい方ですが、根はいい人なので許してあげます。怒り疲れると、いつもの通り、頭の隅っこに布団《ふとん》を敷いて寝てしまいました。

私はお祈りをやめて、サーフィンを再開。すると、見慣れた波が目につきました。

〝ワタクシの旦那《だんな》（妄想《もうそう》）がついに結婚！　みんな死ぬしかないじゃない！〟

「これは、私の記事です」思わず、画面に向かってにっこりと微笑《ほほえ》みました。最終行の「文責《ぶんせき》・仁藤博道《にとうひろみち》」が、燦然《さんぜん》と輝いて見えるのです。

先日、ある男性芸能人の方がご結婚されました。とてもおめでたいことです。しかしその方は、お顔があまりにも整っているために、女性ファンが全国に数え切れないほど存在したのです。その方々にとって、ご結婚を受け止めるのは大変な苦痛だったようなのです。

私は、阿鼻叫喚《あびきょうかん》の地獄と化したネット世界を放浪《ほうろう》し、悲しみと嘆きの声を集め、一本の記事にまとめました。たとえば、こんな具合です――ショックなので会社休みます――妻《つま》が落ち込んでご飯を作ってくれないんだが――この世には、もう夢も希望《きぼう》もないんですね。

元々は〝ここが地獄の一丁目！　六千万人が一斉《いっせい》失恋！〟というタイトルだったのですけど。なぜか、編集さんに却下《きゃっか》されてしまいました。

二十九のときに始めたウェブライター、もう五年ほど続けておりますが、自分の記事がネットの海に放流されているのを見るのは、転がりたくなるほど嬉しいものです。ちなみに先ほども、契約《けいやく》しているサイトさんに原稿をお送りしました。週に一本——週刊連載です。

〝ゲテモノ料理が空を飛び、海を泳ぐ！　続編・カエルの学校歌〟

「我ながら、良いタイトルです」お送りした原稿の一行目、それは我が子の逆上がりと同じです。つまり、目に入れても痛くないということ。しかし、実際は鉄棒や子どもを目に入れたら痛いでしょうから、これは比喩《ひゆ》です。そもそも私に子どもはおりません……。

「おや、これは？」また別の記事が目について、心の中のピアノが、ソの音を響かせます。これは、深い興味をそそられたときの音なのです。

〝ぬこぬこ映画速報が謎の閉鎖《へいさ》！　一部では陰謀《いんぼう》説も！〟

「何やら、魔女狩り界隈《かいわい》が活発ですね」私は首を、右と左に二度ずつ傾《かし》げました。これは、レベル2のサイン。今決めました。ペン立てから鉛筆《えんぴつ》を二本取り出し、両手に構えます。

多分、日本人なら誰でも毎日やっていることだと思いますが。私は鉛筆の先で、空中にクルクルと円を描きました。頭の周りを旋回《せんかい》していた思考が、その円を通り抜けます。ライオンの火の輪くぐりのように美しい光景です。一度通り抜けるたびに、思考は細く、鋭利《えいり》にまとまっていくのです。

ニュースによれば、大手まとめサイト「ぬこぬこ映画速報」が、前触れもなく閉鎖したといいます。管理人のにょ次郎さんも、SNSを使った声明などは一切発表しておりません。

私はせっせと、二つの円を描きます。考えが、だんだんはっきりとしてきました。

ぬこぬこ映画速報は、魔女狩り板で〝お祭り〟があるたびに、その内容を速報していました。魔女狩り板での惨劇《さんげき》を拡散する、いわば広告塔《こうこくとう》のような役割を担っていたのです。だからこそ浮上するのが「陰謀説」。魔女狩り板に恨《うら》みを持つどなたかが、ぬこぬこ映画速報をサイバー攻撃で潰したのではないか、と。

「面白い説です」しかし、憶測の域を出ていません。よくある都市伝説と同種のものでしょう——もしも、材料がこれだけなのだとしたら。私は二本の鉛筆を机に置きました。宙《ちゅう》に描かれた二つの円が、たなびく雲のように薄れ、やがて消えていきます。

この場で結論という家を建てるには、まだ材料が足りません。都市伝説を追うことが、虹《にじ》の根元を探すような行為だということも分かっています。

ただ、違和感があるのです。だって、心の中で鳴っているのはソの音なのですから。

「あっ、担当《たんとう》さんからお返事が来ています」

そこで、私は思考を中断しました。メールフォルダが点滅しています。先ほどお送りした〝ゲテモノ料理が空を飛び、海を泳ぐ！　続編・カエルの学校歌〟を、さっそく編集の方がご覧になったのでしょう。私はウキウキと胸を躍《おど》らせながら、メールに目を通します。

〝恐れ入りますが、もっと中身の分かりやすいタイトルにしていただけないでしょうか。料理は空を飛びませんし、海を泳がないと思うので……。〟

「ふ〜む、難しいものです」私は首を、右に三回、左に一回ひねりました。

担当さんのご指摘《してき》ももっともです。料理が飛んでいるのも泳いでいるのも、見たことがありません。これは盲点《もうてん》でした。見たことがないからといって、実際に飛ばないとも限りませんが……。新しいタイトル案を、明日までに用意せねばなりません。

しかし、とにもかくにも、内容は問題ないようです。わざわざ取材のために、東京《とうきょう》中のゲテモノ料理屋を梯子《はしご》した甲斐《かい》がありました。きっと多くの方が、私の記事を楽しんでくれることでしょう。自分の記事が読まれるところを想像しただけで、私は天使の歌を耳にしたような気持ちになるのでした。


埼玉の空気が紅茶《こうちゃ》だとすると、東京の空気はコーヒーです。苦味が強くて、私にはあまり合いません。しかし、病みつきになる人がいるのも分かる気がします。だからこそ、際限なく人が集まるのです。私は、そのコーヒー的空気を二つに裂いて参上しました。駐車場にバイクを停《と》めて、約束の喫茶店のドアをくぐると、席は七割ほど埋《う》まっておりました。

ショートカットの女性が、一番奥の席で手を振りました。

「お久しぶりです」

「久しぶり。元気にしてた？」

「はい。涼子《りょうこ》さんもお変わりなく」

私はにっこり笑い、席に着きました。涼子さんが店員さんを呼んでくれました。

「仁藤君は、ココアでいいの？」

「はい。冷たい方で」

「すみません、アイスココア一つ追加で。はい、以上で。……仁藤君、仕事はどうなの？」

「順調です」お冷をちびちび飲みながら、私は答えました。「ただ、本当はもっと本を出したいのです。五年で一冊しか出版できていません」

「ごめん、それが多いのか少ないのか、私にはピンとこない」

涼子さんがホットコーヒーをすすります。もう少し目に近ければ「泣きボクロ」と呼ばれていたであろうホクロが、左の頰の上部で存在を主張してらっしゃいます。短い髪もパンツスーツもとても機能的で、仕事一筋の彼女の人となりを表していると言えるでしょう。

彼女がコーヒーをソーサーに戻すと、さっそくアイスココアが運ばれてきました。

「もういい年したおじさんだっていうのに、コーヒーが飲めないなんてね」

「私はお兄さんです」

「三十四歳は、一般的に見ればおじさんだよ」

「では、三十五歳は一般的に見ておばさんですか?」ささやかな反撃ののち、私はココアをストローで吸います。舌の上に、甘みとともに幸せが広がります。とても良い気分でした。

正面に座る三十五歳の方の、能面のようなお顔を見るまでは。

「すみません、誤解があったようですね。私は決して、軽蔑の意味で『おばさん』と言ったわけではありません。むしろ、『魔女おばさん』とか『スプーンおばさん』と同様に、親しみを込めて『おばさん』という敬称を……」

「おばさんおばさん連呼するな」

「はい」不興を買ってしまいました。おばさん心は難しいのです。これなら、ガミガミおじさんのご機嫌をとる方がよほど簡単です。

涼子さんは、しばらくの間はぷんぷんとして、そっぽを向いてコーヒーを飲んでおられましんな目をしなくても、どうと、ずいぶん怒りが軽そうに聞こえますが、かの夏目漱石《なつめそうせき》先生もご著《ちょ》書《しょ》の中で多用したくらいの単語ですから、きっと重々しい意味も含まれているに違いありません。とにかく、彼女は少なくとも一分の間は、ずっとぷんぷんしていたのです。それが、どういうわけか、急にクスリと笑い、遠くを見るように目を細めました。そんな目をしなくても、私はこんなにすぐ近くにいるのですが。「仕事、続いててよかったよ」

「続けるのは得意です」

「コンビニバイトは何回辞めたんだっけ?」

返答に窮《きゅう》してしまいました。二十代の頃は、自転車で行ける距離にあるコンビニすべてでバイトし、すべてでクビになりました。「人間には向き不向きがあります。私はレジを打つのには向いていないのですが、文章を書くことには向いているのです」

「安心したよ」

「ええ。安心してください」

彼女は、頰に笑いじわを作りました。やっぱりお年を召したのだなぁと、心の隅で思います。なんとなく、涼子さんはいつまでもお隣の箱入り娘《むすめ》・りょうちゃんのような気がしていたのですが。実際は、そうではないようです。人は大人になります。おばさんになります。私もいつかは、おじさんにならなくてはなりません。

「それで?　今日は何か、訊きたいことがあるんでしょ?」

「はい、そうなのです」

「もちろん、あたしにも話せることと話せないことがあるけどね」

「はい、お話しいただける範囲で結構です」私はアイスココアのグラスの代わりに、メモ帳と鉛筆とを手にしました。「魔女狩りのことです」

これを聞くためだけに、わざわざ非番の日にご足労いただいたのです。

「あの事件のあと、サイバー課では、魔女狩り関連の事件は何か扱いましたか？」

「何かって？」

「二年前のように、殺害予告で逮捕者が出たとか。名誉毀損《めいよきそん》の疑いで捜査したとか」

「残念だけど、刑事事件にできるほどのものはないのよ」

「ほんの些細《ささい》なことでもいいのですが」

私がしつこく食い下がると、彼女は記憶の底をまさぐるように、顎《あご》に手を当てて黙り込みました。それでも、やっぱり数秒後には首を振ります。

「魔女狩り絡みは、やっぱりないわよ。むしろ、二年前のアレは例外でね。あからさまな殺害予告があったから、警察も堂々と動けたんだけど。一時的な誹謗《ひぼう》中傷くらいだったら、正直、多すぎて手が回らないの。助けを求める人にも、『殺されそうになったら、また来てください』って言うしかない」

「例の『中枢』も野放し？」

「ええ、四人とも。特にあいつらは身元を割る方法も見つかってない。それこそ、ＣＩＡでもない限りね。ネットを丸ごと相手にするには、警察も検察も法律も時代遅れ」

「そうですか」私は、大した失望もなく頷きました。魔女狩り板について研究することは、もはや私のライフワーク。ここまでは答え合わせにすぎません。本当に気になるのは、次の一問です。「では、まとめサイトへのサイバー攻撃など、誰かが相談に来ませんでしたか？」

「あのね、日本全国に警察署がいくつあると思ってんの？　全部が全部あたしたちのところに回ってくるんじゃないんだから」

「広告塔が折れました」

「え？」これには、さすがの涼子さんも驚いたようでした。ちょっと躊躇ったあと、声をひそめます。「もしかして、ぬこぬこ？」

「はい。サイバー攻撃ではないかと、先日から水面下で噂《うわさ》が立っています。ご存じではありませんでしたか？」

返事をせずに、涼子さんは渋《しぶ》い顔をします。私としても責めるつもりはありません。広大なネット空間での出来事を、すべて把握《はあく》することなどできっこないのですから。サイバー課にだって、まとめサイトを気遣《きづか》う前に、他に追うべき凶悪事件があるのでしょう。

「管理人は、たしかにょ次郎とかいう人だったわよね」ですが、そこはさすが涼子さんです。すぐに脳内バンクにアクセスし、保有している情報を並べ立ててくれます。「これはオフレコにしてほしいんだけどね。にょ次郎は、たしか去年の暮れ、ネット上での誹謗中傷被害に遭ってサイバー課に来たことがあるから。今回も何かあれば、相談に来ると思う」

「でも、音沙汰がないのですね」

「うん。申し訳ないんだけど」

何に対して申し訳ないのかは、ちょっと分かりかねました。私はポケットから、ビニールに包まれた飴玉《あめだま》を取り出します。オレンジ色なので、オレンジ味でしょう。アイスココアの横に置くと、窓からの陽と蛍光灯《けいこうとう》を受け、奇妙《きみょう》に輝きました。宝石よりずっときれいです。

「何してるの？」

「飴は舐《な》めるものではなく、眺めるものです」

「へぇ、そうなの」

「外で考え事をするときには、鉛筆よりも飴玉の方がいいのです」私はテーブルの上の飴玉を、じっと見つめました。舐めるように見つめ続けました。こう言うと、やはり飴玉は舐めるもののようです。頭の中にモクモクと、考えの雲が立ち現れます。

少なくともにょ次郎さんは、今回の件で警察には相談していないようです。おまけに、閉鎖理由は非公表。もしかして、あらかじめこうなることを覚悟していたのではないでしょうか。

飴を見つめながら、私はアイスココアをひと口吸います。

「もしかしたら……もしかしたらの話です」

「仁藤君は、何らかの攻撃だと思うの？　その……誰かの復讐《ふくしゅう》とか？」

「分かりません。ただ、そんな気がするだけなのです。根拠《こんきょ》もありません」

これ以上は、考えても進展はなさそうでした。袋入りの飴玉を握り、ポケットに戻します。

「まあ、アンタの勘って当たるのよね。動物的、っていうの？」

「人間も動物なのです」

「そうなんだけどさ。仁藤君みたいなのが一人くらい、警察にも欲しいくらいよ」

「警官になるのはお断りします。怖いので」

「誰も、アンタになれとは言ってないって」涼子さんはおかしそうに笑いました。しかし、それも一瞬だけです。すぐに警察官の顔に戻って、真剣な口調で尋ねてきます。

「もし、予想が当たってたらどうするの？　つまり……そういう違法な手段を使って、魔女狩り板に復讐しようとしている連中がいるんだとしたら」

「決まっています。どんな理由があろうと、違法は違法です。いけないことです」

私はきっぱりと答えます。建前《たてまえ》ではなく本音を、宣言します。

「真っ先にサイバー課へ通報いたします。ケータイの電源、切らないでいてくださいね」

グラスの中で、氷がカランと音を立てます。薄くなってしまう前にと、私はストローで残りを一気に吸い上げました。ズズズズズ、と汚い音がします。頭の中では、インチキおじさんがギャーギャーわめいておりました。


ココア代は、涼子さんにゴチになりました。彼女の方が年齢《ねんれい》も収入も上なので、ごく自然な流れです。目いっぱい名残《なご》りを惜しんだあとは、バイクで風を切って帰路につきます。

「ただいまです」自宅に着く頃には、すでに夕陽がリビングのカーペットにしみ込んでおりました。ソファに腰掛けたお母さんが、灰色《はいいろ》の頭を揺らして舟《ふね》をこいでいます。起こしてはいけません。私はそろりそろりと洗面所に向かい、手を洗ってうがいをしました。

さて、今日も夕飯の前に、少し調べ物をしなくてはなりません。リビングの仏壇《ぶつだん》に軽く手を合わせてから、足音をさせないよう、二階の自室へと上がります。

パソコンを起動したら、さっそくにょ次郎さんのツイッターにアクセスしてみました。が、更新は途絶えたままです。ぬこぬこ映画速報の閉鎖について、アナウンスは一切ありません。

続いて、お気に入りに登録している闇サイトにアクセス。犯罪者の方々が、素性を隠して薬物などを取引するのに使う、とても怖いサイトです。ただ、この日は「中枢」――IAKA、Perceval、TNTB288、GGSnake――に関連する書き込みは、一切見当たりませんでした。ぬこぬこへの〝攻撃〟の犯人について、何か判明しているかとも思ったのですが、それもなし。

最後に、サーフボードを持ってグーグルへ。「魔女狩り」「ぬこぬこ映画速報」「CROWN」などのキーワードを打ち込み、何か真新しいニュースがないかどうかチェックします。

「おや？」正直、この作業にはあまり期待しておりませんでした。ところが、いざ調べてみると、予想外の魚が網にかかったのです。「これは、ツイッターの投稿？」

何の気なしに、私はそのページを開きます。そして、息を呑むこととなりました。

〝「魔女狩り板」って、おどろおどろしい名前で呼ばれてはいるけど、結局は臆病者《おくびょうもの》の集まりだよな。自分は安全なところから、正義漢ぶって弱い者いじめをする。いじめは弱い人間が自分を強く見せたくてするものだって知ってれば、あの掲示板の連中がいかに弱いかが分かる。弱くて臆病で、おまけに卑劣《ひれつ》だ。〟

驚きました。ここまで直接的な批判をする勇気のある方が、ネット上に存在するとは。五百年前のヨーロッパ同様、魔女に石を投げるのを拒否すれば、今度は自分が火あぶりになるかもしれないというのに。ツイート主はウィングさん。プロフィールによると、ユーチューブにゲーム実況を上げている方のようです。名前を聞いたことはありません。投稿は、すでに三千を超えるリツイートを集めております。つぶやかれたのは、ぬこぬこ映画速報の閉鎖の三日後。このタイミングで、魔女狩り板を挑発《ちょうはつ》するような行動をするとは。

そして、おかしなことに。このつぶやきを拡散しているアカウントのうち、無視できぬ割合でパクツイbotが交ざっていました。「陰謀の匂いがします」

私はさっそく、ペン立てから鉛筆を二本取り出して両手に構え、空中に円を描きました。思考が加速し、純化《じゅんか》し、鋭利になっていきます。ぬこぬこ映画速報の突然の閉鎖。直後に〝工作的に〟拡散された、無名のゲーム実況者による魔女狩り批判。両者の符合は、偶然でしょうか。それとも、後者は前者によって誘発されたものなのでしょうか。

もし、ですよ。根拠のない妄想を許していただけるのでしたら、ですよ。両者には、何かつながりがあるのではないでしょうか。

そして、この方と、サイバー攻撃を行った方は、どこまでご存じなのでしょうか。魔女狩りがここ数年で出来上がったものではなく、長い歴史の中で形作られた悪夢だと、正しく理解した上で挑戦しているのでしょうか。ご自分が戦おうとしている敵が、社会に根付く呪《のろ》いそのものであると、きちんと認識されているのでしょうか。

是非《ぜひ》とも、お会いして尋ねてみたいものです。もちろん、必要とあらば通報しますが。

ターゲット2　七人のオタクたち

おかしい。

自室でノートパソコンを前にして、翼は腕組みをした。目覚まし時計の針は無感情に歩みを進め、キッチンでは冷蔵庫が低くうなっている。投げ出した素足の裏から、冷たい床に体温が逃げていく。画面に表示されているのは「ユーザー名とパスワードが一致していません」の一文。どの角度から何度見ても、内容が変化したりはしない。

おかしい。ツイッターにログインできない。

大学の友人――つまり幸平である――と晩飯を食い、ワンルームに帰ってきた直後だった。ウィングのアカウントでつぶやこうとすると、何度やっても締め出される。パソコンだけでなく、スマホでも携帯ゲーム機でも同じだ。裏アカは普通に使えるのに。

いつもだったら、システムの不具合を疑うところだ。が、今の翼は違う。胸騒ぎを感じながらスマホをタップし、電話帳から忌まわしき名を呼び出す。

「おハロー」コール一回で、香織につながった。

「もしもし？　翼だけど」

「うん、キミからかけてくるなんて珍《めずら》しいね。どうしたの？」

「あのさ……、香織さん、俺のツイッター乗っ取った？」

「あたり。でも、気付くの遅すぎ」妙に楽しげな声。頭の芯がズキズキと痛んだ。

彼女には、初めて会った日にスマホもパソコンも見られている。直後のゴタゴタですっかり忘れていたけれど、すぐにでもパスワードを変えておくべきだった。

「頼むから、やめてくれよ。ツイッターは大事な宣伝ツールなんだ。使えないと本当に困る」

「うん、そういう無駄な主張はいいよ。良心に訴えたってあたしを説得できないことくらい、平和ボケで腐りかけたキミの脳ミソでも分かるでしょ？　取りつく島もなかった。このまま香織に振り回される日々が続いたら、そのうち頭痛で命を落とす。

「とりあえず、今から言うキーワードでググってみてよ」

「えっ、キーワード？」

「そうそう。『調子に乗った　高校生　個人情報』」

仕方なく、翼は言われた通りのキーワードを入力し、グーグルで検索をかけた。七百万件を超えるウェブページがヒットして、トップには、とあるまとめサイトの記事が表示された。

「一番上。タイトル読める？　ちょっとそのページに飛んでみて」

"【悲報】調子に乗った高校生たち、反撃で個人情報を晒される"

二人の間に結ばれた不平等条約の理不尽を嚙み締めながら、記事をクリックする。

概要を一読しただけで、はらわたが煮えくり返るどころか、沸騰して爆発しそうになった。

事の発端はこうだ。ツイッター上で、とある女子高生の自撮り画像を、勝手に自分の物として使用したアカウントが出現。怒った画像の主が友だち十七人に呼びかけ、その偽物アカウントを一斉攻撃。嫌がらせのリプライを数百通送りつけたというのだ。

「この写真、私の友だちなんですけど」「消えろ偽者」「こんなことして、恥ずかしくないんですか？」「アカ消せ、この野郎」

だが、相手が悪かった。ミミズだと思って踏んづけたら、大蛇《だいじゃ》の尾の端だったのだ。

「不運なことにね、偽アカウントの主は、実は魔女狩り板の利用者だったってわけ」

香織はまた口を開いた。翼は、返すべき言葉を持たなかった。

画像の主と友だちを含めた計十八人は、魔女狩りのターゲットにされた。ツイッターの過去のつぶやきを漁《あさ》られて、十八人はみな、同じ県立高校に通っていることが数時間で判明。さらに、全員が匿名アカウントだったにもかかわらず、ひと晩のうちに本名が特定された。

「あたしがキミの裏アカを調べたときと一緒だよ。自分が注意してても、友だちは名前を出すでしょ？　たいてい、そこから特定できるわけ」

「なるほどね。リア友とつながっている限り、特定は免れないってことか」

「そういうこと。無知なくせに、ちょっとネット世界を知った気になってるお子様なんて、一番狙いやすい餌食だからね」残酷《ざんこく》で、憎らしいほどの正論だった。そして、名前と学校が知られてしまえば、もはや悲劇を食い止める手段はない。

十八人が通っていたのは、愛知《あいち》県にある進学校。迂闊《うかつ》な彼女らは過去のツイートで、自分たちの高校の併願《へいがん》校――いわゆる滑り止め校を「落ちこぼれの集まり」と揶揄《やゆ》し、ライバル校を名指しで「バカ校」呼ばわりしていた。それが反感を買い、瞬く間に拡散。噂が噂を呼んでひとり歩きし、あたかもそれが学校全体の風潮《ふうちょう》であるかのように語られだしたのだ。

「『落ちこぼれ』も『バカ校』も、ずっと前に削除したツイートだからって、安心してたんでしょ。ネットは、そんなに甘い世界じゃないのに」

「そっか。削除したツイートも、誰かがたまたま保存してたら、おしまいだもんね」

「惜しいけど、キミの考えもまだ甘いよ」

「えっ、どういうこと？」

「魔女狩りの『中枢』には、物好きな奴がいてね。誰かの失言とか暴言とかを探しては、片っ端から、消される前に保存してるの。笑っちゃうよね。いつか炎上の燃料にできるかもしれないからって、無名の一個人の失言を集めるなんて、普通じゃない」

　信じがたくて、翼は言葉を失ってしまった。そんな、他人を貶めることに人生をささげているような人間が、この世にいるなんて。

「で、その燃料のおかげもあって、今この子たちを叩いてるのは、魔女狩り板と関係ない人が大半みたい」

「ど、どうして関係ない人まで？」

「さあ。遊び感覚だから、理由なんてないんでしょ。誰かの失態を叩いて優越感に浸るのって、日本人が大好きな、無料でお手軽な娯楽《ごらく》だから。ホント、猿並みの知能だよね」

「そんな……」翼はショックを受けつつも、記事のコメント欄《らん》に視線を走らせてみた。たしかに、魔女狩り板と関係がないサイトのはずなのに、高校生たちへの非難が無数に並んでいる。同情の声はほとんどなかった。いくつかのコメントが、翼の目に強く焼き付いた。

　自業自得――違反報告するとかして　正規の方法で戦えばよかったのに――偏差値は高いみたいだけど　お勉強しかできない能なし――救いようのないバカな連中――。

自業自得。太古の時代から玉座でふんぞり返っているような――いかにも正しそうに見える四字熟語《よじじゅくご》。翼には、ネットリンチを正当化する免罪符《めんざいふ》にしか見えなかった。

「喧嘩は正しい方じゃなくて、力の強い方が勝つ。それはネット上でも同じだからね。世の中に悪人が何人いるか知らないけど、子どもが十八人くらい集まったって、蚊《か》ほどの戦力にもならないよ。こんなふうにひねりつぶされて、おしまい」手の中の小さな機械から、軽やかな声。

窓の外からは電車の重たい音が、夜の街を越えて聞こえてくる。

「この子たち、学校にめちゃめちゃ迷惑かけてるからね。評判も落ちちゃったし、いたずら電話もひどいらしいし。これから、どんな顔して登校するんだろう。いじめられること確定なのに。魔女狩りだけじゃなくて、身内も敵になるわけだから、もう退学くらいしか……」

「もういいよ、聞きたくない」他人が地獄を見ているさまを目の当たりにするのも、また地獄だ。地獄案内のアナウンスを、翼は遮《さえぎ》った。「これが俺のツイッターとどう関係するの？」

「ああ、よく訊いてくれたね。ここからが本題。キミのアカウントを検索してみて」

電波に乗って、容赦《ようしゃ》ない指示が飛んでくる。死刑台に上るような気分で、キーボードを叩いた。ログインせずに、第三者として「ウィング」のアカウントを閲覧する。「ユーチューブにゲーム実況動画を上げています。フォローよろしく！」という、平々凡々たるプロフィール。ファンが描いてくれたアイコンは、幽霊にビビッている男の子の絵……。

「えっ⁉」実家のように見慣れた光景の中に、明らかな異物が紛れ込んでいることに、翼はすぐに気が付いた。動画の宣伝に交じって、やたら攻撃的な文面が目に入る。

〝魔女狩り板〟って、おどろおどろしい名前で呼ばれてはいるけど、結局は臆病者の集まりだよな。自分は安全なところから、正義漢ぶって弱い者いじめをする。いじめは弱い人間が自分を強く見せたくてするものだって知ってれば、あの掲示板の連中がいかに弱いかが分かる。弱くて臆病で、おまけに卑劣だ。〟

まったく身に覚えのない発言だった。そもそも翼は普段、動画の宣伝の他には、最近観たアニメや読んだ漫画のことくらいしかつぶやかない。世間に向かって強気に意見を投げかけるようなツイートなど、一度もしたことがないのだ。二日前になされているこの発言は、ジキル博士たる翼に代わって、ハイド氏が投稿したとでもいうのか。

「さ、三千二百六十七リツイート……⁉」眼球《がんきゅう》がこぼれ落ちるかと思った。魔女狩り板について偉《えら》そうに語っただけで面白みの欠片《かけら》もないツイートが、三千二百六十七人によってリツイート——つまり、拡散されているのだ。それは、これだけの人間が自らの意志で、ウィングのつぶやきを広める選択をしたことを意味している。

「もしかして……香織さんが勝手につぶやいたの？」

「そういうこと」

「ええと……なんでこんなにリツイートされてるの？」

「アカウントを六十個使って拡散したからね。一気に広まったよ」

「ろくじゅう……」思考が停《てい》止しかかる。アカウントの数は、仮面の数。複数持つこと自体は、別に珍しいことではない。翼自身、「北城翼」としてのアカウントと「ウィング」としてのアカウントを用意している。だが六十個ともなると、個人で扱えるレベルを超えている。

見ている間に、リツイート数は三千二百七十になった。このうち六十は香織の手によるが、残り三千二百十は赤の他人のリツイートだ。他人の発言がウィングの発言として広まっていて、それを誰一人として疑わない。冤罪《えんざい》に似た陥穽《かんせい》が、ネット上にはひそんでいる。

「さっきの高校生の記事みたいにね。魔女狩り板の連中って、けっこうツイッターの発言に反応するの。そこからネチネチ難癖《なんくせ》つけるケースもけっこうあって。ただの高校生であれだから、キミみたいなゲーム実況者がツイッターで挑発するのは、けっこう効果的なんだよ」

「じゃあ、俺はもうブラックリスト行き……？」

「まさか。信号でいったら、まだ黄色くらいだよ」

何が黄色だ。怒鳴《どな》り返したかったが、無論、そんな度胸はない。香織の手には、ウィング＝北城翼を強姦魔に仕立て上げるだけの写真に加えて、ツイッターの支配権までが渡ってしまっているのだ。お釈迦様の手の上の孫悟空《そんごくう》と同じ。

「これも、魔女狩りを挑発して、最後にはぶっ潰すためだから。我慢してね。それじゃあ」

「あ、待って！　せめて新しいパスワードを教えてくれよ！」

「ダメ。つぶやきたくなったら、あたしにメールして。代わりにつぶやいてあげるから」

香織は電話を切ってしまった。自動音声案内以上に話が通じない。新たな悩みの種を運んできたスマホを、翼はしばらく睨《にら》んでから、ベッドの上に放り投げた。

念のため断っておくが、北城翼は真面目な大学生であり、むやみやたらに自主休講をして惰眠《だみん》を貪《むさぼ》る連中とは違う（と思う）。成績こそ人並みだが、きちんと予習をして講義に臨《のぞ》むし、睡魔との戦闘《せんとう》にも全力を傾ける所存である。

ここ最近の欠席は、翼が拒絶できない外的な力による——まさしく不可抗力なのだ。

「あのさ、俺は今からどこへ連れていかれるの？」

翼は助手席から、ビルと電柱が風のように過ぎ去っていくのを、うんざりとして見つめる。

車内には穏《おだ》やかなクラシック音楽がかかっているが、生憎《あいにく》、翼には曲名が分からない。

「どこって、あたしの協力者のところだよ。言わなかった？」

「うん、今初めて聞いた」

「そうだっけ」運転席の香織は、体の一部であるかのようにハンドルを軽やかにさばく。揺れも少なく、悔しいことに、まるでストレスを感じない運転だった。ちょっと尊敬《そんけい》しかけた〇・五秒後に、この女の本性を思い出して、翼はかろうじて踏みとどまる。

「つまり香織さんには、俺以外にも仲間がいるってこと？」

「一人で魔女狩りに挑むほど、あたしも無謀《むぼう》じゃないよ。必要なときは必要な人に頼る。エサはキミ、釣竿《つりざお》とか針とか糸とかは別」

「へえ」翼は、曇った眼鏡を軽く拭《ふ》いた。もはや「エサ」呼ばわりされることに違和感がなくなってきた。「仲間って、全部でどれくらいいるの？」

「数え方によるかなぁ。あ、でも、この前のオフ会はキミ以外みんなサクラだよ。キミは間抜けだから、気付かなかったと思うけど」

「えっ」

「そういうサクラは、お金で雇《やと》う臨時バイト。計画のことは何も知らないし、正確には仲間ではなくて……」

「ちょっとタンマ。俺の耳は、今とても重大な情報を聴き取ったと思うんだけど」

「ん？　本当に楽しく平和なオフ会にお呼ばれしたとでも信じてたの？　キミの欠陥思考回路、一度、頭蓋骨《ずがいこつ》に穴あけて見てみたいよ」

正確無比な運転をしながら、よくもこんなに罵倒の言葉が出てくるものだ。すれ違いざまに肩がぶつかっただけで二十発くらい殴られた気分である。ここ二年ほど彼女がいない翼であるが、いくらなんでも、こんな言葉責めで喜べるほどに、こじらせてはいない。

考えてみれば、香織という女が、オフ会が開催されるのを気長に待ち、正規のルートで接触してくるはずなんてなかったのだ。

信号待ちの間にクラシックが一曲終わり、聞き覚えのある曲が始まった。『ハンガリー舞曲』の第何番かだ。たしかにょ次郎のお気に入りで、チャップリンがどうとか言っていたはずだが、細かいことは忘れてしまった。

にょ次郎は、いったいどうしているだろうか。ぬこぬこ映画速報の閉鎖以来、ラインを送っても既読《きどく》すら付かない。翼が釣針の先に引っかけられ、大魚に食われるのを待っている身であるならば、にょ次郎は、すでに大魚の腹に収まってしまった小魚なのかもしれない。

にょ次郎や幸平のような被害者を出したくないからこそ。翼は、理不尽な現実に押し潰されずに、踏みとどまれている。信号が青になり、車が再び発進する。

「キミとあたしの他には、ちゃんと計画を知っているのは一人だけだよ」

「じゃあ、今から会いに行くのはその一人ってわけ？」

「正解。その人も協力者ってだけで、仲間とはちょっと違うけど」

協力者と仲間がどう違うのか、きっと訊いても、翼には分かるまい。車は滑らかに右折して、交通量の少ない路地に入った。

「ねぇ、香織さんって、免許は本名なの？　それともやっぱり偽名？」

「いい質問だね。でも答えてあげない」木の葉のようにヒラリとかわされた。気になったが、「好奇心は猫をも殺す」という言葉を思い出し、妙な考えを頭から振り落とす。釣針の先で大魚に食われる前に、猫として死んだらシャレにならない。

車は、制限速度三十キロの路地を、きっかり三十キロで進んでいく。


途中で車を駐車場に停めると、香織は路地を狭い方、狭い方へと歩んでいった。乱立《らんりつ》する雑居ビルが太陽を遮り、森の中のように薄暗い。どこからか漏れ出した水がそこここに溜まり、表面に煙草の吸い殻や油が浮いている。目の前を鼠《ねずみ》が横切っていく。

壁のひび割れた汚いビルに、香織は吸い込まれるように足を踏み入れた。おくれをとらないよう、翼もつき従う。エレベーターは、電気が消えて死んでいるように見えた。二人は慎重に、闇に包まれた階段を上る。すれ違うとき肩をぶつけそうな、狭い階段だった。

最上階まで来ると、鉄扉《てっぴ》が二人を出迎える。香織は一秒も迷う様子なく、インターフォンを押し込んだ。「客。一八二」

「オーケー、入っていいぜ、ベイベー」

意味不明なやり取りのあと、カチンとロックが解除される。香織はドアを開いて滑り込み、内から手招きした。おっかなびっくり歩を進めると、背後でオートロックの閉まる音がする。

檻《おり》に閉じ込められたような心細さがあった。

ひび割れたブラインドが閉まっているせいで、部屋を照らすのは、主に弱々しい蛍光灯のみ。装飾品が見当たらない、寒々しい部屋だった。グレーの壁に、グレーの床、そして汚いドアが二つ。片隅に積み上がる黒ずんだ段ボールの他には、小さめのソファと机とキャビネットが一つずつ。ドアの脇《わき》の消火器だけが、モノクロの世界に色をもたらしていた。遺体《いたい》安置所だと言われても信じてしまいそうなほど、殺風景《さっぷうけい》だ。幸い、香織と翼を待ち受けていたのは、遺体ではなくて生きた人間だった。机上のパソコンの向こうの椅子に、男が一人腰かけている。

「よぉ、来たか来たか。待ってたぜー、愛しのハニー」

キーボードを叩く手を一瞬も止めずに、男は言った。ボサボサ頭にサングラスを載せた、瘦《や》せぎすの男だ。暗い室内と、顔の下半分を雑草のように覆った無精髭《ぶしょうひげ》のせいで、詳しい年齢は分からない。が、くたびれた中年、というより、不健康な若者、といった方がなんとなく近そうだった。机の上にコーヒー缶がストーンヘンジのごとく並んでいる理由を、翼は知らない。

「あの、この人が？」

「そう。あたしの協力者」

「情報屋のシンだ。よろしくな」男は自己紹介すると、ようやく手を止め、がりがりと頭をかいた。なんだか不気味だったが、翼はぎこちなく会釈《えしゃく》する。

「初めまして。北城翼です」

「香織から聞いてる。エサ役だろう。ずいぶんゴキゲンなジョブだ」

「はい、まったくです」

「あぁ、立ったままじゃ悪い。ダーティなソファですまないが、そこ、座ってくれよ。穴を広げないように、そっとな」シンと名乗った男は、部屋の真ん中に横たわった二人掛けソファを指差した。穴を広げないように、と言われても、ソファには満遍《まんべん》なく裂け目があって、どこに腰を下ろしても要望には応えられそうにない。

香織が躊躇わずに座ったので、翼もそれに倣《なら》う。案の定、お尻《しり》の下で布の破れる音がした。

「まとめサイトのことは、残念だったなぁ。風向きが悪い日もあったもんだ」

「うん。でも、キミのウイルスちゃんは問題なく動いてくれたよ」

「そりゃあそうだ。オーダーメイドだからな」深いクマの刻《きざ》まれたシンの顔が、パソコンの光に青白く照らされる。翼が目配せすると、香織は頷いた。

「にょ次郎のパソコンに仕込んだウイルスちゃん、作ったのはこの人なの」

シンはニヤニヤと笑みを浮かべたまま、細い体を椅子の背もたれにもたせかける。翼も痩せ気味だが、この男よりはまともな痩せ方だと思う。

「売り物はウイルスだけじゃない。個人情報やSNSアカウントも取り扱ってる。どうだい、お客さん。何か買ってくかい？　今の売れ筋はマイナンバーだ」

「いや、遠慮しとくよ」八百屋《やおや》のようなノリで、恐ろしい物を売りつけようとする男だ。正直、あまり近付きたくないタイプの人間だったが、翼はおそるおそる、尋ねてみる。「……あの、もしかして、俺のツイートを拡散した六十個のアカウントも？」

「さすがお客さん、察しがいいな。俺が動かしているアカを貸してやったんだ。どれもフォロワー数が一万を超えている目玉商品よ。レンタルはけっこう割安だからオススメだぜ？」

シンは暗黒営業トークを続ける。そのアカウントたちのせいで、翼がどれだけ過酷《かこく》な状況に置かれているか、小一時間語って聞かせたいくらいである。フォロワー数一万といえば、「ウィング」のアカウントの十倍だ。六十個使えるなら、単純計算で、六十万人の元に情報を届けられる。そしてその六十万人のうち、何パーセントかが中継《ちゅうけい》地点となり、さらに情報を拡散するわけだ。ウィングのツイッターが乗っ取られている今、翼についてのデマも悪評も、この二人のさじ加減で好きなように広められる。ますます胃が痛くなってきた。

「で？　今日の用事はなんだい？　デートのお誘い？」

「そんなわけないでしょ」香織は、心底鬱陶《うっとう》しそうである。「学生証を作ってほしいの」

「学生証？　いったい誰の？」

「前に少し話してあったでしょ、この子の。偽名で作って」

「え⁉」翼は素っ頓狂《すとんきょう》な声を上げ、会話を遮った。「そんな話、聞いてないよ」

「うん。だって言ってないもん」香織は、悪びれる様子もなく、ソファの破れ目を指でいじっている。翼を地獄にいざなうか、ソファを破壊してシンに喧嘩を売るか、いずれか一つにしてくれないと、翼の精神がもちそうにない。

「キミもこれから魔女狩り関連で動くときは、『北城翼』じゃなくて、別の名前を使ってほしいの。万が一、魔女狩りに名前がバレても大丈夫なように」

「それって、名前がバレるような動き方をするってこと？」

「もちろん。家にこもったまま倒せるほど、魔女狩り板は甘くない。頭のねじが緩《ゆる》いキミでも、そのくらいは分かるでしょ？」

すでに、にょ次郎のときにかなり危ない目にあったんだけど。ああいうスパイまがいのことを、今後もやるわけか。自分の犯罪歴が、続々と更新されていく未来が見える。ついこの前までの翼だったら、土下座《どげざ》してでも拒否していたかもしれない。

そう、ついこの前までの翼だったら。

「オーケーオーケー、話は分かった」シンが、回転椅子でゆっくりと左右に体を回す。「偽造学生証は、作るだけならイージーだ。けどな、使い方は難しいぜ？　なんたって、いくら精巧《せいこう》に作っても、大学に連絡されて、学籍番号と名前を照会されたら一発でアウト」

「いいの。身分証として素人《しろうと》を騙《だま》せれば」

「へぇ、そうかい」シンが、また頭をがりがりとかいた。パソコンの光加減のせいか、目の下の隈《くま》のクマがいっそう色濃く見える。ちょうど顔も白いことだし、あと少しでも睡眠を削れば、隈取《どり》なしでも歌舞伎《かぶき》に出られそうなくらいだ。彼はしばし黙ってから、パソコン脇に立ち並んだストーンヘンジ、もといコーヒー缶の一つに手を伸ばし、口元でグイッと傾けた。

「それならノー・プロブレム……と、言いたいところなんだがな。残念だが答えはノーだ」

「どうして？」香織が、訝《いぶか》しげに眉をひそめる。ようやくリラックスしかけていたのに、急に不穏な空気が部屋を満たしはじめてしまい、翼の体はまた硬くなる。

「いいか、俺は犯罪者だ。それを否定するつもりはねぇよ。だがな、犯罪者にもプライドってもんがある。俺は、俺の認めた相手にしか協力しないことにしているんでな」

「しょーもないね。キミのこだわりなんて、あたしには無関係」

「オー、そいつを言っちゃあオシマイよ」

「あと、そのしゃべり方やめて」

「オー……」シンは肩をすくめた。が、目は剣呑《けんのん》なままだった。「まあ、とにかくだ。身分証の偽造は犯罪だ。そこのボーイに覚悟があるとは、とうてい思えない。自分が泥《どろ》にまみれてでも、事を成し遂げようっていう覚悟がよ」

「そうでもないよ？　この前は、それなりに役立ってくれたし」

「次もそうなるとは限らない。いや、ビビッてボロを出して、ポリスにしょっ引かれるのがオチだ。そうなったら、プランもクソもない。俺たちも巻き添えだよ」

「偶然でも事実は事実。そんなふうに決めつける権利、キミにはないよ」

犯罪者同士の言い争い。本当だったら背筋が凍《こお》る場面なのかもしれないが……。話が意外な方向に転がって、翼はあっけに取られてしまっていた。

香織が、翼をかばっている。翼を罵倒し、脅迫《きょうはく》し、地獄に引きずり込もうとするだけだった、あの香織が。もしかして、少しは仲間意識を持っていたりするのだろうか……。

「この子が警察に捕まったら切り捨てればいいでしょ？　それにね、こんな上質なエサ、そう簡単に手放せないよ」

いや、翼の勘違《かんちが》いだった。期待を持ってしまった五秒前の自分にヘッドロックをかけたい。

シンは黙って、コーヒー缶をプラプラと振った。空っぽらしいそれを、ストーンヘンジの中へと戻す。

「……そうか。なら、仕方ないな」病的に青白い顔をしたその男は、おもむろにスマホを取り出した。「学生証だけじゃない。香織、お前さんがこいつと手を組み続けるってんなら、俺は今後、一切協力しない」

　パシャ
　響きわたるシャッター音。自分の顔が撮られたのだと気付くのに、翼は数秒を要した。

「ちょっと、シン。写真なんて撮って、何する気？」

「帰れ。お前さんの身に起こったことは、すべて忘れろ」シンは香織を無視して、翼に向かって冷酷に告げる。ニタニタとした笑いは消え、空洞《くうどう》のような瞳だけがそこにあった。

「アンダースタンド？　二度は忠告しないぜ。妙な真似《まね》をしたら、お前さんの顔写真と個人情報を売りに出す」

　本気だ。この人の心には、ひとかけらの躊躇もない。シンにとって個人情報なんてカタログに載った商品の一つでしかないのだから。

　翼はじりじりと腰を上げた。その拍子《ひょうし》に、またソファの破れる音が聞こえる。シンから目を逸《そ》らさずに、注意深くソファを離れる。横目で香織を盗み見ると、彼女はソファの上からシンを睨み据《す》え、静かな怒りを注ぎ続けていた。

　一触即発。なおかつ、これは危ない橋を途中で引き返す、絶好の機会だった。にもかかわらず、なぜ自分がそうしなかったのか、あとから考えても不思議である。翼は、綱《つな》が切れそうな吊り橋の上で、前に進むことを選んだのだ。翼は、ポケットから素早く自分のスマホを摑み出した。窮鼠《きゅうそ》からの反撃など予想していなかった猫は、その瞬間、完全に無防備だった。

　パシャ
　シャッター音とともに、スマホのメモリに顔写真が一枚、記録された。

「……何のつもりだ？」シンが、射貫《いぬ》くような目をスマホに向けてきた。

「情報屋のシンの顔と、この場所のGPSデータは、これで手に入れた」全身の震えを抑え込みながら、翼はスマホを振ってみせる。ゲームの主人公になったつもりで、余裕綽々《しゃくしゃく》のフリをして。「俺は、あなたが住んでいるのがどんな世界なのか知らない。でも、こういう情報を欲しがる人も、いるんじゃないか？」

「やめとけ、俺の猿真似をしたって無駄だ。第一、素人のお前さんが誰と取引するってんだ」

「取引はしないよ。ネット上に公開する」

「ハッ。面白い」シンは不敵に笑っていた。互いに銃を突きつけ合った状態でも、一切の動揺を見せない。「舐めるなよ？　俺はこのマウスを数回クリックするだけで、お前さんを社会的に殺せるんだ」

「お互い様だよ。どっちが失うものが多いか勝負、ってことだね」スマホが、汗で滑り落ちそうになる。かつて推理ゲームを実況した際に、朗読《ろうどく》したことのあるハッタリに似ていた。

続いて翼は、葉巻でも扱うような手つきで、胸ポケットからその機械を取り出した。ようやく、シンの顔から嘲笑《ちょうしょう》の色が消え、眉間に古木の幹《みき》のようなしわが刻まれる。

「そいつは……」

「見て分かるでしょ？　ICレコーダーだよ。俺がこの部屋に入ってからのやり取り、全部記録させてもらったよ」

右手にスマホ、左手にICレコーダー。二丁の拳銃《けんじゅう》のごとく、シンに向かって突きつける。

この裏世界の住人を、同じ土俵《どひょう》に引きずり出す。

「俺は、脅されているだけじゃない。自分の意思で魔女狩りと戦うって決めたんだ。このデータを流されたくなかったら、学生証を作ってくれ。たしかに、犯罪に手を染めたくはないけど……。俺はそれ以上に、魔女狩りを止めたいと思ってるんだ」

「ほぉ」

「俺は本気だ。シンさんだけじゃない。もしも香織さんのやり方が行き過ぎたら、俺はあなたも止める。俺の手には、あなたの情報もあるんだ」

二つ目の矛先《ほこさき》を向けると、香織は形の良い眉を、少しだけ持ち上げた。翼は今、この狭く暗い穴倉の中で一対二だ。敵二人は犯罪者。武器はスマホとICレコーダー。

沈黙が形をとって、胸を圧迫し、喉《のど》を絞《し》めつける。一秒一秒、命が削られていく気がする。極度の緊張で意識が遠くなりかけたとき、不意に、シンが鼻を鳴らした。

「……思ったよりもマシなヤツだな」無精髭まみれの顔に、ニタニタ笑いが戻る。翼の両手におさまった武器は、狙う相手を失って虚空《こくう》をさまよう。

「な、なんだよ、マシって」

「北城翼、一つ聞かせろ。お前さんはどうして、魔女狩り板と戦う？　友の復讐か？　それとも単に、ムカつくからか？」

シンは、机から身を乗り出してきた。液晶の光加減で、肌が不気味にきらめく。翼の脳には、とっさに幸平とにょ次郎の顔が浮かんだ。が、翼はさらに強い輝きを、自分の胸の中に見出《みいだ》した。その灯火《ともしび》に似た感情を、翼は声にする。漠然《ばくぜん》と、語る。

「俺は……。ネット上で生きる者として、逃げちゃいけないって……戦わなきゃいけないって思ったんだ。まだ、うまく言葉にできないけど」

「へぇ」シンは、再び椅子にもたれる。また沈黙。情報屋は徐《おもむろ》に、ストーンヘンジ・コーヒー群の中から缶を一つ拾い上げ、グイッと飲み干す。「……仕方がない。やってやろう」

口元を乱暴に拭うと、シンは言った。ソファで足を組んだまま、香織は小さく鼻で笑う。

「キミの気まぐれも、ここまで来ると表彰《ひょうしょう》ものだよね。仕事を任せていいのか、毎度不安になるんだけど」

「正直、信じ切ったわけじゃないが……とりあえず疑う理由が消えたのさ。ま、ドント・ウォーリー。俺はプロフェッショナルだ。受けるからには、最高の仕事をしてやるよ」シンはいつの間にか上機嫌になっており、缶を机の上に放った。カランカラン、と神社の鈴《すず》のような音がして、ストーンヘンジはボウリングのピンのごとく次々と倒れる。

「ストライーク」

「馬鹿なの？」香織は、軽蔑の色を隠そうともしない。缶の一つが机からこぼれ、床に音を立てて落下した。窒息寸前だった翼は、そこでようやく息をいれることができた。騒ぎを隠れ蓑にするように、ICレコーダーを、そっとポケットにしまう。幸い、電池のあるべきところが空洞だということには、最後まで気付かれなかった。

――「円卓《えんたく》の騎士《きし》」の名前を使ってるネットユーザーを、調べてほしいの。

――例の「ガウェイン」だけじゃなくて？

――ううん、全員。

――全員？　どうして？

――魔女狩り板の「中枢」四人の中にも、闇サイトでのハンドルネームに、円卓の騎士の名前を使ってるヤツがいるの。〝Perceval〟。企業から個人情報を盗み出す、腕の立つハッカー……っていう噂。

――ハッカー〝パーシヴァル〟。ウイルスを使ってサイトを潰した〝ガウェイン〟とも、特徴は共通するね。同一人物だと思うの？

――多分。

――分かったよ。じゃあ、大学から戻ったら調べてみる。

――ダメ、今からだよ。

――え。

「どうしろってんだよ、これ……」翼がぼやくと、椅子がギシリと鳴いた。机上のパソコン画面には、「ガウェイン」をグーグル検索した結果が表示されている。

約829，000件

絶望的に高い壁を前にして、彼は途方に暮れていた。シンのところから、車で直接家まで送ってもらった（連行された）、直後のことだ。

円卓の騎士の調査は、翼と香織、そしてシンの三人で分担するという。翼が受け持ったのは、主要な騎士のうち、ガウェイン、ランスロット、ガラハッド、ボールス、ケイ、ガレスの六人。そのうち一人で八十二万九千件。しかも、アルファベットの〝Gawain〟で検索すればさらに増える。この中から魔女狩り関連の情報を探せなど、正気の沙汰とは思えなかった。砂漠《さばく》で落とした指輪を捜すようなものだと、翼は思う。落としたのがゴビなのか、タクラマカンなのか、はたまた鳥取《とっとり》なのか、それすらも分かっていない状態で。しかも、捜しているのが当の失《う》せ物だとも限らない。

コピーさせてもらうべき講義ノートの数が、そろそろ分からなくなってきた。

「でも、やるって決めたからなぁ」さっそく折れかかる心を、翼は周りからセメントで固めて補強し、画面に目を戻す。一ページ目をざっと見たが、ゲームやアニメのキャラクター名はあっても、ハンドルネームらしき項目《こうもく》は一つもなかった。

次のページをクリック。該当《がいとう》なし。さらに次のページ。「ガウェインのうきうきゲーム日記」なるページに飛んでみたが、どう見ても人畜無害《じんちくむがい》のブログだ。無視して、さらに先へ。

ツイッターのアカウント。ユーチューバーのチャンネル。ブログも多数。該当するハンドルネームはいくらでも見つかった。が、はたして魔女狩り板と関連するのかしないのか、翼には判断しようがない。他人を攻撃する発言をしていても、魔女狩り板のガウェインとは別人かもしれない。本人は、魔女狩り板以外では猫をかぶっているかもしれない。

二十四ページ目まで調べたところで、両目が痛みだしたので、翼は調査を中断した。ベッドに倒れ込み、天井を見上げる。小さな黒い蜘蛛が、天井の隅に上下逆さまで張り付いていた。地面に縫《ぬ》い付けられている人間がいかに不自由かを思い知る。だからこそ、ネットの世界で飛《ひ》翔《しょう》し、反撃の届かぬ空から爆撃をしたくなるのかもしれない。

寝返りを打って蜘蛛から目を逸らす。先ほど車内で交わした会話が、頭に蘇ってきた。

——ガウェインの調査と並行《へいこう》して、キミに手伝ってほしいことがあってね。

お手本のようなハンドルさばきを披露《ひろう》しながら、香織は言った。

——次の標的が分かったの。「踊《おど》ってみた」の人気グループ、「七人のオタクたち」。

——えっ、マジか。

シンとの駆け引きを終えて油断していただけに、衝撃は大きかった。車は速度を変えずに、すいすいと道を行く。

「七人のオタクたち」といえば、その名を知らぬユーチューバーを探すのが難しいほど、超有名グループだ。動画投稿を始めて一年ほどだが、そのキレのあるダンスと恥《はじ》を捨て去ったパフォーマンスで、百万再生を超える動画を連発している。翼もずいぶん、笑わせてもらった。その彼らが、次のターゲット……魔女裁判の罪なき被告人というわけだ。

——使ってるスタジオが特定されたらしいよ。多分、次の収録のときに狙われる。

——狙われるって？

——あたしだったら、スタジオに盗聴器を仕掛けて会話を手に入れる。それから、家まで尾行して住所を掴む。名前も住所も、家族関係も、全部を調べて丸裸《まるはだか》にする。

——いくら魔女狩り板の人たちでも、尾行までするかなぁ。ああいう人たちって、パソコンの前に貼り付いてるんじゃないの？

——何のんきなこと言ってんの。「中枢」メンバーには「スネーク」が得意な人間もいるんだから。必ず来るよ。

——スネーク？　蛇《へび》？

――キミ、ゲーマーだよね？　今までどんだけぬるま湯につかって生きてきたの？

――え……、もしかして『メタルギアソリッド』のスネーク？

――もちろん。

カッチカッチ、というウインカーの音に合わせて、香織は肩を揺らす。そして、「スネーク」についての詳しい情報――知らずに生きていたかった豆知識を教えてくれた。

『メタルギアソリッド』は、潜入アクションゲームの名作である。主人公の名がスネーク。ネット上では彼の潜入スキルになぞらえて、炎上させる対象のところまで直接出向くことを「スネーク」と呼ぶようになったらしい。目的は、主に「燃料」となる写真などをゲットすること。本物のスネークはいい迷惑であろう。

――次の「七人のオタクたち」の収録日に、あたしたちも張り込みするから。「スネーク」に出張《でば》ってくる魔女狩りメンバーを、待ち伏せするってわけ。

――収録って、いつなのか分かるの？

――多分、次の日曜日。ツイッター見てればだいたい分かるよ。

ちょうどそこで、車は翼の住まいに到着した。翼は、一刻も早く外の空気を吸いたいと、急いでドアを開けたものだ。

魔女狩りメンバーを待ち伏せ、か。

記憶を辿《たど》ることをやめ、翼は再び寝返りを打った。蜘蛛は、すでに天井から姿を消している。

ベッドから、のろのろと体を起こす。

にょ次郎の家に忍び込んだことを思えば、待ち伏せくらいは想定の範囲内だ。問題は網を張ることそのものではなく、網にかかる魚はやって来るのか、ということ。「七人のオタクたち」を陥れたって、魔女狩りにメリットはない。奴らは愉快犯だ。身元が割られる危険を冒《おか》してまで、縄張《なわば》りであるネットの世界から飛び出してくるものだろうか。

――必ず来るよ。

香織の声には確信がこもっていた。それが不可解だった。思えば彼女も、逮捕されるリスクを負《お》ってまで、魔女狩りを潰そうとしている。いったい、なんのために？

そもそも、なぜ魔女狩りに警察が手を出せないのか、どうして主要メンバーが四人だと分かっているのか。そんなことすらも、翼は教えてもらっていない。

翼は意を決して、再び机に向かった。グーグルで「魔女狩り板　中枢　四人」と検索する。

翼の求めていた情報は、あっけなく手に入った。

「『魔女狩り板には、中枢と呼ばれるメンバーが存在する』……これだ」

ネット上の事件をまとめた、個人ブログだった。細かいところまで信憑性《しんぴょうせい》があるのかどうかは分からないが、今は概要だけでも摑めればいい。

ハッカー〝Perceval〟。法人、個人を問わずサイバー攻撃を仕掛けて、盗んだ個人情報を晒して炎上させる。にょ次郎のパソコンにウイルスを潜伏させていた「ガウェイン」と同一人物ではないかと、香織が目を付けている奴だ。

二人目は〝GGSnake〟。名前の通り「スネーク」の達人で、数々の炎上案件の燃料を手に入れてきた。去年、国産の鴨肉《かもにく》が、とあるスーパーで「フランス産」として売り出されていた事件があったが、ゴミ箱から納品書を回収し、偽装《ぎそう》表示を暴いたのはコイツらしい。その上で、店長を尾行して住所を特定し、偽装の主犯として槍玉《やりだま》に挙《あ》げたとか。

続いて〝TNTB288〟。「いつか炎上のネタにできるから」と言って、赤の他人の失言を収集しては、最悪のタイミングで掲示板に貼る悪魔。この間、「調子に乗った高校生」が炎上したとき、削除済みの写真をどこからか引っぱり出してきたのは、この人だろうか。魔女狩り板の身内すら、「変態」とか「悪趣味」とか呼ぶくらいの異常者だ。

そして、リーダー〝IAKA〟。炎上させるターゲットは、主に彼――あるいは彼女――が提案しているようだ。それ以外は、これといった記載もない。謎めいた人物。

「『彼らは四、五年前から魔女狩り板を牽引《けんいん》し、多数のネットリンチを実行してきた。他のネットイナゴたちと違い、きわめて計画的である。連携には闇サイトを利用しているため、身元を辿ることができない。開示請求もすべて不発』……」

ざっと調べただけでも、ネット上に「ウザい」とか「死ね」とか書き込んで喜んでいるだけの小物とは、格が違うことが分かった。愉快犯は愉快犯でも、人を破滅させるためなら不断の努力を惜しまない愉快犯だ。はたして、一介のゲーム実況者にすぎない俺なんかが、太刀打《たちう》ちできるのだろうか。

翼は目と目の間を指で揉《も》んでから、ウィンドウを閉じた。

今日は、もうやめよう。余計な心配ばかりが頭に浮かんでくる。それよりも、今週はまだ一本も実況を投稿していない。ため撮りしてある動画を、さっさと編集しないと。

翼は、のしかかってくる現実から逃れるように、編集ソフトを立ち上げた。脳内から、不安や、「中枢」たちのハンドルネームを追い出そうと努める。

「おーっす、ウィングでーす。投稿遅れてすまない。今日も『クルール・ゴースト』の実況で、一緒に洋館を探索していこー」

重苦しい空気を裂いて、明るい声がパソコンから響く。ウィングはいつだって前向きだ。自分自身なのに、羨《うらや》ましい。今の翼は、一歩踏み出すのすら躊躇ってしまう。

自分であって、自分でない声が、鼓膜を揺らし続ける。夜が更けていく。


「ようやく、ラインに返事をよこしたと思ったら」幸平は茶髪の前髪をいじりつつ、チラシが無秩序に貼られた掲示板にもたれる。「俺のノートはフリー素材じゃないんだからな」

「ごめん……」翼はひたすら平謝り。もちろん、コピー機を起動させ続けることは忘れない。こうする以外に、死に絶えつつある単位を救う方法はないのだから。体面は二の次、三の次である。単位は誇《ほこ》りよりも重い。

「こんなに休んだことなかっただろう。ヤバいバイトでもしてるのか？」

「んん……」否定できない。無給でやっているのだから、ヤバいボランティアと呼ぶのが適切なのだが。何食わぬ顔を意識して、せっせとノートのクローンを製造していく。

生協の横にあるコピーコーナーには、五台のコピー機が学生たちの小銭《こぜに》を搾《しぼ》り取るべく鎮座《ちんざ》している。幸い、午前中は大して混んでもいないので、幸平が苦労して写しとった板書を、一枚当たり数秒で手に入れることができる。なんとも不公平な気もするが、向こうふた月は昼飯をおごることで、なんとか帳消しにしてもらいたいものだ。

白色の床には、プリントミスで捨てられたらしいＡ４用紙が、折り重なって散乱している。

貴重な資源を放置してキャンパスを汚したとしても、咎《とが》める者は誰もいない。普通の大学生というのは、赤の他人に対しては無関心——というより、身の回りに関心を向けるだけで精いっぱい——かつ、それで満足できるのだ。電車とかで他人のマナーを注意するのは中高年が多いが、きっと人生に飽きてきたせいで、他人に関心を振り向ける余裕ができたのだろう。

魔女狩りだって、そうだ。自分の生活が充実しているなら、他人を陥れて楽しもうという発想には至《いた》らない……。

……いけない。また魔女狩りのことを考えていた。大学にいるときくらいは、ヤバいボランティアのことから離れたいのに。翼は首を振って、コピーを終えたばかりのノートに目を落とした。「あれ、言語科学のここ、字がつぶれてる」

「ん？　ああ、悪い。うとうとしていたからな」幸平も横からノートを覗きこみ、乱れてアラビア語のようになった文字を指でなぞる。「読めないようなら、その分の代金は差し引かないと……いや、思い出した。ここはたしか……韻《いん》の役割についてだ。アイゼンハワーが大統領《だいとうりょう》選《せん》に臨んだときのスローガン。〝I like Ike〟」

「アイ・ライク・アイク」

「中身は空っぽだが、とにかく耳に残りそうな言葉だ」

「こういうのさ、就職したあとも役に立ちそうだよね。ほら、キャッチコピー考えたり」

「いや、立たないだろう」

幸平の返事は、思ったよりつれない。翼はムッとして、半ば反射的に言い返した。

「えっ、そうかな。得することだってあるんじゃない？『大学で学んだことが、弊社《へいしゃ》でどう役立つと思いますか』って、面接で訊かれるポイントだし……」

そこで、自分の重大なミスに気付く。幸平が、就活を魔女狩りに潰されたばかりだということを、忘れていた。目を背けていたのかもしれない。翼は己の迂闊さを呪った。言葉は、一度頭の外へ出したら取り返しがつかない。それはネットでも、リアルでも同じこと。

「学問は、そういうものじゃない」だが、幸平は翼の失言を柳《やなぎ》に風と受け流す。掲示板から背を離し、コピーを終えたノートをまとめてバッグにしまい込む。

「会社に入ってから役立つことばかり勉強したら、どうなる？　ビジネスマナー、コミュニケーションスキル、プレゼンテーション……。そんなものだけを学んだ金太郎飴みたいな企業戦士を、ベルトコンベアーに載せて出荷するわけか？」

「ううん。金太郎飴に仕事させるんだったら……機械に仕事させた方がいいと思う」

「だろう？　大学は個性を磨《みが》く場所なんだって、最近思ったんだ。就活で有利なのは、マシーンみたいな企業戦士だが、日本人がみんなマシーンになったら国は破滅だ。中には、高村光太《たかむらこうた》郎《ろう》がどのくらい愛妻家《あいさいか》だったかを四〜五時間語れるような変人だって、いてもいいだろう？　そういう独特の感性が必要になるときだって、あるかもしれないんだ」

「それが、幸平の考える学問の意味？」

「意味のうちの一つだ。学部生にとってのな」ガラスの大窓を透過した陽射しが、ワックスの馴染んだ幸平の茶髪を輝かせる。「夏目漱石も言っている。知識以上に価値のあるものはこの世に存在しないゆえに、知識を得たことに対する褒美《ほうび》や見返りは、求めるものではないと」

「迷亭《めいてい》先生？　幸平が利益を度外視するなんて、珍しいね」

「勘違いするな。金は道具であって、目的ではない。就職なんていう目先の小さな利益のためではなく、もっと大きな目的……知識そのもののために学問したっていいだろう」

就職を目先の利益と断じるとは、ずいぶんと大きく出たものだ。だが、たしかに文学を勉強する意味といったら、文学と戯《たわむ》れることとそれ自体にあるとしか言いようがない。先人たちの築き上げた芸術を紐解くことこそが、目的であり、面白みでもあるのだから。

「俺は、この先も大学に残って、研究しようと思う」

話が飛躍し、翼は耳を疑った。別に、幸平の学力が院試と不釣り合いだと思ったわけではない。私大の大学院というと、学費も馬鹿にならないはずなのだ。

「大丈夫なの？　その……」

「家計のことか？　どうだろうな。サークルも辞めたことだし、バイトも増やした。これに奨学金《しょうがくきん》を加えれば、なんとかやっていけるんじゃないか」

前向きな男だ。人間の目が前についている理由を、体現しているかのようである。翼が立ち止まっている間に、幸平は先へ行ってしまう。

「そっか」翼はしんみりと答えた。そしてどうやら、そのしんみりが別の意味で伝わったらしい。幸平が自嘲《じちょう》気味に笑う。

「なんだ、同情してるのか？」

「え、いや、そういうわけじゃ……」

「おい、早くコピーとってくれ。食堂の席が埋まる前にな。昨日から何も食べていなくて、もう我慢の限界なんだ」

「う、うん、分かった」

「それ以上遅れるなら、追加料金をもらうぞ」

翼は急《せ》かされ、慌てて命綱を複製する作業に戻る。一枚当たり十円だが、すでに五百円以上も機械に吸い込まれていた。

「急げ急げ。時は金なり」

「さっそく目先の利益にとらわれているじゃないか」

「それとこれとは話が別だ」

「俺の目的のためにも、ぜひとも利益を度外視してほし……」

そう、言いかけたときだった。コピー機の扱いが雑になっていたせいか、ちょっとよそ見をした隙にカバーが下りてきて、ワニの大顎のごとく翼の手に食らいついたのだ。押し殺したうめき声が、コピーコーナーに響きわたる。

「この場合、治療費はどちらの負担だろうな」

うずくまる翼は、幸平がそうつぶやくのを聞いた。


「なんだ？　目の下にクマができてるぜ？　アー・ユー・スリーピー？」

「うん。イエス・アイ・アム」ひどく投げ遣りな返事をして、翼はあくびをした。ここ数日、砂漠で指輪を捜しているせいで寝不足である。「ガウェイン」単体で検索を続けても埒《らち》が明かないので、「ガウェイン　魔女狩り」とか「ガウェイン　個人情報」とか、キーワードを工夫して検索してみたが、成果はなし。アニメやゲームだと、成果なく戻った者は消されるのがお約束だが、シンにも香織にもその気はなさそうなのが救いだった。

「ほら、それがお前さんの学生証だ」

パソコンの向こう側から、シンが指を差す。見ると、蜂《はち》の巣と化したソファの上に、一枚の茶封筒が放置してあった。拾い上げて、中のカードを引っぱり出す。

東京文化大学経済学部・羽田野弘《はたのひろし》
注文通りの、偽名の学生証だった。香織が、後ろから覗き込んでくる。

「へぇ、よくできてるじゃん。これがあれば、キミもずいぶん動きやすくなるよ」

「できれば、使わずに済ませたいんだけどね」

「そういう中途半端《ちゅうとはんぱ》な気持ちでいたら駄目だよ。名前、間違えて本名使わないようにね」

「ああ、それは大丈夫。RPGの主人公の名前を付ける要領でいけるよ」

口に出してから、ずいぶん子どもじみた発想だと思った。『ドラゴンクエスト』をするときの翼はロトの末裔《まつえい》だし、『ファイナルファンタジー』をするときはクラウドにもスコールにもティーダにもなれるのだ。名前を使い分けるのは慣れている。

「ビー・ケアフル」そのとき不意に、シンのカタカナ英語が部屋に響いた。頭に載せたサングラスが、薄暗い電灯を受けて鈍《にぶ》く光っている。「もしかしたら偽造の身分証なんて、お守り程度の役にも立たないかもしれない。慎重になれよ、お二人さん」

「大丈夫だよ。キミに忠告されるまでもない」

「その『大丈夫』がデンジャラスなのさ。たしかに俺たち情報屋は、名前さえありゃあ相手を丸裸にできる。だが、奴らはさらに上手だ。決定的なデータが何一つない状況からだって、すべての個人情報を洗い出しちまう。それは数と、悪意のパワーだ」

軽い口調とは裏腹に、その目は真剣だった。

「ビー・ケアフル。奴らはどこにでもいる。悪意はどこにでもある。用心しろよ」

「分かってる。あと、そのしゃべり方キモい」

香織が嫌悪感を隠そうともせずにそう言った。シンはしょんぼりとして押し黙る。翼はコメントを差し控えることとし、無言で封筒を握り潰すと、偽造学生証を財布に入れた。

背後で、科《とが》の積み上がる音がした。


ホットコーヒーの味を感じないのは、生まれて初めてだった。

コーヒーの代わりにお湯を出すようなぼったくり店ではなく、チェーンのカフェだ。となれば、おかしいのはコーヒーではなく味覚の方である。視覚に意識を集中しすぎているせいで、他の感覚が半ば麻痺《まひ》しているのかもしれなかった。

「そんなに凝視《ぎょうし》しないで。あからさますぎるでしょ」

正面に座る香織が、責めるような目を向けてくる。黒のセーターと細身のデニム。いつもよりも地味だが、本人いわく「隠密《おんみつ》仕様」らしい。

「キミは愚直だけど、『愚』が八割で『直』が二割くらいだね」

「ごめん」翼はガラス張りの壁から目を逸らした。より正確に言うと、ガラスの向こうに横たわる道路のそのまた向こうの建物から。雑居ビルに挟まれた貸しスタジオだ。

「七人のオタクたち」が建物に入ったのは、約二時間前。男四人、女三人。動画内では全員マスクをして、人相で個人を特定されないようにしているが……。彼らも四六時中顔を隠しては生活できないのだろう。スタジオへと消えていった七人は、七人とも素顔であった。

「みんなけっこう、普通の顔だったね」スタジオを横目で観察しながら、香織は二杯目のコーヒーを音もなく口にする。「あたしが調べた限り、『美男美女グループ』って話だったけど」

「それは、ファンが作り上げた偶像だね」

翼は、ファンが描いた「七人のオタクたち」の似顔絵を思い出した。似顔絵といっても、本人たちはマスクで顔の半分以上を隠しているのだから、ほとんど想像図のようなものだ。画家たちが聖母マリアの絵を描く行為に似ている。対象は理想化され、事実とはかけ離れているにもかかわらず崇拝《すうはい》される。

「どうしてあの七人がターゲットになったのか、俺には分からないけど……。少なくとも、顔写真が流出するだけでネットは大騒ぎになるよ。みんな勝手に美化してるから、期待してた美男美女集団じゃないって知れば、失望して、誹謗中傷が溢れかえる。そうやって炎上したユーチューバーって、過去に何人もいたから。本当に、勝手な話だよね」

「そうなんだ。アイドルじゃないんだから、そんなに整った顔してるわけないのに。ファン……ってか信者？　そういう人たちって哀《あわ》れだね」中身のなくなった砂糖《さとう》の袋を、香織はクルクルと丸めた。やはりユーチューブのことなら、翼の方が少し詳しいようだ。

「人間って、ゴシップ好きだよね」丸めた袋を巻尺《まきじゃく》みたいに伸ばして、香織が言う。「ネットだけじゃなくて、週刊誌だってそう。結局、人はみんな同じ穴の貉《むじな》なんだよ。誰かが隠していた物を暴いて、叩きたいって欲求を隠してる。自覚してるにせよしてないにせよ、ね」

翼は、同意も反論もしなかった。貉ばかりの世の中にも、獣《けだもの》に堕《だ》すことなく、人の心を残した者がいることを信じたかったから。話を、ダンスグループに戻そうと試みる。

「『七人のオタクたち』はダンス上手《うま》いから。嫉妬で叩く人も多そうだね」

「ふぅん、上手いんだ」

「えっ⁉　見たことないの⁉」

「ないよ。興味なかったし」

「それなら、一番面白い動画、教えてあげるよ」翼はスマホを取り出し、素早くユーチューブで検索をかけた。タイトルまで暗記してしまっている、人気動画「オタクたち」の代表作だ。『レッドカード』のOPを再現してみた」。三百万再生を誇る、「七人のオタクたちが『レッドカー
「ほら、一分半で終わるから。見てみて」

「そんなに言うなら見るけど、キミ、その間もスタジオの方、注意しといてね」

香織が渋々、スマホを受け取る。

タイトルの通り、アニメ『レッドカード』のオープニング映像を、七人で再現している動画だ。バトル物のアニメだから、オープニングの最中にも、登場人物が無茶な宙返りをしたり、カッコつけすぎてちょっと恥ずかしいようなポーズをとったりするのだが、そのことごとくを再現している。ある場面は、卓越《たくえつ》した運動能力を駆使《くし》することで。またある場面は、恥を捨て去って主人公になりきることで。

おそらく、音楽の使用許可はとっていないだろうから、厳密《げんみつ》に言うと違法動画。だが、似たような動画は星の数ほどあるから、著作権者から「黙認」されている状態である。翼はこの動

画を何度も再生して、腹を抱えて笑ったものだ。

それから一分半、スマホから『レッドカード』のオープニングテーマが流れる間、翼はスタジオを見張りながらもずっとそわそわしていた。翼が知る動画の中でも、上位に入る作品。自信はあった。しかしながら、どうやらこの毒舌姫を満足させるには至らなかったらしい。

「これ、どこが面白いの？　はしゃぎまわってるだけじゃん」音がやむと同時に、香織は冷たく言った。突き返されるスマホを、翼は狼狽《ろうばい》しつつ受け取る。

「えぇと……、そのアニメのファンだったら、抱腹絶倒《ほうふくぜっとう》ものなんだけど」

「そう。でもあたしはこのアニメ見たことないし」

もっともである。元ネタを知らなければ面白さ半減、抱腹も絶倒もできぬというもの。となれば、あまたの動画群の中の一等星たる作品の良さを伝えるには、是非ともアニメ『レッドカード』を視聴してもらわねばなるまい。

「『レッドカード』は、夏アニメのダークホースって言われたほどで、女性のファンも多いからオススメ……」

「うん、全然興味ない」

案の定、一刀両断である。取りつく島もあったものではない。翼はやむなく、「オタクたちが『レッドカード』のＯＰを再現してみた」の魅力を伝える宣教師の任を放りだした。

「あっ」そのときだった。翼と香織は同時に腰を浮かせた。貸しスタジオの自動ドアが大口を開け、男四人と女三人を吐き出したのだ。香織は出場《しゅつじょう》する消防隊員のごとく、素早くコートに袖を通すと、バッグを引っ摑んだ。

「さ、行くよ。見失わないうちに」

「うん……、あ、カップを片付けないと」

「早くして」言うが早いか、香織は翼を置き去りにして早足で出て行く。翼は急いで二人分のコーヒーカップとソーサーを運び、返却口へ放り込む。

「あっ、しまっ……！」自分の失態に気付いたときには、すでに時は変えがたく進行したあとだった。カップの一つがゴールポストに阻《はば》まれ、床へと落下を開始したのだ。水の中を落ちていくように、やけにゆっくりと、床とカップの距離が縮まる。

ガチャン
白いカップが——カップだったものが、無数の破片《はへん》となって床にまきびしのごとく広がる。店内の目という目が、一斉に翼へと集まった。エプロンをした男の店員が、露骨に嫌な顔をして近付いてくる。香織はとっくに自動ドアを抜け、店外に消えていた。

「ごめんなさい！　急いでるんで、片付けお願いします！　ホントにすいません！」

店員に向かって、翼は額を膝《ひざ》にこすり付けんばかりのお辞儀をした。そして、彼が目を白黒させている間に、脱兎《だっと》のごとく駆け出したのだ。初冬の夕空の下へ転がり出ると、道路を渡って一気に香織に追いついた。

「どうしたの？　ナスみたいな顔して」

「ああ、あのカフェ、もう行けないなぁ……」

「何の話？」

翼は、それ以上説明しなかった。何をどう取り繕《つくろ》おうと、恥の上塗《うわぬ》りにしかなるまい。

「七人のオタクたち」は、翼たちの前方、雑居ビル三つ分ほどを隔てて固まって歩いていた。ユーチューブの中の有名人たちが目の前にいるのだと思うと、なんだか現実感がない。だが、もしもこれが夢ならば、もう少しマシな邂逅《かいこう》ができただろう。

前を行く七人は、パスタが描かれた看板《かんばん》の下で足を止めた。翼と香織も、距離を空けたまま立ち止まる。「なんか、ファミレスに入るみたいだね」

「そうだね。踊ってお腹が空《す》いたんじゃない？　ちょっと早い晩ご飯、ってとこかな」

「そっか。じゃあ、またしばらく待ちぼうけかぁ」

「うん。……いや、ちょっと待って」香織が急に声をひそめ、翼を肘で小突いた。脇腹に当たって、地味に痛い。「あれ見て」

翼は、眼鏡に手を添えた。七人いるオタクのうち一人が、他の六人に手を振って別れようとしている。ボブカットの茶髪にパーマをかけた、小柄な女性。ひと目で分かった。リーダーの「もる」だ。

「もるだけは……ご飯食べずに帰るのかな？」

「キミ、一人であの女の子を追って。絶対にばれないように」

「えっ⁉」脳がとっさに言葉から意味を取り出せず、翼は一瞬、石のように固まってしまった。もるは六人組から離れ、単独で駅の方へと歩みはじめている。香織に背中を押された。

「ほら、早く。見失うよ」

「あの、香織さんは？」

「あたしは残り六人を監視して、周りに尾行がないかどうか調べるから」

「一人で六人監視？」

「あたしのことはいいから、行って」

まるで、身を犠牲《ぎせい》にするヒロインのようなセリフだが、この場合、犠牲になるのは翼である気がしてならない。逡巡《しゅんじゅん》している暇もないので、翼はロクな返事もせずに駆け出した。ファミレスに吸い込まれていく六人を尻目に、茶色いパーマを追う。

もるは、乾《かわ》いた空気に足音を軽やかに響かせ、地下鉄への階段を下りていった。次第に人口密度が増してくるので、そろそろと距離を詰める。もるが何度も視界から消え、そのたびに翼は激しい首の運動を強《し》いられる。

ようやく落ち着くことができたのは、もるの駆け込み乗車に続いて、一つ隣のドアから地下鉄に滑り込んだあとだった。背後で空気の抜ける音がして、ドアが閉まる。座席はすべて埋まっており、吊り革にぶら下がっている乗客も多いため、身を隠すのに困ることはない。

さて。人混みの合間から見え隠れするパーマを、視界の端にとらえつつ、翼は考える。

真の目的はもるではなく、それを「スネーク」によって陥れようと迫る魔女狩りメンバーだ。が、翼が追っているのは七分の一。端《はな》からはずれで、それこそ地獄の果てまで追っても敵は現れないかもしれない。そうなると大義名分も何もなく、ただのストーカーである。

けど、魔女狩り板の魔物どもと鉢合わせしたいかって訊かれたら、ノーだしなぁ。

翼は、吊り革をギュッと握り直す。

魔女狩り板と戦うと決めたが、ネットではなく現実世界で対峙《たいじ》するためには、まだ心の準備が不完全だ。情けないことこの上ないが、できればこのまま、何も現れないでほしい……。

そんな翼のチキンハートを、運命はあっさり嘲笑う。もるの降車を確かめ、遅れてホームに降りたところで、翼は気が付いた。

……いる。

翼とまったく同時――ドアが閉まる直前の不自然なタイミングで。さらに一つ隣のドアから、男が降り立った。

前方には、もるの後ろ姿。心臓が、破裂せんばかりに拍動している。翼はその場でしゃがみ込み、靴紐を結び直すフリをする。手が震えているせいで、紐をつまむだけでもひと苦労だった。男は、翼の横を迷いなくすり抜ける。

黒のピーコートを着込んだ、長身の男。もるを改札階へと運ぶエスカレーターに、四、五人を挟んで乗り込んだ。翼も急いで後を追う。

たまたま、もると同じ方向へ帰るだけかもしれない。心の大部分はそう叫んでいた。前を行く男が敵であると認識しているのは、胸の最深部――ほとんど本能に近い部分だけだ。

しかしそれは、確信に近い感覚だった。

そう、確信に近い感覚、だったのに。

「ごめん、見失った」

「うん、くたばっていいよ」スマホの向こうから飛んできたのは、手短で的確な罵倒。だが、全面的に翼が悪いので反論すらできない。この場で腹を切りたい気分だった。

暮れたばかりの空の下、翼は交差点を前にして立ち尽くしている。電話を片手に、ただただ途方に暮れていた。

「どうして見失ったりしたの？」

「ええと、まあ、いろいろあって……」翼は言葉を濁《にご》した。できれば、説明したくない。

もるを追って大型書店の自動ドアをくぐり、エスカレーターに乗り込んだまでは順調だった。もる、黒いピーコートの尾行者、そして翼が、少しずつ間隔《かんかく》を空けて移動する。そして、ノンフィクションコーナーに立ち寄ったもるを、立ち読みするフリをして監視しはじめる。

そのとき、待機した場所が悪かった。棚の隅に大人しく収まっている、『電脳マジョガリ』という本が目についてしまったのだ。試しに手に取ると、まさに「魔女狩り板」関連の事件をまとめた本だった。ついついページをめくる手が止まらなくなり、気付いたときには、もるは影も形もなかった。

「まあ、仕方ないね」電話の向こうで、香織がため息を吐く。「そのもるって人がターゲットじゃなかったら、尾行する理由もないわけだし。周りに怪しい人がいなかったんなら、こっちに戻ってきていいよ」

「いや……、実は、尾行は俺の他にもいたんだ」

「は？」

「ええと、あの……電車に乗ってるときから、ずっともるをつけているみたいだった。黒いコートの男。多分、間違いない」

「じゃあキミは、もる本人もスネーク男も、両方見失ったってこと？」

「う、うん」

「無能」

言葉の刃《やいば》が胸に突き刺さる。翼は書店のガラス壁にもたれかかった。レジ前でうねうねと長蛇の列を作っている客たちが、ぼんやり見える。ガラスの向こうでペンギンのビニール人形が、世界平和を心から信じているような、のんきな顔をしてたたずんでいる。

「それで、今どこなの？」

「池袋《いけぶくろ》……東口……」

さすがの香織も、これには絶句していた。翼も、取り返しのつかない事態を再認識し、今にも泣きだしそうになる。

目の前を行き交う人、人、人、人……。百や二百ではない。千人単位の人間が、一度に駅から吐き出されると、きらめく繁華街《はんかがい》へと吸い込まれ、ぐちゃぐちゃに交ざり合わさっていく。間髪《かんはつ》を容《い》れず、次の一団が駅から降り立つ。「どうしよう……」

「追跡者は多分、〝GGSnake〟……。最重要人物の一人だよ。なんとしても見つけて」

「もしかして、池袋全部を捜すの？」

「そんなわけないでしょ。今からメール送るから、とりあえずそれを見て」

通話をつないだまま、しばらくの無音。三十秒ののち、翼のスマホはメールの着信を告げる。件名も本文もない、URLのみが貼られた簡素なメールだった。

「あの、これは？」

「もるのツイッターの裏アカ。事前に調べといて、ホントによかったよ」

翼は咳《せ》き込んだ。なんだか、同じように裏アカを特定されて、不幸の谷底へ絶賛落下中の人を知っている気がする。

「どうしたの、急に咳なんてしして。うるさいからやめてくれない？　慰謝料《いしゃりょう》請求していい？」

「ごめん、むせただけで……」

「そう。じゃあ話戻すけど。このもるって子、けっこう頻繁につぶやいてるから、今の行動を追えるかもしれない。というか、何とかして追って。捜し出して」

香織の声には、いつにない緊迫感があった。翼は試しに、もるの裏アカウントを開いてみる。

たしかに、つぶやきの頻度はなかなか高く、一日に三十から四十ツイートはしているようだった。十五分ほど前にも「@池袋」とつぶやいているし、普段から写真付きツイートを多用、情報は豊富だ。「……分かった。やってみるよ」

「お願いね。ホントはあたしも合流したいんだけど、もう少しこっちの六人を監視しとかないといけないから」そこで、電話は切れた。翼はよろよろとガラス壁から背を離す。

何年か前、インターネット上で実際に行われた企画を、翼は思い出していた。ツイッターで「渋谷《しぶや》なう」とつぶやいている人を適当に選び、前後のつぶやきから居場所を推測、本人を見つけて突撃するという、迷惑極まりない企画である。何人ものユーザーが匿名という隠れ蓑をはがされ、企画主と記念撮影をするはめになった。あれがやらせだったのか否かは、翼には分からないが……。ツイッターはコミュニケーションのツールだけではなく、高性能の追尾装置にもなり得ることを示す、興味深い催《もよお》しだった。が、まさかそれを、自分が池袋で実践することになるとは思わなかった。

〝時間まで、まだもう少しあるなぁ。どっかで暇つぶさないと。〟

これが、もるの最新のつぶやきである。時刻は十分前。

誰かとの待ち合わせだろうか。過去のツイートに、もっとヒントはないだろうか。

翼は画面をスクロールし、もるの日常の記録をせっせとさかのぼった。「友だちとランチ」「電車で、前の席のカップルがキスしてる。爆《は》ぜろ」「男同士のカップルだったら、キスしてても許す」「今日も疲れた〜」。目の前の交差点では、信号が青になったり赤になったりするたびに、それに操作された人間たちが「進め」「止まれ」を繰り返す。

そして、信号が何度目かの「進め」を命じたときに、翼は見つけた。

〝映画館！〟

二週間前のつぶやきを見て、翼はスクロールの手を止めた。たしか、一週間前にも映画を観たとつぶやいていなかったか？　しかも、場所は両方とも池袋。

考えるより先に、体が動き出していた。歩道を埋めている通行人を、体を左右に振りながらかわしていく。何人かの肩をかすめ、そのたびに舌打ちされ、心の中で土下座する。

目指すは、サンシャイン60通り。池袋の二大映画館が揃《そろ》う大通りだ。

スクランブル交差点で人混みを縫い、昼のように明るい光を全身に浴びて、翼は走った。息を切らして、流行《はや》りのポップスがいくつも大音量で混じり合う、騒々しい道に辿り着く。二つの映画館が競《きそ》い合うように看板を出し、人々を呑み込もうと口を開けていた。

池袋の映画館は他にもあるが、あくまで主要はここ――ＨＵＭＡＸとシネマサンシャインである。ここで待ち伏せするのが、最も確率が高い。翼は乱れた息を整えながら、二つの映画館の中間あたりの、街灯の下に立った。茶髪のボブカットのもる、もしくは黒いピーコートの男を見逃さないよう、目を光らせる。

もちろん、問題はある。二つの映画館は近いといっても、目測でおよそ百メートル離れている。おまけに、人間は河原《かわら》の砂利《じゃり》のごとく多いのだ。完璧《かんぺき》に見張ることは不可能。

それでも、やるしかない。

翼はエノキみたいな恰好をした街灯に背を預け、スマホをいじるフリをして、油断なく周囲に視線を走らせた。左右の耳からは、慣れない異言語が何種類も飛び込んでくる。

もるの「暇つぶし」がいつ終わるのかは不明。どちらの映画館で、何の映画を観るのかも不明。翼にできることは、神経を張り詰め、一人でも多くの人間を目で追うこと……。

そう考えたときだった。スマホが、新たなつぶやきを翼に伝える。急いで画面をタップし、顔をしかめた。六分前。人の群れの観察に意識を奪われて、気付くのが遅れてしまった。

〝タペストリーいくつ買うか、財布と相談中……。〟

暗く、不明瞭《ふめいりょう》だった視界が、稲光《いなびかり》によって照らされた。同時に、その可能性に至れなかった自分を呪う。もるは「七人のオタクたち」のリーダーである。池袋にオタクがやってきて、あの場所に行かない方が不自然だ。

アニメイトか！

膝を打ち、そして迷った。ここで待つか、アニメイトの出口で待つか。

答えは自明だった。見張る範囲の広さからいっても、アニメイトの前で待つ方が確実だ。翼は、すれ違いにならぬよう人混みに注意を払いながら、アニメイトへと急ぐ。

映画館よりも派手な建物は、角を一つ曲がったらすぐに見えた。いくつものアニメの宣伝用垂れ幕がビルの壁面を覆っている。九フロアすべてがアニメ尽くし。青い看板を冠《かん》するアニオタの聖地、アニメイト池袋本店である。

こうしている今も、青いビニール袋を下げたオタクの同志たちが、自動ドアをくぐって続々と現れる。この程度なら、もるを見逃す気遣いはない。目の覚めるような青色の壁に身を寄せ、翼はもると、その追跡者を待った。

五分待ってから、「寒いんだから早くしてくれ」と心の中でつぶやいた。

十分待ってから、「財布との相談が、そんなに早く終わるわけがないか」と納得した。

二十分待ってから、「他の階も見ているのかもしれない」と自分自身に言い聞かせた。

三十分待ってから、翼はいよいよ、心中の不安を拭い去ることができなくなった。

「出てこない……」翼の声は、ビル風の甲高《かんだか》い音に呑まれて消えた。

もしや、見逃したのだろうか。こんなに狭い入り口を、ずっと見張っていたのに？　それとも、見張りを始める前――あの六分の間に、すでにもるはアニメイトをあとにしていたのだろうか。黒のピーコートとともに？　そして、映画館の前で人混みに紛れてしまった？

翼の視界が、徐々に色彩を失っていく。すでに映画館に入ってしまったのだとしたら、見つけるのは至難の業《わざ》だ。切りつけるような寒風が、無情に吹きすさぶ。

とりあえず、香織に電話で相談しよう。そう思ってスマホに目をやったとき。

「あっ！」また新たなツイートが、画面の中で存在を主張していた。

〝同窓会楽しす。〟

自分の仮定が根本から間違っていたということを、ようやく理解した。もるは映画を観ようとしていたのではない。それなら、アニメイトと映画館とを結ぶ道ですれ違わなかったとしても、何の不思議もない。

　では、どうするか。池袋に存在する居酒屋は、おそらく百はくだるまい。その中から、もるが参加している同窓会を、いかにして探し出すか。

　答えは、向こうからやってきた。

　直後、もるが新たなツイートを発信したのである。参加メンバーが騒いでいる、ごく普通の飲み会の写真。だが、注目すべきはテーブルの上である。普通のビールの他に、ラムネの瓶《びん》が写っていたのだ。今は縁日《えんにち》などでしか見ることのなくなった、ビー玉で蓋《ふた》をしてある、青のような緑のような不思議な色を持つあのラムネ瓶である。

　翼は知っている。池袋には、ラムネや駄菓子などを供《きょう》する、レトロな雰囲気の居酒屋があるということを。スマホで検索すると、地図上にいくつかのピンが立った。

　ならば、近い順に潰すまで。

　翼は、すっかり冷えてしまった体に火をつけるがごとく、両足に力を込めて駆け出した。オタクの巣窟《そうくつ》を背後に残し、前後左右を囲むように現れる敵キャラ、もとい通行人をかわしていく。風に引けを取らぬ速度で目的地に辿り着くと、エレベーターを待つのももどかしく、翼は階段をひと息で駆け上がった。呼吸が乱れ、体内の炉《ろ》が高熱を発する。自動ドアが開ききる前に体を滑り込ませると、応対に出た店員は面食らっていた。

「あの、同窓会やってて、先に来てるはずなんです」

「はい、ご予約のお名前は分かりますか？」

「あ、自分で探します」翼は店員を置き去りに、テーブルの隙間を縫って歩き出した。薄暗い店内。特撮ヒーローのソフビ人形が飾られ、壁には錆《さ》び付いた看板がかかっている。二十一世紀だというのに、昭和の空気を醸《かも》し出す居酒屋。翼は、客の顔を逐一《ちくいち》確認したが、もるを見つけ出すことはできなかった。「すいません！　お店を間違えました！」

あっけにとられる店員に対し、猛烈《もうれつ》な勢いで頭を下げ、翼は店を飛び出した。スマホを確認し、二軒《けん》目のレトロ居酒屋へ急ぐべく、階段を駆け下り、また駆け上がる。

「あの……同窓会をやってて……げほっ、先に来てると思うんですが」

息を切らしながら店員に言い置き、再び店内を確認。はずれである。心臓が早鐘《はやがね》を打っているが、足は止めない。階段を下りて上って、三軒目の店へと突入する。

「あの……どうそう……かい……さきに……きてて……」息も絶え絶え。通報されなかったのは僥倖《ぎょうこう》である。チキンラーメンの香ばしい匂いが漂《ただよ》い、ラムネを開けるときの空気の抜ける音が、会話の合間から聞こえてくる。目眩を強引に抑えつけ、もるを探した。一人も見逃さぬように、注意深く。

ここもはずれか、と諦めかけたとき、見覚えのある後ろ姿が目についた。一番奥のテーブル。十人ばかりがビールを手に手に騒いでいる中に……ボブの茶髪が見えたのだ。しかし、こちらを向いているのは後頭部。

どうにかして、振り向いてくれないだろうか。

そう願って、歩を進めかけた瞬間。ひときわひどい目眩が襲ってきて、翼はよろめいた。酸欠。翼は足をふらつかせ、傍らにあったテーブルに手をつき、体を支えた。指先にぶつかったラムネ瓶が、テーブルから落下して砕け散る。

「きゃあ！」

「何すんだ！」

「す、すいません……！」体を直角に曲げて、テーブルのカップルに謝罪する。おそるおそる顔を上げると、店中の視線が自分に集まっていた。顔から火が出そうになる。穴があったら入って埋まりたいと思ったが、すぐに、自らを埋葬《まいそう》するのだけは思い留まった。

奥の席に座っていた女性が振り返り、例に漏れず翼へ好奇の眼差しを向けていた。美人と呼ばれる部類ではないが、抑えきれなかったエネルギーが、表情筋を通して溢れ出ているような……そんな印象を与える顔。

間違いなく、もる本人だった。

騒ぎを聞きつけた店員が、ほうきとちりとりを手に歩いてくる。

「すいません！」翼は、店員を押しのける形で逃走経路を確保し、店を飛び出した。心臓と呼吸が嚙み合っていないのか、何度息を吸っても吐いても楽にならない。地上に降り立ったところで、翼は座り込んでしまった。汗が目に入り、ひりひりと痛む。

視界を埋める街灯、看板の光のせいで、頭がくらくらした。

「お待たせ」

助手席のドアを開けると、香織の声と一緒に温かい空気が流れ出てきた。翼は、寒風の吹きすさぶ星空の下から、車内へ転がり込む。麻痺しかかった手で、ドアを閉めるのに何度も失敗した。

「そんなに寒がるくらいなら、もっと厚着すればいいのに。その年で服も選べないの？」

「夜風を二時間も浴び続けることなんて想定できないよ」

猛毒の舌を適当にかわし、翼は手を擦《こす》り合わせる。香織はハンドルにもたれ、闇夜に目を凝らした。「で？　例のストーカーはどこ？」

「あ、あそこだよ」徐々に感覚の戻ってきた指で、翼は指し示した。「あの屋根が突き出た家の二軒隣と三軒隣の家。隙間があるでしょ？」

「あんなところに？」さしもの香織も眉をひそめた。なにしろ、やや離れたこの駐車場からでも、その家の隙間がいかに細いかが見て取れるのだから。そう、路地ではなく隙間である。人間ではなく猫の通り道として活用されるような、幅五十センチほどの空間だ。もるを尾行していた男は、かれこれ二時間そこにひそみ、向かいのアパートを監視している。姿は見えないときおりスマホらしき明かりが、蛍《ほたる》の光のようにチラリと燃える。

「普段だったら迷わず通報してるよ」

「うん、それには全面的に同意するけどね。さっきのキミも、なかなか気持ち悪かったよ」

「うっ……」痛いところを突かれた、どころか、金的の一撃にも近かった。ゲームで鍛《きた》えた推理力をフル活用して、翼は必死に、池袋の街を走り回ったっていうのに。あまりにひどい。

あのあと、翼がレトロ居酒屋の前で待ち構えていると、案の定、もるから距離を空けてピーコートの長身男も店から出てきた。彼はその後も、つかず離れずもるを尾行。彼女の姿がアパートに消えるのを見届けると、件の隙間へと身を隠したのだ。翼は、ツツジの植込みの裏側へ。

暗がりで忍者《にんじゃ》のように息を殺し、葉の間から男を監視しながら二時間、香織の到着を待っていたわけである。潜入系ゲームだと自分に言い聞かせ、じりじりともどかしく進む時間に耐えたわけだが、体温までは騙せない。警察のお世話になることは避けられたが、代わりに体は芯まで冷え切り、両手の指が傷んだイチゴの色になってしまった。

　それにしても。あの男の身も翼同様、夜気に蝕《むしば》まれているはずなのに。

「やっぱり異常だよ。赤の他人を陥れるためだけに、アイツはどうしてここまでできるの？」

「う～ん、それが魔女狩り板のやり方だから、って答えるしかないかな」

　香織の説明は、要領を得ない。魔女狩りの目的とか、「中枢」四人についてとかを訊こうとすると、必ずこうなのだ。「……香織さん、本当はもっと詳しく知ってるんでしょ？」

「知らないよ。知ろうとしてるだけ」香織の澄んだ瞳には、夜の闇だけが映り込んでいる。

「ただ、『七人のオタクたち』の中で、わざわざもるだけを狙う理由は、何かあるはずだよ。それを突き止められれば、また一歩、魔女狩りの『中枢』に迫れると思う」

「もるを狙う理由、か」寒さと孤独に耐えてスネークに勤《いそ》しむだけの動機。たしかに、それが分かれば「中枢」の行動パターンを予測し、被害者を少しでも減らせるかもしれない。

　翼は両手を頭の後ろで組み、シートに体をうずめた。どこかで犬が遠吠《とおぼ》えをする。魔女狩りを守護する地獄の番犬でないことを願う。徐々に、まぶたの重みが増していく。

　コンコン

　初め、それは夢と現の境目《さかいめ》が生み出す幻聴かと思った。次に、風が運んだ小石の音かと。閉じかけた両目をこすったら、どちらでもないことがすぐに分かった。眠気が、一気に消し飛んでしまう。

助手席の窓を、警官がノックしているのだ。翼は仰天《ぎょうてん》して、ダッシュボードに脛《すね》を強打した。悶絶《もんぜつ》し、涙目になりながらも、香織に助けを求める。

「ど、どうしよう。警察だよ、ばれたのかな……？」

「落ち着いて。ただの職質でしょ。そうやって猿みたいに動揺してるのが一番怪しいんだから。とにかく窓を開けて」

香織は、頼もしいくらいに冷静だった。いや、職質慣れしている人が頼もしいのかどうかは分からないが、とにかく翼は平時の顔を作ったつもりになって、窓を開いた。よく見ると、ノックをした警官の他に、背後にもう一人控えている。

「すみません、ちょっとご協力いただけますか？」

「は、は、は、はい……」

「お兄さん、そんなに緊張しなくてもいいですよ」

四十代くらいのおじさん警官が笑いかけてくれた。逃亡中の強盗犯だって、もう少しマシな反応をするだろう。隣席で香織がため息を吐く。

「免許証、あります？」

「はい」香織は免許証を指で挟んで、翼に差し出してきた。翼はそれを中継し、おじさん警官に提出する。バケツリレーのごとく、おじさん警官は後ろの若手警官にパスした。若手警官が免許証を見ながら、無線でどこかに連絡をとっている。

春谷香織

手渡す際に見えた氏名はそれだった。偽名のはずだが、大丈夫なのだろうか……。

「あなたも、身分証明書を出してもらえますか？」

「あ……、ええと、はい」

「その人、運転できないんで、学生証しかないと思いますよ」

香織に横槍《よこやり》を入れられて、翼は思い出した。そうか、シンに偽造してもらった学生証がある。でも、警察に出していいのだろうか。ばれたら即、ブタ箱行きではないだろうか。

不安は尽きず、胸の中に次々と湧き上がってくる。座席の下で香織に足を踏まれて、ようやく意を決した。財布から偽造学生証を抜き取り、差し出す。

チェックは、拍子抜けするほどあっさりとしていた。おじさん警官は学生証を一瞥《いちべつ》しただけで、香織の免許証と一緒に返してくれたのだ。偽名のはずの香織が、なぜ簡単にチェックを通過できたのかは、まるで見当がつかない。

「はい、けっこうです。ところで、こんな時間にいったい何を？」

「見逃してくださいよ～、ホテルって高いんです」

翼の脳内が空白に満たされている間に、香織が流れるように返答してくれる。おじさん警官は反応に困ったのか、「ん、まあ、たしかにそうですな」と言葉を濁した。

「念のため、荷物をチェックさせていただきたいんですが。恐れ入ります、ちょっとドアを開けて出てもらえませんか？」

「は、はい……」

「いいですよ、それくらい」

翼と香織が駐車場に降り立つと、若い警官が無言で車内を精査しはじめた。用心深い香織のことだから、見られたらまずいものはないんだろうけど……自分は、はたして大丈夫だろうか。後部座席に置いていた翼の鞄を、若手警官が引っ張り出す。小型の懐中電灯《かいちゅう》で中を照らし、おじさん警官が目を細めた。「ん？　これは？」

「え……何か問題が……？」心音が高鳴り、耳に届く。あと数秒もしたら、胸を裂いて飛び出してくるんじゃなかろうか。目の前をよぎるのは、「逮捕」の二文字。

おじさんの笑い声が、暗い駐車場にこだました。「懐かしいなぁ」

おじさん警官が指さすものを、翼はこわごわ覗き込む。淡いグレーの、瓢簞《ひょうたん》みたいな形の物体――スーファミのコントローラーが、懐中電灯の光を受けて、四色のボタンを浮かび上がらせている。「あの、それが何か？」

「もう二十年も前になりますけど、けっこうやりこみましたよ。好きなんですか？」

「あ、はい、大好きです」全身が弛緩《しかん》し、座り込みそうになるのをなんとかこらえた。「この前コントローラーが壊れちゃって。中古で買い直したんです」

「なるほど、だから鞄に。ちなみに、一番好きなソフトは？」

「『カービィボウル』です」

「ああ、いいセンスですね」それだけだった。たったそれだけのやり取りで、職務質問は終わった。鞄を元の位置に戻しながら、おじさん警官は帽子《ぼうし》のつばに手を当てる。

「ご協力、ありがとうございました。それでは、あまり羽目を外しすぎないように」

「は～い」香織が、わざとらしく甘ったるい返事をすると、二人の警官は去っていった。次の獲物を求めて、夜をさまよう。彼らの姿が住宅街の角に消えるのをたしかめると、翼は車内に戻って長い息を吐いた。「死ぬかと思った……」

「クスリも凶器も持ってないんだから。堂々としてればいいんだよ。馬鹿みたいだよ」

「職質に慣れるくらいだったら、馬鹿のままでいいよ」

翼は、いつの間にか盛大《せいだい》にずれてしまっていた眼鏡を直す。警官というのは、笑っているだけで威圧《いあつ》感があるものだと、初めて知った。生涯《しょうがい》知らないでいたかったトリビアである。

「よく考えたら、相手が警官なら普通の身分証でもよかったんじゃないかな」

「あれが本物の警官かどうかなんて、あたしたちには分からない」

「えっ」

「とにかく、あのストーカー男から目を離さないで」

「わ、分かったよ」翼は、仕方なくシートから起き上がった。例の隙間に目を向けるが、ただの暗闇としか認識できない。スマホでもいじってくれなければ、男は黒く溶けたままだ。

さっきの職質の最中に、場所を変えてたら困るなぁ。

心の中でぼやいた直後、杞憂《きゆう》だと分かった。体を蟹《かに》みたいに横にして、例の男が隙間から姿を現したのだ。ずるずると体を壁に擦り付ける音まで、聞こえてくる気がした。

「あ、あいつ……。良かった、また見失ったらどうしようかと思った」

「でも、変だね。わざわざ姿を見せる必要なんてないと思うけど」

「あんな狭いところにいたから、体が痛くなったんじゃないかな？　それか、トイレかも」

「キミはホントに、脳内に極楽浄土《じょうど》でもあるんじゃない？」

「え、それって、どういう……」翼の言葉は、最後まで続かなかった。ピーコート男は、毅然《きぜん》とした足取りでこの駐車場へと向かってきたのだ。表情は、闇に沈んで窺《うかが》い知れない。

「まずい、こっちに来るよ！」

「そんなの見れば分かるよ」

「どうするの⁉ 隠れる⁉」自分で訊いておいて、間抜けな質問だったと後悔した。すでに車に隠れているのだから、これ以上を求めることはできない。それに、さっきの職務質問で、この車が無人でないということは明らかになってしまっていた。

男は車の助手席側から、一歩一歩確実に近付いてくる。もしかしたら、翼は居酒屋での騒動で顔を見られたかもしれない。ここで対面したら、尾行だと気付かれるかも……。

そのときだった。思考は、唐突に中断された。運転席から様子を見ていた香織に、翼はいきなり襟首《えりくび》を摑まれたのだ。そのまま、シートの上へと引き倒される。翼はとっさに、香織の顔のすぐ横に手をついた。「か、香織さん……⁉」

「シッ、黙って」息のかかるほどの距離で、彼女は囁いた。滑らかな手指が襟を離れ、翼の首へと巻きつく。ヒヤリと心地よい感触。刹那《せつな》、背筋に電流が走った気がした。

「膝をシートに乗せて……そう、そこ」

香織の指示通りシートに両膝を置くと、そこに彼女の脚がからみついてきた。ピーコートの男が助手席のすぐ横を通るのが、足音で分かった。全身を熱が駆け巡る。香織のあでやかな唇が、羽毛《うもう》のようなまつ毛が、ゆで卵のように滑らかな肌が、ほんの数センチ先にある。彼女の胸のふくらみが、翼の服を圧迫する。髪の匂いが思考を痺れさせる。

「じっとして……いや、やっぱり少し動いて」囁き声が鼓膜を揺らした。姿勢を変えようとするほどに、シートが沈み、どんどん体が密着していく。体重を支える右手が、ブルブルと震える。心臓が、胸の外側で拍動しているような感覚。吐息《といき》が鼻の先で混じり合い、二人の境界《きょうかい》が曖昧《あいまい》になった。自分の体が、自分の意思を離れていく……。

「……行ったみたいね」

「……え？　あ、うん、そうだね……」翼は、不意に現実の空間に引き戻された。冬の初めの深夜、狭い車内。ピーコートの男の気配は、すでに付近から消えている。翼は弾かれたように体を起こした。背中がびっしょりと濡れている。

「行ったのか……やけにあっさりしてたね」

「ただのカーセックスにしか見えなかったからでしょ。まさか張り込みとは思わないよ」

翼は思わず目を逸らす。すると、彼女は楽しそうに、翼の脇腹を肘でつつく。

「どうだった？　ドキドキした？」

「してないよ」翼は、後頭部を彼女に向ける。体の端々に溜まった熱がいつまでも消えなかったが、意地でも気付かぬフリをした。


雲を燃やす朝焼けがおさまり、スズメたちが無邪気に活動を開始する。翼が十二度目のあくび——十三度目だったかもしれないが、細かいことはどうでもよい——を噛み殺した頃、ネイビーのフレアコートに身を包んだもるが、アパートから姿を現した。片手にはゴミ袋。パンプスの足音が、早朝の冷たく澄んだ空気の中でカスタネットみたいに鳴り響く。

「早いね。まだ六時半なのに」香織は栄養《えいよう》ドリンクをひと息に飲み干すと、空き瓶をドリンクホルダーに突っ込んだ。「会社員っぽいね。ゴミ捨てして、そのまま出勤ってところかな」

「あの男は、どうする気だろう？　尾行して勤め先を特定しようとしてるとか？」

「多分そうだろうね。キミにしてはいい推理。ほら、さっそくお出ましだよ」

見ると、例の隙間から長身の男が、辺りに目を配りながら抜け出てきた。大きなリュックサックを背負った、真面目そうな印象の青年が、朝陽の粒を体にまとって動き出す。

「さ、写真撮って」

「う、うん……」翼はスマホで男をズームし、シャッターを切った。勉強熱心な大学生、といった感じの印象。電車で彼が隣に座ってきても、おそらく気にも留めないだろう。

意外だと思った。でも、心の隅には、当然だと思っている自分もいた。「内面は外見に現れる」などという言葉はまやかしだ。本当の悪は心の内にひそんで、決して人の目に触れることはない。だから犯罪は防げないのだ。

翼と香織は、車を降りて男を追った。男が追うのは、駅へと向かうもる。途中、もるはゴミ捨て場に半透明《はんとうめい》のビニール袋を放り投げた。周囲の住宅が通勤・通学の徒を吐き出しはじめるには、いましばらく時間があるようで、捨てられたゴミはまだ少ない。ストーカー男は、焼《しょう》却《きゃく》の運命を待つゴミたちの横を通過するのかと思いきや……。

もるが捨てたばかりのゴミ袋を、いきなり拾い上げたのだ。曲がり角に身を隠していた翼は、危うく叫び声を上げそうになる。一方、隣の香織は冷静そのものだった。

「スカビンジングだね」

「ス、スカビ……？」

「ゴミあさりのことだよ。ああやって、ゴミの中から個人情報を手に入れるってわけ。あれも一応、写真に撮っておいて。いや、動画の方がいいかな」

男はゴミ捨て場の前に座り込み、袋を手早く押し潰して空気を抜くと、リュックサックの中に押し込もうとしている。見咎める者は、周囲にない。翼は曲がり角からそっとスマホを突き出し、そのハイエナ的行為をデータに収めた。

リュックサックを膨らませ、登山家のような恰好になった男は、小走りにもるの後を追う。翼たちも、尾行の尾行を再開した。左右に立ち並ぶ住宅からは、ようやく日々の営みの始まる音と匂いがしてくる。

やがて、もるは住宅街を抜けて、小さな交差点の前で立ち止まった。リュックサック男もやや離れて足を止め、翼と香織は別の曲がり角から首だけ出す。信号待ちをしているのは、もると尾行者を除くと、気の毒なほどくたびれたサラリーマンが三人。

「ねぇ、香織さん」

「何？」

「あのゴミ袋、どうにか取り返せないかな？」

「は？　寝ぼけてんの？」

「それじゃあ、放っておくってのかよ……！」

「仕方ないでしょ。あれは魔女狩りの決定的証拠《しょうこ》なんだから、泳がせなきゃ」

「いや、いくらなんでも、匿名掲示板の住人がこんな大胆《だいたん》なことするはずがないよ。あれはただのストーカーだ。通報しよう」

「ダメ。それを確かめるためにも、あのゴミ袋は持ち帰らせる。ゴミの中の情報が掲示板に晒されたら、あいつは魔女狩り。晒されなかったらただのストーカー」

「その判別のために、もるを見殺しにするの？」

「可哀《かわい》そうだけど、あの子にはリトマス紙になってもらうよ。一人の犠牲で、これから多くの人たちが救われる。あたしたちの目的を忘れないで」

「そんなこと……」言いかけたところで、信号は青という名の緑色に変わった。もるやサラリーマンたちよりわずかに遅れてストーカーが横断歩道を渡り、香織がその後に続く。翼は信号が点滅を始めてから、ようやく白い縞々《しましま》を踏みしめた。これを渡った先には地下鉄駅への下り口が待ち構えている。そして、駅からコンビニを一つ隔てたところにあるのは、赤いランプを掲げた建物——交番。

香織の背を追い、翼は足を速める。このままストーカー男を野放しにしたら、もるの会社も特定される上、焼却を免れたゴミたちがさらなる個人情報を提供してしまう。代わりに得られるものは、あの男の身元。

横断歩道を渡り終えると、ちょうど背後で、車が流れ出す。じっくりと吟味《ぎんみ》する時間はなかった。翼には判断を下す度胸もなかった。だから翼は、また彼に頼ることにした。

急いで鞄を開け、ヘッドセットを掴み出す。ゲーム実況の必需品、翼を強く変えてくれるアイテム。頭にかぶると、脳内で眠っていた彼が、むくりと体を起こした。

（おーっす、ウィングでーす）

「自己紹介はいいから。すぐに実況してくれ」

（なんだよ、せわしない野郎だな。せめてオープニングムービーくらいは静かに……）

「君の力が、今、必要なんだ」小声で自分自身を急かす翼。すでにもるは地下鉄への階段を下りはじめていた。一瞬遅れて、ストーカーがそれに続く。香織は翼の数歩前方。

（ああ、なるほど。時間制限つきの選択肢だな。「A：犯人を追う」か「B：交番に飛び込む」か……。これはエンディング分岐にかかわりそうだ）

ウィングが、頼れる実況プレイヤーが、脳内に構成されたゲーム画面を前に逡巡する。いや、逡巡するかと思った。予想に反して、ウィングは躊躇わなかった。

（こんなの決まってる。目の前の人を救えなくて、何が正義だよ）

ウィングは、「B」にカーソルを合わせると、力強く決定ボタンをプッシュした。

「やっぱりダメだ！　香織さん、俺は行けない！」

「え⁉」

（そうだ！　あのNPCはミスリード！　トゥルーエンドへの道は、こっちだ！）

「あのストーカーを、このまま放置するわけにはいかないんだ！　俺はもるを助ける！」

「ちょっと！」

呼び止める声を振り切り、翼は地下鉄への階段を行き過ぎた。向かう先は、もちろん交番。

（キーアイテム〝証拠映像〟は入手済みなんだ！　怖いものはない！）

香織は尾行の尾行を続けることを選んだのか、翼を止めには来なかった。交番の中で、眠そうな顔をした若い男の警官が一人、机に向かって何か書き物をしている。

「あの、すみません」

「はい、何か？」

早朝の来訪者に、警官は訝しげな目を向けてくる。それもそのはず、翼はヘッドセットをしたままなのだ。危険人物だと断じられる前に、翼は先手を取って口を開く。

「さっき、ストーカーを見ました！　女の人が出したゴミ袋を、男が拾っていったんです！」

「えっ、ストーカー⁉」あくびを噛み殺していた警官の目の色が、少しだけ変わった。ヘッドセットで覆われた耳に、やや緊迫した声が届く。「落ち着いてください。もう少し、詳しく話してもらえますか？」

「は、はい、動画がここに……」翼はコートのポケットに手を突っ込んだ。まずは右、そして左。指先に当たるのは、道端でもらったティッシュのみである。眉をひそめて、今度はジーンズのポケットを上から叩く。太ももに振動が伝わるだけだ。

「おかしいな、スマホがない……？」背中に嫌な汗が流れる。急いで鞄を開けて引っ掻《か》き回した。全身から、血の気が引いていく。

（どうしてだ？　さっきまでアイテム欄にあったはずなのに……消えている……？）

警官の顔が、見る見る険しくなってくる。これでは翼は、朝っぱらからヘッドセットをかぶって交番に乱入し、支離滅裂なことを吐いているだけの異常者だ。

（リセットだ！　一旦《いったん》立て直す！）

「すみません、また来ます！」翼は踵《きびす》を返して交番を飛び出した。横断歩道へ取って返しながら、地面を舐めるように見回す。可哀そうなスマホが、地面に孤独に置き去りにされていた……などということはない。アスファルトと少量の落ち葉、煙草の吸い殻があるだけだ。

（バグじゃないか⁉　それとも、こういうイベントなのか⁉）

　脳内のウィングも混乱《こんらん》している。現実が、ゲームよりも理不尽に展開していた。横断歩道を逆走し、もるのアパートへの道をひたすら駆ける。首が痛くなることなど頓着《とんちゃく》せず、ひたすら地面を捜す。捜す。捜す。

　スマホは影も形もなかった。

（ゲームオーバー……？）

　無音のヘッドセットをかぶったまま、翼は立ち尽くした。ゴミ出しをするさまざまな年代の男女が、翼を追い越していく。翼一人を残して、街は動き出した。


「ホント、キミは救いようがない偽善者だね」ダッフルコートを手にかけて持った、黒いセーター姿の香織が、駐車場に戻ってきたのは三時間後だった。車の傍らに座り込む翼に対して、ゴミ袋に向けていたよりも冷たい一瞥をくれると、バッグを漁り、平たい何かを放り投げる。

翼は地べたに尻をついたまま、かろうじてキャッチした。

「俺のスマホ……」

「キミの様子がおかしかったからね。変な気を起こさないよう、抜き取っておいたの」

「やっぱりそうか。なんてことしてくれたんだよ……！」

「諦めなよ。もう遅いんだから」香織は運転席側に回って、すみやかにドアを開けた。「さ、キミも乗って。赤ちゃんじゃないんだから、立てるでしょ？」

翼は動かなかった。壊れて捨てられた人形のごとく、地に足を投げ出し、身じろぎしない。胸の中には、ただ怒りのみがあった。車を飛び越えて、香織の声が降ってくる。

「あの男、もるって子の会社まで尾行して、そのまま家に帰ったよ」

「それじゃあ、魔女狩り板に晒されちゃうじゃないか……！」

「代わりに、敵の一人の住所と名前が分かった。キミのスマホには顔写真も入ってる」

事実のみを告げる声が、翼の鼓膜を揺さぶった。取り返したばかりのスマホに目を落とすと、暗いスリープ画面に、自分の情けない顔が映る。この中のデータを警察に見せていたら、どうなっていた？　取り返しのつかなくなる前に、救えた何かがあったんじゃないか？

「キミの気持ちも分かるよ。でも、感傷で勝てるほど甘い相手じゃない」真っ昼間なのに、初冬の陽射しはずいぶん低い。斜め上方からの光の帯が、立木をなでて二人に降り注ぐ。「これから、奴らを追いつめる方法を話し合うから。キミも来てくれないと、作戦が進まない」

香織は運転席に乗り込んだ。腹に響く鳴動とともに、エンジンが活動を再開する。翼は、両足になんとか力を入れ直した。助手席のドアを開き、足を踏み入れる。

「イブチケイ」

「え？」

「井《い》淵《ぶち》圭《けい》。あの黒いコートの男の名前」ギアを替えながら、香織は言った。「家まで尾行して、突き止めたよ。こいつが本当に『中枢』の〝GGSnake〟なのかどうかは、まだ確証は持てないけど。ようやく、容疑者を一人見つけられた」

彼女の声から、喜びや達成感は感じ取れなかった。これが始まりなのだ。戦う準備ができたに過ぎない。「潰そう、魔女狩り板を」

「うん」翼が頷くのと同時に、車は滑るように発進した。

　迷いも後悔も置き去りにして、現実という車は猛然と突き進む。


〝祭り〟が開催されたのは、その日の夜であった。

「七人のオタクたち」全員の顔写真が魔女狩り板にアップされると、それから一時間のうちに七人分の実名が判明。フェイスブックなどから芋づる式に個人情報が特定され、全世界に向けて晒されることとなった。

　では、魔女狩り板が「七人のオタクたち」を魔女と認定した根拠は何か。彼らが掲げる大義名分は何なのか。

〝515：もる（＝茂木瑠衣子《もぎるいこ》）ってクールサクセス役員の親戚《しんせき》らしいぞ　証拠がこれ〟

　そんな書き込みとともに貼られた画像は、株式会社クールサクセスから届いた「特別優待」の案内書だった。ひどくシワのよったその文書には、もるの実名「茂木瑠衣子」と、クールサクセス役員「茂木清太郎《せいたろう》」の名がはっきりと記されていたのだ。

「あのゴミの中にあったんだろうね。運が悪いことに」

　香織はあくまで冷静に、スマホで魔女狩り板をチェックし続ける。翼は胸が痛かったが、目を背けはしなかった。香織同様、〝祭り〟の動向をスマホで監視する。乱暴な憶測の群れが、糸の切れた凧《たこ》みたいに、好き勝手に飛び交っている。

〝568：クールサクセスって知り合いを手当たり次第に勧誘するんだろ？

ってことは　七人のオタクたちは七人とも会員だって噂は確定か？
569：＞＞568　十中八九そうだろうな勧誘して断られたら　気まずくて同じチームにいられないだろうしマルチ商法ってのは　そういうもんだ
570：こいつら時々オフ会開いてるけど
どうせファンをマルチに勧誘するためなんだろ　氏ねよ
571：＞＞570　勧誘っていうか洗脳？
なんにせよ　害悪を振りまいている詐欺集団ってことには違いないな
徹底的《てっていてき》につぶさなきゃいかんでしょ
572：＞＞570　去年のオフ会の写真　保存してあったから貼っとく
573：＞＞572　いつもながらＧＪ！
写真削除なんて　俺らの前じゃ無意味だって学習した方がいいよな
574：学習したくても脳が足りてないんだろ〟

「株式会社クールサクセス」について、翼は大して詳しいわけではない。ただ、マルチ商法で会員を増やしているという、悪い噂だけは聞いたことがあった。会員が新規会員を勧誘し、その新規会員がさらに別の新規会員を勧誘するというものだ。勧誘に成功すればするほどお金が儲かる仕組みらしいが、そんなやり方が続くはずがないというのは、ビジネスの素人の翼にも分かる。会員のほとんどは損をするようにできている、詐欺まがいの商法なのだ。
もるは、その悪徳企業役員の親戚だった。それこそが、もるが狙われた理由。もともと噂だけがあり、その裏を取るべく、スネークに動いたわけだ。

「魔女狩りってのは、イマジネーションのたくましい連中だよなぁ」ソファ上でスマホを凝視する二人に向かって、シンが気楽な声で言った。机の上には、相変わらずコーヒー缶が満載である。「『もるが役員の親戚』ってこと以外は、確たるエビデンスは何一つない。見つかったっていう書類だって、結局、他のメンバーには一枚も配らず捨てたのかもしれない。それなのに、どんどん話を膨らませやがる。大したもんだ」

「違うよ。その逆。想像力が欠如してるの」ため息を一つ吐いて、香織はスマホをポケットにしまった。「七人みんなグルに違いない、って言って、それ以外の可能性を考えない。自分が絶対正しいと思い込む。頭の悪い、ただの野次馬《やじうま》だよ」

「野次馬か。けどよ、馬ばっかりじゃなくて、鹿《しか》もいるみたいだな。合わせて野次馬鹿」

ボサボサの頭の後ろで両手を組んで、シンはケラケラ笑う。香織の表情筋は一切動かない。シンのつまらぬジョークなど、香織にとっては表通りの車の音と同じような扱いである。

「で？　気付いたことがあるんでしょ？　言葉遊びが目的ならあたしは帰るよ」

「まあまあ、そんなに焦《あせ》るなよ」

ジョークがまったく受けずに悲しそうにしていたシンは、気を取り直した様子でマウスを二、三度鳴らし、手招きした。翼と香織は、ぼろきれの集合体と化したソファから立ち上がる。その拍子に、また布の裂ける音がした。

「こいつを見せたくてな」

翼と香織は、シンの左右から画面を覗き込む。おぞましき魔女狩り板の、過去のスレッドが表示されていた。

〝東光大学「CROWN」の悪行を糾弾するスレ〟

見覚えのあるタイトル。香織は、不可解そうに眉根を寄せた。

「このスレだったら、前の〝お祭り〟のときに散々見たよ」

「本当か？　だったら、この書き込みはどうだ？」シンが画面をスクロールする。邪悪な罵詈《ばり》雑言《ぞうごん》たちは、今にもこちら側に飛び出して、噛みついてきそうだった。人を貶めるためだけに書き込まれた言葉たち。シンはスクロールを止め、その中の一つを指差した。

〝720：この塩田《しおた》ってヤツ　クールサクセスらしいぞ
　強引な勧誘で会員を増やす達人だって
　クラウンだかクソウンコだか知らないけど　本当に糞《くそ》しかいないのな〟

翼の心臓が、ドクンと跳ねる。無数の悪罵の中、その三行は異質な手触りをもっていた。

「えっ……これって……」

「偶然か？　いいや、必然だろうな」シンが画面をトントンと指で叩く。その目は、獲物を捕らえた猛禽《もうきん》と同じ光を宿していた。「摑んだぜ、奴らの尻尾」

シンは、翼と香織に語った。魔女狩りの「中枢」に迫る重大な発見を。それは、この世の地獄の外へと続く、細く、頼りない糸であった。

静かな住宅の谷間を、翼は孤独に歩いていた。足音が高い空へと昇っていき、流れる雲に吸い込まれる。どこかから響いていた犬の吠え声がやんだところで、枝を半裸にした木々に囲まれた公園に行き着いた。黄金色の落ち葉のひとひらが、風にさらわれて宙を躍る。

交番と地下鉄駅の二択を迫られたあの交差点から、徒歩十分ばかり離れた場所。鉄棒と雲梯《うんてい》と滑り台と砂場とジャングルジムとブランコ。ごく普通の児童公園だ。小さい靴跡が、無数に重なって刻まれている。ここ二週間で、訪れるのは三度目である。錆びた遊具たちは、前の二度と変わらず無言だ。休日とはいえ朝の七時半では、遊ぶ子どもは一人もいない。

ただ、過去二回の訪問《ほうもん》と違う点がある。朝の空気をかすかな音楽が弾ませる。公園の中央では、そのリズムに乗って女性が踊っていた。翼は公園の外——彼女の後ろ側から観察する。

パーマの茶髪が、風をはらんで軽やかになびく。小さな体をダイナミックに躍動させる、翼の大好きなダンスだった。

「もるさん……」口の中のつぶやきは、外の空気に触れることなく溶けて消えた。

魔女狩りでの〝祭り〟は、瞬く間にネット中に広がった。「七人のオタクたち」は全員クールサクセスの会員で、もるに煽動《せんどう》されて詐欺行為を働いているという噂が、まことしやかに語られたのだ。匿名掲示板で、まとめサイトで、ツイッターで、そしてユーチューブのコメント欄で——詐欺師だったなんて　恥を知れ——死ね死ね死ね死ね死ね死ね死ね死ね死ね——幻滅しました　ファンやめます——。

「七人のオタクたち」は、事実上の解散状態となった。

公園に流れていた音楽がやむ。もるは滑り台に近付き、階段に置いた再生機器の前にかがみ込んだ。同じアニソンが再開する。彼女はまた、翼の大好きなダンスを踊り出す。

この公園の場所と名前は、魔女狩り板に晒されていた。もるの早朝練習場。「早起きできる暇人はここに邪魔《じゃま》しに行こうぜ」。そんな書き込みを読んだら、翼は矢も盾もたまらなくなった。早起きして電車を乗り継ぎ、こうして、三度目でようやく出会うことができたのだ。

クールサクセスは、たしかにマルチ商法を実施している。だけど、もるは役員の親戚というだけで、マルチ商法に加担しているかどうかは分からないのに。ネット上では、単なる憶測でも、面白ければ事実となる。根拠があるかどうかなど関係ない。信じたいか、信じたくないか。それが真偽《しんぎ》を決める唯一の要素なのだ。

腐っている。根元まで、完全に。

「ほら、あの人」笑いを押し殺したような、暗いひそひそ声が聞こえて、翼は辺りを見回した。マフラーに顔をうずめた二人組の女の子が、もるの背中に、そしてときおり窺える横顔にスマホを向けている。女子高生だろうか。練習に熱中しているもるは気付かない。

「ホントだ、もるだ。写真と同じ顔」

シャッター音が不吉に連続する。動物園の檻の前にいるような、無遠慮な態度だった。

「こうやって見ると、けっこうダンス下手だよね」

「あたしも思った。うちのダンス部の方が全然上手いよ」

「ホントホント。自分ではカッコいいって思ってるのかな？」

「まじウケる。しかも、なんか詐欺師って話だし」

「えー、こわ」

「朝早くからキモい音楽流しちゃって。メーワクだよね」

「ねー」

「……何が分かるんだよ」

怒りに満ちた声が、低く響く。女子高生たちの会話がピタリとやんだ。

「自分は安全な外野で、ピーチクパーチクさえずってるだけのあんたたちに……」

それが自分の声だと気付いたときには、感情の奔流が堰《せき》を切っていた。

「いったい何が分かるっていうんだよ！」

頭上の木々から、スズメが飛び立つ。心臓が妙な具合に跳ねている。自分で叫んだくせに自分の声に驚いて、今にも涙が溢れそうだった。

「何、この人。キモ」

「行こ」二人の女子高生は、気味悪そうな顔をして去って行った。何度か振り返り、指を差しつつ、住宅街の中へと消えていく。呼吸が乱れ、膝に手をついた。

何やってんだ、俺。子どもみたいだ。

誰も何も得をしない、独りよがりの叫びだった。長い時間をかけて息を整えていると、アニソンが止まっていることに気が付いた。そろそろと顔を上げる。

もるの澄んだ瞳が、こちらをじっと見つめていた。

驚いて目を逸らす暇すらない。雷に打たれたような衝撃が、頭のてっぺんから足の先まで走りきる前に、もるはいきなり、ぺこりと頭を下げたのだ。茶髪がふわりと舞う。二撃目の雷は、翼をその場にとどまらせるには、あまりにも強烈《きょうれつ》すぎた。

翼は回れ右をすると、泡《あわ》を食って駆け出した。背中にもるの声が届いた気もするが、足は止めない。知らない道を全速力で、ジグザグに、無茶苦茶に走った。涙に濡れた目に北風が吹き付け、ヒリヒリと痛い。息が苦しく、胸も痛い。それでも、翼は脚を動かし続けた。

「俺には、礼なんて言われる資格……ないんだ……」血を吐くように、痛みを声に換えていく。

「助けられたかもしれないのに……見殺しにしたんだ……」

公園がはるか後方に消え、まるで見覚えのない景色に四方八方を囲まれてから、翼はようやく立ち止まった。激しく咳き込み、道の端でうずくまる。

休日出勤のサラリーマンが、訝しげにこちらを見ているのが分かった。だが、何人通りすぎようとも、声をかけてくる者は一人もない。現代人の冷たさが、今はありがたかった。

息が整うまで、四、五分かかったと思う。

ようやく気分が落ち着いたところで、ポケットの振動に気が付いた。立ち上がってスマホを取り出すと、ラインのアイコンに、新着メッセージを示すマークがついている。

こんなときに誰から？　香織はラインを使わないから、幸平だろうか……。

そうして、何気なく画面をタップした瞬間、翼は呼吸を忘れた。太陽を直接見てしまったときのように、表示された名が両目に焼き付く。波立っていた心に、より大きな波がぶつかって、感情が一新されていく。甘く切ない記憶と、この場で自害したくなるほどの悔恨《かいこん》とが同時に呼び覚まされた。

〝や。久しぶり。〟

彼女が好んで使った、極端《きょくたん》な短文。それを読むだけで、懐かしさで胸が満たされる。

〝おめでとう。お誕生日《たんじょうび》。〟

様々な感情と記憶とが、心の中に大嵐を巻き起こす。また座り込んでしまいそうで、翼は必死で足に力を込めた。言葉がこみ上げてきて、文としての形をなす前に泡と消える。次々と、次々と。だから翼は、最初に言わねばならぬことだけを、震える指先で打ち込んだのだ。送信ボタンを、タップする。

〝ありがとう！　でも俺の誕生日、三日後だよ！〟

束の間、翼の時間は二年前まで巻き戻った。

2・5

頑張ってください！　負けないでください！

私は心の中で叫びます。応援です。選手は応援の有無《うむ》によって、発揮できる力が違ってくるというのを聞いたことがあります。ただの精神論、とおっしゃる方がいるかもしれませんが、人間が精神で肉体を動かす以上、精神論も馬鹿にはできません。

私はあなたを、応援しています！

この想いは、届いているでしょうか。あなたの力になっているでしょうか。私は本棚の間に立って、両手を合わせて目をつむり、必死に念を送ります。店内は風にゆすられた森林のごとく、心地よいざわめきに包まれていました。

十分にお祈りをすると、私は薄目を開けました。色とりどりの背表紙がきれいに整列する、一種の芸術的本棚が目に映ります。しかし、私の目を引く本は常に一つ。白い背表紙に羊羹色《ようかん》の帯が映える、我が子同然の本でございます。

電脳マジョガリ　仁藤博道

ここは、池袋にある大型書店さんのノンフィクション本コーナーです。お仕事で池袋に来たついでに、こうして激励《げきれい》に訪れたわけであります。何の激励かって？　もちろん、雨にも風にも返本にも負けず、このポジションを死守してもらうためです。

業界は、「出版不況」の嵐に襲われ続けております。棚に置かれるのは人気作家の本ばかりなので、その他大勢《おおぜい》の本は、段ボールから出されることすらなく返本になってしまいます。運よく棚に並んだとしても、一定期間売れなければ、倉庫という名の牢獄《ろうごく》に逆戻り。『電脳マジョガリ』の置いてある書店さんは、私の知る限り、もはやこの店しかなくなってしまいました。それでも、半年以上も同じ場所に残っているのだから、耐えている方です。私は、足を運ぶたびに応援します。どうか返本されませんように、と。

十二人の逮捕者を出した、二年前の〝あの事件〟を取材し、一年以上をかけて書き上げた力作です。私は、心の底から愛する作品に触れようと、そっと手を伸ばしました。

そこで、気付いたのです。先週応援したときと比べて、本の位置が、どうも二ミリか三ミリほど手前に出ているようだ、と。胸の中が、パッと一瞬で晴れ渡りました。もしや、どなたかが立ち読みなさったのでしょうか。地下を含めて十フロアある書店さんの中で……年間八万点も出版される書籍たちの中で……私の書いた一冊を読んでいただけたなんて。男の方でしょうか。女の方でしょうか。いったい、何ページ読んでいただけたのでしょうか。

私は感激で涙ぐんでしまいました。しばらくその場を離れずに、『電脳マジョガリ』を読んでくださった方について、想像を巡らせたのでした。

寒風を切り裂いて、東名高速道路を行きます。だんだんと、トレンチコートだけでは冷気を防ぎきれない時期になって参りました。寒いのは苦手です。喫茶店で頼むココアも、ホットに切り替えた方がよいでしょう。私は神奈川《かながわ》県の中央部、厚木《あつぎ》市で高速を下りると、市街地を走りました。近くの米軍基地から飛び立った飛行機が、今日も轟音《ごうおん》で空気を震わせています。五分程度走りますと、目当ての民家に行きつきました。

坂神《さかがみ》

黒いシンプルな表札は、いつ見てもお変わりありません。二年前と違って、最近は落書きをされることもなくなったようで、壁の色は白色で落ち着いています。インターフォンを押すと、すぐに女性が出迎えてくれました。白の交じる髪を後ろで束ねた、やつれた感じの方――坂神良一《りょういち》さんのお母さんです。四十代のはずですが、正直、もう少し上に見えます。

「いらっしゃい」

「突然ご連絡して、申し訳ありません」

「かまいませんよ。どうぞ上がってください」

坂神さんはお優しい方です。平日の真っ昼間から、わざわざ私のために時間をとってくださっています。ダイニングの中央にある木製のテーブルを前に、私は腰掛けます。

「紅茶でよかったかしら」

「はい、ありがとうございます」

最大級の親切に対して、私は最大級のお礼を返そうと、勢いよく頭を下げました。するとどうやら、勢いがよすぎたようです。テーブルに額をごっつんこしてしまいました。

キッチンで、坂神さんがクスリと笑います。とても恥ずかしいですが、笑ってもらえたなら良かったです。「旦那さんは？　お仕事ですか？」

「ええ、会社に」

「お子さん方は？」

お盆でティーカップを運んできた坂神さんは、すぐには答えてくれませんでした。不躾《ぶしつけ》だったかもしれません。とりあえず、ソーサーとティーカップを受け取ります。

「ありがとうございます。いただきます」

「良一は、二階の自室です。お恥ずかしいのですが、まだこもりっきりで」

向かい側に腰掛けながら、坂神さんは言いました。良一さんは、あの事件がなければ高校生になっているはずでした。坂神さんは、とても辛《つら》そうです。もう一人のお子さんの近況も気になりましたが、今は訊かないことにいたしましょう。

湯気を鼻に受け、紅茶をすすります。ココアほどではありませんが、紅茶も好きです。

「いいえ、恥ずかしくなんてありません。あんなことがあれば、当然です」

「私、恐ろしくて、この二年間はインターネットをほとんど見ていないんですけど……あの掲示板は、まだ存在しているのですか」

「はい、まだあります」

「以前と変わらず？」

「はい。当時のままです」正直に答えますと、坂神さんはお顔を悲しみでいっぱいにしてしまいました。もしかしたら、答え方を間違ったかもしれません。「先日、警察官の友人に聞きましたが。当時と違って、捜査に踏み切るだけの大きな材料がないようなのです」

「材料、ですか？」

「例えば、殺害予告とかです」涼子さんの受け売りを、そのまま坂神さんにも売り渡します。

坂神さんの苦しげな表情は変わりません。

「そうですか……」ついに、坂神さんは顔を俯けてしまいました。おいしい紅茶には、まったく口をつけていません。まるで血でも吐くような声で、彼女は言いました。「過去を変えることはできません。起こってしまったことは、もう仕方のないことです。私はただ、あのような事件が、もう二度と起こらないようにしてほしいんです」

「分かっています」私は力強く、七回連続で頷きました。「力を尽くします。『電脳マジョガリ』の続編を書くつもりです。魔女狩りの恐ろしさを世間に知らしめます」

「ありがとうございます……」顔を上げると、坂神さんは涙目になっていました。この二年間で流した涙の量からすれば、きっと些細なものなのでしょう。

　私はポケットから手帳と鉛筆を取り出し、盾と剣のごとく構えました。

「坂神さん、実は、お訊きしたいことが」

「ええ、私に答えられることなら」彼女はハンカチで涙を拭います。この涙を止めることこそが、ライターのお仕事なのです。

「最近、何かおかしなことはありませんか？」

「おかしなこと、ですか？」

「ええ。以前あったようなことです」口に出すのははばかられました。この一家を襲ったのは、それほどまでにおぞましい出来事だったのです。

　しかし坂神さんは、あえて言葉にされました。そうすることで、頭の中を整理しようとするように。胸の痛みをこらえているのが、伝わってきます。

「おかげさまで、かなり落ち着きました。壁に卑猥《ひわい》な落書きをされたり、郵便受けに蛇を入れられたり、道でいきなり殴りつけられたり……。そういうのは、もう半年くらい一度もありません。ただ、無言電話だけは、今も時々あります」

「時々、ですか」

「ええ。月に一度くらい」

「一番最近のものは、いつ頃でしょう？」

「ええと、よく覚えていないんですが……」

　坂神さんは額に手を当て、しばし考え込んでから、そっと椅子を引いて立ち上がりました。彼女はキッチンに歩いていき、どうやら冷蔵庫のカレンダーを眺めているようでした。

「たしか、二週間くらい前です。……ああ、そうです。先々週の土曜日です」

「なるほど」私は手帳をめくり、日付を確認しました。そのとたん、頭の中でピッチャーおじさんがボールを投げます。キャッチャーおじさんが受け止めると……ボールには、「悪い予感(弱)」と書かれていました。

　ぬこぬこ映画速報の閉鎖の直後、ですね。

　心の中でつぶやくと、ピッチャーおじさんとキャッチャーおじさんは去っていきました。彼らは用が済むと帰ってくれるので、とても助かります。

　坂神さんがテーブルに戻ると、私は重ねて問いかけました。

「確認しますが、他には変わったことはないのですね？」

「ええ。近頃はその無言電話一本だけです」

「分かりました」日付の隣にメモを書き入れ、手帳を閉じます。鉛筆は、五秒ほどクルクルと回してから、胸ポケットに戻します。坂神さんに訊くべきことは、これくらいでしょう。

　私が本当にインタビューしたいのは、彼女ではないのです。

「坂神さん、息子《むすこ》さんに……良一さんにお会いしてもよろしいですか？」

「え？　ええ、もちろん。本人がいいと言えば、ですが……」

「はい、助かります」私は椅子の音を鳴らさず、スマートに立ち上がりました。坂神さんのあとについて、階段を上がります。お部屋の場所は知っているのですが、他人《ひと》様の家を勝手にうろつくのは、失礼に当たるのです。

「良一。仁藤さんがお見えなんだけどね」軽くノックをすると、坂神さんはドアに向かって声をかけます。返事はありません。

「お前に会いたいって。開けてもいい？」

　また、無音。坂神さんは眉をハの字にして困り顔です。

　もしかしたら、寝ているのではないでしょうか。そう言おうとしたところで、お部屋の中からガサガサと、何かを踏みつけるような音が聞こえてきました。

「僕の部屋は汚いよ。隣に通して」

　ドア越しにでも分かりました。良一さんの声です。

「分かったよ、お通ししておくから。……では、仁藤さん、こちらに」

坂神さんに案内されて、私は和室のひと間に通されました。押入れからきれいな座布団を出してもらって、その上に腰を下ろします。正座は二分と我慢できないので、胡坐《あぐら》で勘弁してもらいたいところです。

「では、どうぞよろしくお願いします」坂神さんは頭を下げると、しずしずと階段を下りてゆかれました。あとに残されたのは私一人。

大きな観音《かんのん》開きの洋服ダンスと、足をたたまれたちゃぶ台が、この座敷にある家具のすべてでした。あとのものは、押入れの中にでも詰め込んであるのかもしれません。柱にかすかに残るは爪とぎの跡と、背比べの印。

坂神さんの気配が消えてからしばらくすると、隣室のドアが重々しく開かれる音がして、続いて襖《ふすま》がスーッと滑りました。坊主頭《ぼうずあたま》の少年が、表情なく立っていました。夢も希望も二年前に置いてきてしまったような、濁った瞳が二つ並んでいます。

「こんにちは」

「うん」少年——坂神良一さんは、そっけない返事とともに、大儀そうに敷居をまたぎます。

彼が座布団にぺたんと座ると、私はさっそく笑いかけました。

「元気にしてらっしゃいましたか？」

「さあね」

「近頃は、お母さんとはうまくやっていますか？」

「別にいいでしょ、どうだって」

「坊主にしたのですね」

「楽だからね」

「どこで切っているのですか」

「どこでも同じでしょ、バリカンで刈《か》るだけだから」

「たしかに、そうですね」

「うん」

「今日はいい天気ですね」

「そうだね」

これはいけません。年齢が私の半分ほどだからでしょうか。会話の糸口が、まるで見つからないのです。良一さんは、つまらなそうに下を向き、座布団の角から飛び出ている糸の束を、手で弄《もてあそ》んでいます。あの糸は、何という名なのでしょうか。

「お姉《ねえ》さんは、どうされていますか？　もう成人されたのですよね？」

「知らないよ」これもダメ。以前お会いしたときもそうでしたが、なかなか気難しい方なのです。いったい、何の話題を振ればよいのでしょう……。

と、思っていると。

「どこにいるかも、何してるのかも知らない」意外なことに、良一さんは言葉を続けてくださいました。ですが、これには首を傾げざるを得ません。それも、右と左に二回ずつです。実のお姉さんなのに、どうして知らないのでしょうか。

「お姉さんは、まだ大学生でしたよね？」

「さあ。なんか休学したみたいだけど。そこから先は分かんない」

「連絡もないのですか？」

「うん」

逆に疑問が増えてしまいました。お姉さんが消息不明？　いったいどうして？

私はポケットからビニール入りの飴を取り出し、畳《たたみ》の上に置きました。オレンジ色の宝石を、じっと見つめて考えます。

――あたしは、絶対に許さない。

良一さんのお姉さんというと、真っ先に思い出すのはあの言葉と、涙と、鬼の形相です。放っておいたら、魔女狩りなど比較にならないほどの、とんでもないことをしでかしそうな……危うさを秘めた女性でした。

「ぬこぬこ、潰れたね」

突然のことでした。私が驚いて顔を上げると、湖面《こめん》のように澄んだ瞳と鉢合わせです。私が切り出そうと思っていた話題に、先回りされてしまいました。「ご存じでしたか」

「うん。ネットばっかりやってるからね」

やや自嘲的に、彼は言いました。私はオレンジの飴を拾い上げ、ポケットに戻します。

「おじさんは、僕がやったと思ってるんだ」

「そんなことは……」

「隠さなくてもいいよ。分かるから」

「……ポーカーフェイスには自信があったのですが」

「どうして僕だと思ったの？　魔女狩り板を恨んでる人は、いくらでもいるでしょ？」

私は迷いました。正直に言ってよいものか。良一さんを傷つけることにならないか。脳内でおじさんたちがいくつかの意見をぶつけ合いましたが、私は結局、言うことにしました。

「良一さんなら、ああいう〝攻撃〟もやりかねないと思ったからです」

「へぇ」幸い、良一さんは気を悪くした様子もありません。その代わりに、なんだか妙なことを言い出したのです。「ねぇ、おじさん」

「お兄さんです」

「おじさんは、世界を壊したいと思ったことある？」

私は返事に窮しました。思春期特有の心理状態、でしょうか。ぬこぬこ映画速報への〝攻撃〟とどう関係があるのか、見当もつきません。

「僕はあるよ」

「それは、二年前のことですか」

「そうさ。魔女狩りのせいで学校に行けなくなった。世界の全部が敵に見えたくらいだよ」

脳裏に、当時の良一さんの様子が思い出されます。家の電話は休みなく鳴り続け、ポストには汚物が毎日のように投函《とうかん》され、登下校中にカッターナイフで刺されかけ、同級生からも避けられ続け……。あの頃の良一さんに、家族以外の味方はいませんでした。

「でもね、それとこれとは話が別なんだ」良一さんの声が、畳の匂いの漂う空気を揺らします。とても無機質な声でした。「ぬこぬこ映画速報一つ潰して、それでどうなるの？　また別のまとめサイトが、ぬこぬこに成り代わるだけだよ。魔女狩り板に復讐したいなら、そんなちゃちな小細工は意味がない」

「そうでしょうか」

「とぼけちゃって。とっくに気付いているんでしょ？　あれが〝攻撃〟だとしたら、真の狙いはぬこぬこじゃない。多分だけどね」

そこで、彼は初めて笑いました。嬉しいとか、楽しいとか、そういうものを表現した笑いではありません。凝り固まった感情を取り出してみたときに、ぴったり合う表情がなかったものだから、とりあえず浮かべたような……そんな笑い。

そう、この目です。もっと大きな爆弾《ばくだん》の存在を匂わせる、あのお姉さんと同じ目です。

「では、良一さんがやったわけではない、と」

「僕がやっていたとしたら、その報復は無言電話一回くらいじゃ済まないよ？」

「その通りですね」私は納得して、三回半頷きました。良一さんの論は明快です。この方は、ぬこぬこ映画速報の件とは無関係でしょう。

やはり、私の杞憂でした。豊かな想像力は、時として自分自身を惑わせてしまうのです。


――え？　お母さん、入院するのですか？

――はい。病院に行ったら、レントゲンを撮られましてねぇ。

――どこがお悪いのでしょう？

――腰ですね。どうやら、手術をしないといけないようなのですよ。

――手術、ですか。

――博道さんには、ご迷惑をおかけしますが。しばらくはお留守番をお願いしますね。

――そのくらい、かまいません。あ、そうです。今日の夕飯は出前にしましょう。

――大丈夫ですよ。もう作ってありますから。


お母さんが腰の痛いのを我慢して作ってくれたご飯を、ひと口ひと口、大事に食べました。洗い物は私が代わろうと思っていたのですが、「博道さんにはお仕事があるでしょう」と言って自分で取り掛かってしまいました。お母さんはお優しいのですが、時に頑固すぎます。お父さんの遺影も、仏壇から心配そうな目をお母さんに向けています。

私は二階の自室に上がると、パソコンの電源を入れました。ネットの海にサーフボードを抱えて飛び込み、魔女狩り板の情報を仕入れます。

詳しくは分かりませんが、手術というのは、けっこうなお金がかかると思います。きっと保険だけでは足りないでしょう。私がお仕事で稼がなくてはなりません。いつもの仕事に加えて、『電脳マジョガリ』の続編を出せれば、少しはまとまったお金も入るはずなのです。

魔女狩りについて検索してみると、「七人のオタクたち」というダンスグループの事件がヒットしました。リーダーが「クールサクセス」役員の姪《めい》だと判明。そこから、メンバー全員が会員で、詐欺を働いているという噂が蔓延《まんえん》したのです。

「要は、いつものパターンですね」

中世ヨーロッパでは、「世間の噂」は魔女裁判において有力な証拠として扱われたといいます。その恐るべき所業が、どういうわけだが、現代日本ではしばしば再現されております。

私は例のごとく、ペン立てから鉛筆を取り出しました。右手でマウスを動かしながらなので、円ではなく三角を空中に描くことにします。

魔女狩り板を見る限り、クールサクセスとのつながりを示す証拠が挙がっているのは、リーダーのもるさんただ一人。そのもるさんの証拠だって、いくらでも偽造できる手紙一枚だけです。こんな真偽不明の情報に、多くの方が踊らされているのは……この「七人のオタクたち」という方々が、とても人気のあるグループだったからでしょう。人気には、嫉妬や逆恨みが付きまといます。私の頭にも、ジェラシーおじさんが住んでいます。

左手で空中に冬の大三角を描きながら、魔女狩り板の書き込みを注意深く目で追いました。大半は「七人のオタクたち」を攻撃する言葉ですが、少し異質なものも交じっています。

〝821：スネークをさらに尾行してる物好きがいるって噂
　もしかして　ぬこぬこを潰した奴と同一人物じゃないか
822：>>821　お　そうだな
823：>>821　妄想乙〟

「尾行？」自然と、大三角を描く左手の速度が上がりました。とても興味深い書き込みです。マウスを操作し、ページ全体を印刷します。プリンターから吐き出されたA4用紙を、私はじっと眺めます。これははたして噂でしょうか。それとも、ただの深読みなのでしょうか。もしも、そのどちらでもないとしたら。本当に魔女狩り板と戦うために、準備をしている方がいるということでしょうか。

机の引き出しから、背に「クールサクセス」と書かれたファイルを取り出します。中身は、新聞や雑誌の切り抜き、ネットニュースのプリントアウト、そして手書きの取材メモ。私が五年にわたって――すなわち、〝あの事件〟のずっと前から収集を続けている、クールサクセスと魔女狩り板とを結びつける資料であり、『電脳マジョガリ』の続編を書く手がかりです。その最新ページに、印刷したてほやほやの紙を綴《と》じました。

スネークといえば、〝GGSnake〟さん。出所が彼（もしくは彼女）だとしたら、決して無視できる噂話ではないでしょう。実際に、尾行の尾行がいらっしゃったのです。

私が今日、良一さんにお会いしたのは、無実であってほしかったからです。その願いは、どうやらどこかの神様が聞き届けてくれたようでした。彼はこの件にかかわっておりません。となると、他に私が目をつけているのは、お一人。

ウィングさん。

ぬこぬこ映画速報（あるいは、管理人のにょ次郎さん）への〝攻撃〟、ツイッターでの挑発、魔女狩りメンバーの尾行。その一連の出来事が、明確な目的に向かっていると考えるのは、はたして乱暴なこじつけでしょうか。

この仮説が真実ならば。ウィングさんが次に辿り着くのは、いったいどこでしょう。それは決まっています。だって、この「七人のオタクたち」の事件を追ったのであれば、当然、気付いたはずですから。

クールサクセス。火薬庫に火が放たれるのは、そう遠い未来ではないようです。

ターゲット3　クールサクセス

老若男女《ろうにゃくなんにょ》、種々雑多な面々が、整然と並べられたパイプ椅子に隙間なく腰かけている。二百人ばかりが白い壁と灰色の絨毯《じゅうたん》に包囲され、正面の大スクリーンに映し出されるスライドを食い入るように眺めている。膝の上にノートを置き、メモを取っている人も多数。高そうなスーツを着た若い男の講師が、マイクを片手に、スクリーンの脇で熱弁をふるっている。

翼は試しに、隣の中年男性のノートを盗み見た。「稼げる！」「貧乏思考からの脱出！」「儲かる！」「金が入る！」の四行が目に入ったところで、うんざりして目を逸らす。どれもこれも、スクリーンに映された文字そのままなのだから始末が悪い。

翼は、スクリーンの横に下りる垂れ幕に目をやった。「クールサクセス　二日間体験セミナー——成功者の〝超〟発想法」。翼の興味から最も遠い位置にあるセミナーである。

もう十二月。クリスマスツリーのライトアップもそこかしこで始まっているというのに、なぜ俺は、スーツ姿でこんなところにいるんだ……。

膝の上の白紙のノートを、シャーペンでコツコツとノックし、あくびを嚙み殺した。

「摑んだぜ、奴らの尻尾」得意気に笑ったシンは、続いて、一つのホームページを開いてみせた。魔女狩りとクールサクセスとの因縁を示す根拠。翼は固唾《かたず》を飲んで、画面を覗き込んだ。

星空の背景の上に、文字のみの飾り気のない記述が並んでいる。

「これは、誰かのブログ？」

「イエス。『クールサクセス』と『ランスロット』のキーワードから、俺が見つけた」

ランスロット――円卓の騎士の一人。翼は顔をさらに画面に近付けた。

「もしかして、ガウェインは昔、ランスロットを名乗ってた？」

「イグザクトリー。察しがいいな。おそらくそうだ」

「でも俺、『ランスロット』は調べたけど、こんなの見つからなかったよ」

「そりゃそうだ。このブログは閉鎖済みだからな。ウェイバック・マシンを使って、ちょちょいっと復元したのさ」

「ウェイバック……」

「ホームページのデータが蓄積されているアーカイブさ。閉鎖されたページだって見られる」

「えっ、そんなものがあるの？」

「オフ・コース。一度ネット上に出したものが、そう簡単にデリートされると思わない方がいいぜ？　いや、むしろ永遠に残り続けると思った方がいい。ブログの閉鎖なんてまったく無意味だ。過去のデータはいくらでも漁れる。しかも閲覧は無料で、自由」

恐るべき事実が、シンの口からポップコーンみたいに次々と飛び出てくる。ブロガーたちがゴミ処理場に送ったと思っていた物は、実はご丁寧に庭に陳列《ちんれつ》してあったわけだ。

「で、俺が見せたいのはこのエントリー」

マウスがカチリと鳴り、別のページが開かれる。ランスロットのブログの中にある、古い記事のようだ。日付は五年前の十二月三日。長い記事だった。

タイトルは、「クールサクセスを許さない」。

「知っての通り、クールサクセスはマルチ商法をやってる会社だ。このエントリーには、『父親がクールサクセスにはまったせいで母親と離婚。その直後に父親は自殺した』ってなことが書いてある。ざっと要約するとな」

「自殺……。だから、『クールサクセスを許さない』なのか」翼は身震いした。離婚とか、自殺とか。数か月前までは無縁《むえん》だった言葉が、平然と行く手に転がっている。翼はそれを、踏み越えて進まなくてはならない。ブログには、怒りの言葉が所狭しと綴られていた。

〝僕の父はクールサクセスのせいで別人になってしまいました。僕は、僕の家庭をぶち壊したクールサクセスを許しません。断じて許しません。〟

「もるは、クールサクセスの役員の姪。CROWNの塩田は悪質な勧誘の常習者。そして、ランスロットはクールサクセスを恨んでいて、〝ガウェイン〟や〝Perceval〟と同系統のハンドルネーム。ここに何かあるって考えるのは、ナチュラルな思考だろう？」

「たしかに、そうね」ずっと黙りこくっていた香織が、ようやく腕組みを解いた。「魔女狩りはまったくの無差別であると見せかけて、実はクールサクセスの関係者を攻撃してる。キミは、そう考えてるってこと？」

「あくまで予想だけどな。そもそも、このランスロットとガウェイン、そして『中枢』の〝Perceval〟が同一人物だってエビデンスもない」

「同一人物だよ」香織は、シンを挟んで翼の反対側から、ブログをキッと睨み据える。「キミは分かってるでしょ？　アイツらのこと」

「まあ、それなりにはな」シンはボサボサ頭をかき回した。また、翼には分からない話である。

「とにかく、当時のクールサクセスの会員名簿を手に入れて、自殺した人間を突き止めれば、ランスロットの父親が分かる。そこまではオーケーかい？」

「会員名簿？　そんなの、キミがハッキングすればすぐに手に入れられるでしょ？」

「ハッキングなら、もうやった。バット、話はそう簡単でもないらしい」シンは大袈裟に首を振り、新しくエクセルのファイルを開く。「まあ見てくれ。クールサクセスの社員のパソコンからいただいた名簿なんだが……ここ。五年前のデータが抜けているんだ。意図的に記録からデリートしたのか、それとも偶然なのかは分からないが」

翼と香織は、エクセルの内容を上から順に追った。会員の名前と、住所などの個人情報、そして入会・退会の日付。欲しいのは、ブログが書かれる直前、つまり五年前の秋から冬にかけて退会した人のデータなのだが。たしかに、その付近のデータが根こそぎ抜けている。

ゲームクリア直前、ゴールの手前に大穴が待ち構えていたわけだ。翼は肩を落とした。

「これじゃあ、ガウェインだかランスロットだかの本名も分からないよ。どうするの？」

「デジタルのデータが駄目なら、アナログデータを盗めばいいんじゃない？」

「イエス。さすがハニー、話が早いな」

「え、アナログ？　どうやって」

「ジャンプが欲しいならコンビニ行くでしょ？　じゃあ、書類が欲しいなら？」

無論、会社に乗り込むしかない。しかし、そういう書類は厳重に管理されていて、社員以外は触れることもできないのではないだろうか……。

「そんな顔しなくても、作戦は考えてあるから大丈夫だよ」

「そ、そうなの？」

「まず、キミがクールサクセスに潜入する」

「なるほど、まず俺が潜入する……え？」

「単純でしょ？　誰でも入会できるのが、マルチ商法のいいところだからね」

「マルチ商法をやれってこと⁉　俺が⁉　無理だよ、そんなの！」

「もちろん、あたしもやるよ。一人より二人の方がいいでしょ」

「それはそうだけどさ……」言い淀《よど》んで、翼は机に手をついた。ずいぶん厚い埃《ほこり》の感触がしたので、すぐに手を引っ込める。灰色になった手のひらを、軽くはたいた。

「いきなり入会して、それで書類が盗まれたりしたら、真っ先に疑われちゃうよ」

「ザッツ・ライト。なんとか、疑われない方法を考えないと」

埃の城に住まう王が、腕を組む。疑われない方法、って言ったって。そんな、蜂に見つからずに蜂蜜《はちみつ》を取るような、都合のいいやり方が存在するのだろうか。

……と、思っていたのだが。

二週間後。蜂蜜の取り方は、二人分の昼食代と引き換えにもたらされた。早朝の公園でもるを見かけた、二日後のことであった。

「え。幸平、これ何？」

「見れば分かるだろう。クールサクセスの二日間体験セミナーのチラシだよ」

「そうじゃなくて。これ、どうしたの？」

「先輩《せんぱい》にもらったんだ」

その先輩って、もしかして塩田って人、と尋ねかけ、翼は危うく言葉を呑む。

瀬川幸平の前では、ラーメン丼の中に赤色のスープが、彼の口内を攻撃するという役目を終えて静かに収まっている。金を払って口と胃をいじめる意味を、翼は理解できない。しかも、翼のおごりだというのに。

大学の食堂は、笑顔に満ちていた。ここは世界で一番自由な場所なのではないだろうか。彼らは気分が乗らなければ講義をサボるし、家庭教師という名目で中高生とテレビゲームに興じることもあるし、夜になれば覚えたての酒を嬉々として一気飲みする。聞こえてくる話の八割は色恋沙汰。そんな自由・平等・博愛の園において、二人の会話は異質だ。

「クールサクセスってのは、マルチ商法らしい」

「うん、それくらい知ってるよ」知っているも何も、頭痛の種である。

「そうか、知っていたか。だったら話が早い」

「なんだよ。まさか幸平、マルチ商法をやりたいの？」

「違うって。いくら貧しくても、最後の一線は弁《わきま》えている」幸平は、お冷のグラスを丼の横に置いた。雫《しずく》が一つ流れ、トレーを濡らす。「しかし、犯罪者の集団がどんな連中なのか、興味がある。どうだ？　一緒に冷やかしに行かないか？」

「行くわけないよ」

「冗談だ。俺だって、そんな面倒事はごめんこうむりたい」幸平は笑って、トレーを持って立ち上がった。放り出されたチラシは、テーブル上の水滴を一つ吸ってふやけている。翼はそれを一瞥してから、自分も幸平の後を追って返却口へ向かう。

犯罪の片棒を担いでいる人間なら、ここにいる。それを言ったら、軽蔑されるだろうか。

「マルチ商法なんて、いまどき引っかかる奴はいないと思うがな」

混雑を増していく食堂内で、幸平のつぶやきはたやすく呑み込まれた。


……引っかかってる人、多すぎだろ。

一つ残らず埋まったパイプ椅子の群れの中で、翼はただただあきれていた。

この白とグレーのホールで肩を寄せ合っているのは、人生経験の浅い若者や、耄碌《もうろく》しかかった年寄りだけ、ではない。今が働き盛りであり、子どももそろそろ大きくなっているであろうオッサンやオバサンも、胡散《うさん》臭い講義を大真面目に聴いているのだ。

幸平のチラシをこっそり拾って読み返したときは、まさかここまでの盛況だとは思ってもみなかった。欲に目がくらんだ中年諸君のおかげで潜入は大成功である。

それにしても。

――チラシをくれたのが、サークルの先輩だって話、しただろう？

トレーを返却し、次の講義へ向かうときの幸平は、なんとも寂《さび》しそうであった。

――いい人でな。信頼していただけに、なかなかショックだったよ。

幸平、とことんついてないなぁ……。

テニスサークルＣＲＯＷＮの不祥事《ふしょうじ》をきっかけに、個人情報が流出。就活が潰され、彼女にも逃げられ、信頼していた先輩からはマルチ商法に誘われる。

「幸平」の〝幸〟は「幸福」の〝幸〟のはずなのだが。ここ二か月くらいの間に、あいつはいろいろなものを失っている。失いすぎている。俺なんかマシな方なのかもしれない。曲がりなりにも、大学生活もゲーム実況者としての活動も、失わずに済んでいるのだから。

「世の中の稼げない人の特徴は、自分から負債《ふさい》ばかりを抱え込んでしまうことです」

ひときわ力強い声がスピーカーから聞こえたかと思うと、スライドが切り替わった。大仰《おおぎょう》なエフェクトとともに、冷血な言葉が姿を現す。

〝資産は私のポケットにお金を入れてくれる　負債は私のポケットからお金をとっていく
ロバート・キヨサキ著／白根美保子訳『改訂版　金持ち父さん　貧乏父さん』

（筑摩書房、二〇一三年十一月）80ページより〟

「何を当たり前のことを、と思いますよね？　私もそう思っていました。でも、その当たり前のことを、実は多くの人は勘違いしているのです。例えば、一戸建てを買うことは？　自動車を持つことは？　これらはみんな負債なんです。住宅ローンも自動車税も、我々のポケットからお金を奪っていきますからね。普通の人は、負債を溜め込んでおいて、資産を得たと勘違いしてしまうのです。これでは、豊かになれるはずがありません」

若い講師――つまり、クールサクセスの社員が、赤いレーザーポインタを画面上でぐるぐる回す。熱弁しているところ悪いが、いい加減飽きてきた。

つまるところこの講義は、『金持ち父さん　貧乏父さん』の内容を解説しているだけだ。日本国内だけで三百五十万部も売れている名著。そこから文章を引っぱってくれば、説得力があって当然である。それなのに一心不乱にメモを取っている連中は、あたかも「この会社がすごい」かのように錯覚《さっかく》している。虎《とら》の威を借る狐《きつね》。手口は、ネットで調べておいた通りだ。

ある日突然、友人や先輩からセミナーの誘いが来る。信頼している人の紹介だから、と試しに参加してみたら、セミナーは思いのほか盛況だ。しかも、語られるのは名著から抜粋《ばっすい》した正論ばかり。騙されてしまう人間がいるのも無理はない。ここにいる何割がサクラなのかも分からないが、熱気にあてられる人もいるだろう。むしろ、幸平はよく断れたものだ。

「クールサクセスの会員であれば、誰でも簡単に個人事業主になることができます。弊社が提供するのは、事業を始めるための材料一式。これは皆さまにお金をもたらす〝資産〟です」

熱弁は続く。事業主と言えば聞こえはいいが、要はクールサクセスから卸《おろ》された商品を売る営業係をやれということだろう。しかも〝会員〟は社員ではないから、会社に守ってもらえない。赤字が出たら、ダメージはすべて自分一人が負うことになる。

「さらに、自分だけの販売グループを作ることで、事業を拡大していくことができるのです。ここまでくれば負債とはおさらば。資産は加速度的に増えていきます」

販売グループ――どんどん知人を引き込めということか。被害者が新たな被害者を生む。ゾンビ映画のごとく。加速度的に増えるのは、資産ではなく会員である。

このセミナーは欺瞞《ぎまん》に満ちている。「あの人もやっているから」とか「みんなが良いと言っているから」とか。どこにでもある陥穽だ。腕時計を見ると、休憩《きゅうけい》時間まであと五分。

言うまでもなく、このセミナーの欺瞞を暴くことは翼の主目的ではない。欲しいのは過去の会員情報。ガウェイン、あるいはランスロット、あるいは〝Perceval〟につながる糸口だ。

にもかかわらず、香織はこの場にいない。

――では、こちらにお名前をご記入いただけますか。

一階の受付《うけつけ》で、参加申し込みをするときまでは、翼はたしかに香織とともにいた。しかし香織は、奥のエレベーターホールを見やったとたん、急に顔色を変えたのだ。視線の先には、トレンチコートを着た大柄な男が一人。スポーツ刈りの下の横顔を見る限り、三十代半ばくらいに見えた。

――どうしたの？　あの人、知り合い？

――やっぱり、あたしはパス。

――え⁉　何、どういうこと⁉

――パス、って言ったの。セミナーにはキミだけで参加して。

――あ、ちょっと……。

そこからは、風のような逃げ足であった。あとには翼と、あっけに取られている受付嬢《じょう》だけが残される。エレベーターホールに目をやると、すでに長身の男は影も形もなかった――。

香織さんの様子、おかしかったたな。

座り心地の悪いパイプ椅子に腰かけ、講義を聞き流しながら、翼は思い返す。

やっぱり、エレベーターホールにいたあの男が原因だろうか。香織の知り合いだとしたら、顔を合わせたくないのも分かる。だが、その肝心のスポーツ刈り男は、このホール内には見当たらない。とすると、クールサクセスの社員だろうか。

「……これより十五分間の休憩に入ります。お手洗いは、ドアを出て右手にございます」

どす黒い物欲に包まれていたホール内が、急に人工的な明かりで照らされる。翼は我に返ると、まばゆさに目を細めつつ、立ち上がって伸びをした。

騙されている連中にとっては休憩時間かもしれないが、翼にとってはここからが本番だ。トイレに行く流れに乗ってホールを出ると、一人で人混みを離れる。ビルの構造を頭に叩き込み、最適な侵入ルートを割り出せ、というありがたい神託《しんたく》が、香織大明神《だいみょうじん》から下ったわけだが……はっきり言って無茶振りである。

翼はエレベーターの前に立ち、階数表示を見上げた。数字は、1から12まである。まさか会員名簿がありそうな部屋をしらみ潰しにするわけにはいかない。どうしたものか。

「どうかしましたか？」

「ひゃっ」なんとも間の抜けた声を上げてしまってから、狼狽しつつ、翼は振り返った。翼より少し年上らしい、パンツスーツの女性。数秒してから、思い当たった。会場の入り口で参加者を誘導していた、クールサクセスの社員だ。

「あ、いえ、なんでもないんです。ちょっと頭を休めてただけで」

「そうですか。いかがです、講座の方は」

「ええ、とても良かったです。特にファイナル・アップルジュースのところとか」

「え？　ファイナンシャル・アプティテュードですか？」

「はい、それぞれ」女性の笑顔が引きつったのを見て、翼は自分の失態に気付く。緊張のせいだろうか、今のは半分くらいウィングのノリだった。これがユーチューブだったら、動画の下に「アップルジュースってwww」などというコメントがつくところだが、現実だとそうもいかない。慌てて、顔を出しかけたウィングを追い返すと、羞恥心《しゅうちしん》が遅れてやって来た。

「あ〜……、その、そうだ。立派なビルですね」咳払いしてから、翼は強いて話題を探した。恥など捨てろ。この女性から、なんとしても有益な情報を引き出さねばならない。

「ありがとうございます。他のフロアには様々な部署があって、皆さまの事業をバックアップするために、社員たちが働いているんですよ」

「へぇ、なるほど」そういう営業トークを聞きたいわけではない。翼はやきもきして、手のひらの汗をズボンで拭った。が、自分がスーツを着ていることを思い出し、慌てて両手を後ろに回す。「えぇと、じゃあ、あなたは何の部署なんですか？」

「企画開発部の営業システム室です」

なんだそれは。どうにも、掘り下げ方を思いつかない部署名だ。企画なのか開発なのか営業なのか、はっきりしてもらいたい。

「そうなんですか。普段は、どちらでお仕事されているんですか？」

「五階です。あ、もしかして、弊社に興味がおありで？」

「え？　は、はい。そうなんです。実は、もうすぐ就活でして」

「そうだったんですね！」と、唐突に女性の声が華やぐ。どうやら、彼女はまれに見る善人らしく、翼がたじろぐ暇もないうちに、邪気のない言葉をポンポンと投げつけてきた。

「私、入社二年目なんです。本当に、就活って昨日みたいに思えて。大変でしょうけど、頑張ってくださいね」

「はい、あ、ありがとうございます」

「希望の職種とかあるんですか？」

「そうですね……、いや、まだ調べはじめたばかりで、はっきりとは……。すみません」

「あ、大丈夫ですよ。私も、この時期はそんな感じでした！　自己分析《ぶんせき》とか、企業研究とか言われてもピンとこなくて。そうじゃありません？」

「はあ」なんだか、まずい。話がどんどん就活の方へ転がって、本題から離れてしまっている。翼は就活をする予定だが、天地がひっくり返ってもクールサクセスを志望したりはしないだろう。うまい具合に、この会話を切り上げなければ。

「あの、そろそろセミナーに戻らないと」

「まだ大丈夫ですよ。あ、そうだ。よかったら弊社のパンフレット、持っていきますか？　人事が作ったものがあるんですよ。今から一緒にもらいに行きましょう」

「え？」

「さあ、こっちです」転がる話題は勢いを増し、ついには勝手に結論に達してしまったらしい。女性はロングの黒髪をなびかせて、エレベーターのボタンを押す。翼はいったん顔をしかめ、やがて気が付いた。

あれ？　これはもしや、大成功なのでは？

「それで、まんまと潜入したってわけ？」

キャビネットに背をあずけた香織は、片手で髪をかき上げた。蛍光灯の薄明かりだけでも、茶髪のつやが際立つ。きれいだと思ってしまう自分が、何とも腹立たしい。

「けっこうやるじゃん」

「成功した、とまでは言えないよ。総務部の前まで行って、パンフレットをもらっただけ」

「でも、キミはその総務部に会員名簿があると踏んでる。違う？」

違わない。翼は沈黙をもって肯定《こうてい》した。シンのタイピング音が、部屋の中に規則的に響く。

初日の講座を終えた夜のことだった。シンの事務所で落ち合うと、翼は香織に首尾《しゅび》を報告したわけだ。悪の巣窟で善人に出会ったこと。就活生のフリをして、話を聞き出そうと試みたこと。偶然にも、十階にある総務部の前まで辿り着くことができたこと。

「相手が未熟で助かったね。普通は部外者を連れて社内を歩き回ったりしないもん」と、香織はおかしそうに笑う。「それで、明日は部屋に入れそうなの？」

「それは無理かな」

「は？　無能なの？」

「だって、総務部は個人情報を扱っているから、社員だってむやみに入れないんだよ」

「馬鹿だね、それをどうにかしないとダメでしょ。キーパーがいるからってシュートを諦めるフォワードがいると思う？」

「それはサッカーの話でしょ。シュートを外しても逮捕されないし、キーパーも一人だけだ」

「だったら、社員がいなくなるのを待てばいいじゃない」

「そんなこと言ったって……。部屋の前に行って、ちゃんと観察したんだ。ドアは電子のオートロックだから、前みたいにピッキングするわけにもいかない」

「別に、律儀に解錠《かいじょう》する必要ないでしょ？　ドアを破ればいいよ」

「警備員が来ちゃうって！　それに、監視カメラも設置《せっち》されているし」

「それなら、作業を素早く終わらせるだけ」

「まあまあ、待て《ウェイト》」画面から目を離すことなく、シンが割って入ってきた。「翼の言うことは一理ある。何の準備もなく突っ込んだら、ポリスのお世話になっちまうぜ。一応、奴らだって法の抜け穴を使っているから、表向きは健全な企業なんだ。名前はダサいが」

シンが、コーヒー缶を一本、パソコンの脇――空き缶のスラム街と化した一角に放ると、ガラガラガラ、と派手な音を立てて街は崩壊した。ほとんどの缶は、机をはみ出して床へと落下する。「ストライーク」

「キモ」

端的に罵られたシンは、しおしおと小さくなって、大人しく缶を拾い集める。しばし、三人は三人とも黙り込んだ。そして、誰かが次の言葉を胸から取り出すよりも早く、翼のポケットがブルブルと震えた。「あ、ごめん、電話だ」

発信者の名前を目にしたとたん、翼はそう言い置いて部屋を出た。ドアのすぐ前に待ち構えている闇色の階段は、非常に狭く、音が妙に反響する。翼は踊り場の窓を開け、体をもたせかけた。手を伸ばせば届くところに隣のビルがあり、視界のすべてを灰色に埋めている。

木内沙夜《きうちさや》
その名をもう一度確かめてから、翼は通話ボタンをタップする。

「もしもし？」

「もしもーし。翼？」少し幼《おさな》さを残した、温かな声。かつて毎日聞いていた声が、耳をくすぐる。「誕生日、おめでとう」

「ラインは三日前で、電話は三日後か」

「だって、平日はいろいろとやることあるから」

ちょっと慌てた声。苦しい言い訳をしているが、本当は日付を勘違いしていたのだと、翼は知っている。大事なことを手帳にメモしても、沙夜はいつも書く場所を間違えていた。デートの前日に、駅で一時間も待っていたこともあった。それも、もう二年も前の話だ。

「ありがとう、沙夜」

「うん」

「最近、どうしてる？」

「最近？　あんまり変わらないよ。あ、バドはそろそろ引退」

「そっか。就活だもんね」

「うん。それから、翼の動画見たよ。『青鬼《あおおに》』だっけ？」

「いや、全然違うよ。『クルール・ゴースト』」

「そっか、ごめん。ホラーゲームって全部『青鬼』なのかと思ってた」

「動画見たんじゃないの？」

「なんか、怖かったから一分くらいで消しちゃって」

翼は笑った。久しぶりに、心の底から笑えた気がした。沙夜と言葉を投げ合うたびに、時計の針がカチリカチリと逆に回る。あの日々の幸せが、手の中に現れる。

しかし、それは決して戻ってはならない時計だし、手の中の幸せも幻《まぼろし》にすぎない。

「翼の方こそ、どう？」

「え？　俺？」翼は一瞬、躊躇した。翼は今、大学にあまり顔を出していない。実況動画だって、更新が途切れがちだ。就活の準備もしていない。

「ちょっと、新しいことに挑戦してる。今までやったことない種類の」

「就活じゃなくて？」

「そういう立派なことじゃないんだ」翼は頭を掻いた。雑居ビルの間を抜ける風が、不穏な音と木の葉を運んで、目と鼻の先を通過する。指先に冷気がしつこく絡まるので、スマホを眼下に落とさないよう、翼は窓枠によりかかるのをやめた。

「何て言えばいいんだろ。荷物を背負って綱の上を歩くみたいな感じでさ。もしも落ちたら、誰かの幸せまで奪ってしまうかもしれない。そんな危うい仕事」

「そうなの。もしも渡りきったら、どうなるの？」

「どうなるんだろう」翼はまた迷う。自分の見ている世界と、沙夜の見ている世界。二つの世界の隔たりを感じて、胸が痛んだ。「きっと、渡ったあとに見えてくるんだと思う」

「そっか。よく分かんないけど、頑張ってね」

「ありがとう」翼はかろうじてそう答えた。言いたいこと、訊きたいことはまだまだあったが、それらは長い時間を経ている間に、胸の中で凝り固まって、解きほぐすのが難しくなってしまった。そのひと塊になった言葉を、叩いて蹴《け》って引っ張ってみたが、無駄だった。

「じゃあ、またね」どちらからともなくそう言うと、通話は終わった。

　これでいいんだ。心の中で力なくつぶやいてから、翼はのろのろと振り返り、ハッと息を呑む。階段を上がったところ——シンの事務所のドアにもたれて、香織が立っていた。

「アツアツだね」

「聞いてたの？」

「キミが口を滑らせそうになったら、すぐにスマホをはたき落とせるように、ね」

翼は黙って、踊り場の窓を閉めた。心の揺れを悟られないよう、無表情で階段を上る。

「彼女？」

「昔のね」

「ふぅん。気を付けなよ」同じ高さに立っても、彼女は道を譲らず、感情の読めない目で翼を見つめていた。窓は閉めたのに、寒気が襲ってきた。

「香織さんは、彼氏いないの？」

「いないよ」香織は薄く笑った。そこに自嘲が含まれていることだけは、なんとなく察することができた。「キミと同じ。昔はいたけどね。こういう世界にいると、誰か一人に操《みさお》を立てるなんて、できないから」

「ああ、ゲーム実況者を誘惑して、恐喝しなきゃならないもんね」

「そうね」浮かんでいた笑みは、淡雪《あわゆき》のように消える。香織は事務所のドアから背を離し、翼の横をすり抜けた。「ちょっと、コンビニ行ってくる」

翼は何も答えず、ただ彼女の背を見送った。踊り場で折り返し、姿が見えなくなるまで、香織はこちらに一瞥もくれなかった。悪魔に戦いを挑み、神にも平気で嘘《うそ》を吐くような、いつもの香織とは雰囲気が違う。なんというか、少し余裕がない感じ。

あやふやな感想を呑み込むと、翼はシンにロックを開けてもらい、再び穴倉的事務所の来訪者となった。シンは、珍しく椅子から立って、コーヒー缶を机の上に並べ直している。なぜ捨てないのかは、きっと翼には永遠に理解できまい。

翼は、ぼろきれのようなソファに、おっかなびっくり腰を下ろした。

「香織と過ごすの、大変だろ」コーヒー缶を横一線に整列させながら、シンは言った。

「うん。峰不二子《みねふじこ》に振り回されるルパン三世の気分かな」

「香織はあんなに、バスト大きくないぜ？」

「それ、言ったら殺されるよ」

「違いないな。気を付けないと」

「で、シンはいったい何してるの？」

「缶《キャン》を並べているんだ。見ての通り」

「そうじゃなくてさ、さっきは忙しそうにキーボード叩いてたでしょ？」

「ビジネスだよ。すまんが、お前さんたちにかかりっきりになるわけにもいかなくてな」

シンは、缶を五つ横に並べると、今度はその上に別の缶を載せはじめた。彼は呼吸を止めて手を動かし、二段目に四つの缶を並べ終えると、ホッと息を吐く。

「さっきはな、ツイッターのプロフィールを更新してたんだ」

「そっか。それも売り物だったね。いくつくらい持ってるの？」

「二百だ」

「二百」

「そんな顔するな、珍しいことじゃない。それに、全部自動でつぶやいてくれるから、俺は不具合がないかチェックするだけ。それでもって、フォロワーが増えてきた頃に売り飛ばす。ちなみに、フォロワーが多ければ多いほど高く売れる。宣伝に使えるからな」

「フォロワーって、どうやって増やすの？」

「パクツイだよ」

「パクツイ」ツイッターユーザーの間で、毛虫や蠅《はえ》やゴキブリよりも忌み嫌われている言葉、パクツイ——すなわちパクリツイート。面白いつぶやきを盗用する卑劣な行為である。

「パクツイで商売するって、違法じゃないの？」

「違法《イリーガル》だ。著作権侵害だからな。何を今さら。そんなことを言ったら、ウイルスだって個人情報だって、取引したら違法だろう」

たしかに。ついつい忘れがちであるが、情報屋シンは犯罪者である。彼は、三段目の缶を並べ終えると、頭の上に載せたサングラスの位置を直した。

「今では大手企業も、同じ手を使って宣伝用のアカウントを運営している。キュートな動物画像をパクって集めた本、ウィキペディアをまとめただけの本、そういうのを平気で売っている出版社もある。ネットはお前さんが考えてるよりずっと、無法地帯なんだよ」

「無法地帯、か……。ルールを守っている側が馬鹿みたいだね」

「ルールを守っている側、か。なあ、北城翼。パクツイを拡散したことが一度もないユーザーって、どれくらいいると思う？」

「え？　それは……少ないんじゃないかな？」

「だろ？　それに、もしもパクツイだって分かって拡散してるなら、そいつらもパクツイした人間と同罪なんじゃないか？」

翼は言い返せなかった。パクツイを垂れ流しているアカウントは、人気ツイートだけを集めているから、フォロワーも多い。人々は、それをパクツイだと分かって享受《きょうじゅ》している。盗用がはびこる助けになっている。

「そもそも世の中のユーザーたちは、情報の拡散ってのを軽く見すぎている。児童ポルノで、情報の発信元だけじゃなくて、広めた人間まで逮捕された事件があっただろう？　それと同じさ。パクツイを拡散するってことは、著作権侵害の片棒を担ぐってことだ。匿名でツイッターやってる連中ってのは、たいていなんらかの法を犯してる」

偽善者。以前、香織に投げつけられた言葉を、翼は思い出した。人は、罪を犯した者を攻撃するとき、自分の罪は棚に上げ、都合よく忘却《ぼうきゃく》する。彼らは正義を信奉《しんぽう》しているわけではない。「いいこと」をしている気分に浸りたいだけなのだ。いつの時代にもあった陰湿《いんしつ》な習慣、たちの悪い病が、ネットによって可視化された。

「その点、お前さんは立派なもんだぜ。ウィングのアカウントを細かく調べたが、違法なことは何一つしていない。あきれるほどクリーンだ。これなら、いくら魔女狩り板を挑発したって、炎上しないわけだ。酸素も燃料もなけりゃ、火はおこせない」

シンはまた、足元の空き缶を拾いはじめた。ついに四段目。載せられる缶は二つである。

「それと、お前さんの実況、けっこう面白いな」

「え？」翼は耳を疑った。ライオンが草を食っているのを目撃した気分である。

「けどな、ホラーゲームより、RPGの方が向いてるんじゃないか？　ほら、けっこう前に上げてたシリーズ。勇者になりきってバトルするの、良かったぞ」

「どうも……ありがとう」狼狽しつつも、翼は礼を言った。「でも、最近撮る暇がなくて」

「そうか。けっこうビジーだもんな。ま、急ぐもんじゃないだろ。気長に待ってるぜ」

「うん」翼は目を泳がせた。にょ次郎や沙夜など、一部の人を除いたら、視聴者と対面したことなどほとんどない。普段は再生数としてしか知覚できない存在が、今、目の前にいる。

「あ、あの……本当にありが……」

「あああ‼」翼の二度目の礼は、シンの悲痛な叫びにかき消された。直後、騒音とともに再びコーヒー缶が床に散乱する。シンは、最上段に載せるはずだった空き缶を、真下に叩きつけた。

「シット！」

　振り出しに戻った床の上から、翼はそっと目を逸らした。


　コンクリート・ジャングルにおいても、朝はスズメが鳴くらしい。

　ビル群がゆっくりと目を覚まし、あくびが聞こえてきそうな街中を、翼は足早に行く。休日出勤のサラリーマンがまばらに見えるが、その誰もが死んだ魚よりも濁った目をしていた。歩きながら腐り、風に吹かれて崩れ去っても、翼は驚かない。日本では年間数万人が自殺するというが、もっと多くが、死んだ状態で働いているのかもしれない。

　コートの上から身を切りつける風を、首をすくめてやり過ごしつつ、翼はクールサクセスの自社ビルまでやって来た。セミナー二日目の受付は九時から。現在時刻は八時前。自動ドアの前に立ったが、反応はなかった。翼は顔をしかめる。もしビルが開いていたら、詐欺の被害者たちが集まってくる前に調査ができると思ったのだが、甘かったようだ……。

「なんだ、あんたは」十二階建てのビルを見上げてぼんやりしていると、建物の陰から、ブルドッグに似た警備員が顔を出した。胡散臭そうな目を、じろじろとこちらに向けている。

「あ、いえ。セミナーの受付時間を間違えてしまいまして」

「そうか。だが、そこにいられると邪魔だ。うろうろするなよ」

「はい、すいません」翼は素直に、ブルドッグ警備員に会釈すると、そそくさと脇道に退散した。人影のない、細い路地だ。ビルの側面に小さな窓を見つけたが、当然、外からは開かない。泥とカビのこびりついた空き缶が、みじめに転がっている。

「さすがに、窓から侵入ってわけにはいかないか……」

（おーっす、ウィングでーす）

「ん⁉」裏路地で一人、翼は咳き込んでしまった。突然、頭の中にウィングの声が響きはじめたのである。呼んでもないのに、いったいどうして……と一瞬戸惑《とまど》い、やがて合点がいった。薄暗く、寒々しいこの路地に入ったときに、翼は無意識のうちに両手をコートのポケットに入れていた。そして今、右の指先に触れているのは、スーパーファミコンのコントローラー。職質のときに助けられて以来、お守りとして持ち歩いていたものである。

これに触ったから、眠っていたウィングが起き出してきたわけだ。

（ここがソ連軍の秘密基地……。情報を摑んで、なんとか核攻撃を阻止《そし》しないと）

脳内のウィングは何やら物騒な設定のもと、実況を開始してしまう。翼は小声で、自分の分身をたしなめた。「ちょっと。今は出てこなくていいよ。自分でなんとかするから」

（とにかく、このまま裏に回ろう）

ウィングは、翼の言葉に耳を貸さない。ＲＰＧを実況したときも、村人のセリフを聞き流したせいで、次の目的地が分からなくなってしまうことがたびたびあった。今は自分自身が、自分の話を聞き流している。

（さあ、早く。時間も女の子も、待ってはくれないぞ）

自分に急かされて、翼はじめじめした路地を通り抜け、ビルの裏手に回った。地下駐車場へと続く入り口があるが、シャッターが下ろされている。脇には、「ゴミ置き場」という紙が貼られた大きな鉄扉。そのさらに横には……職員の通用口。スーツ姿の男が、今まさにカードキーをかざして、その通用口に吸い込まれていくところだった。

（なるほど。早朝のソ連軍は、正面の自動ドアじゃなくて、この通用口を使っているんだ）

「うん、そうみたいだね」

（また誰か来ないかな。電子ロックが開いた隙に、忍び込めるといいんだが）

「ダメだよ、今はそこまでやる必要ないんだ。目的は偵察……」

しかし、言葉は最後まで発せられなかった。ウィングの願いを仏か菩薩《ぼさつ》が聞き届けたのかどうかは知らないが、通用口の灰色の扉が、ガチャン、と内側から開いたのだ。作業服を着たおばあさんが、掃除用具や、パンパンに膨らんだゴミ袋が載った台車《だいしゃ》を押して出てくる。

路地から顔だけ出して様子を窺う。すると、脳内のウィングがパチンと指を鳴らした。

（清掃員……。よし、あの人を手伝おう）

「ど、どうして？」

（この基地に定期的に出入りしているはず。手伝うついでに情報を聞きだすんだ）

自分の頭がいよいよおかしくなったのではないかと、若干《じゃっかん》心配になった。が、しばし迷ってから、結局翼は路地を飛び出した。「ゴミ置き場」の重たそうな鉄扉を苦労して開けようとしているおばあさんに、歩み寄る。「朝早くからお疲れ様です。手伝いましょうか」

「え？　いえいえ、けっこうですよ。私の仕事なので」

「そう遠慮なさらずに」翼は、次の返事を聞くことなく、おばあさんの代わりに取っ手を引いた。鉄の扉がゆっくりと開き、果物の腐ったような臭いが吐き出される。息を止めて中を覗くと、透明なビニール袋が、山積みになっている。シュレッダーにかけられた紙ゴミが主なようだが、生ゴミも混じっているのだろう。コートやスーツに臭いがついたら、今日のセミナーに参加しづらくなるかもしれない。

（おい、臭いからって躊躇すんな）

「……こ、このゴミを、あそこに積めばいいんですか？」

「ごめんなさいねぇ。じゃあ、お願いしようかねぇ」

申し訳なさそうに、おばあさんが言う。翼は台車のゴミ袋を二つ手に取り、ゴミ山の上に放り投げた。すると、危うい均衡《きんこう》を保っていたゴミ袋たちが、ごろごろと崩れはじめたのだ。翼は慌てて、転がったゴミ袋を拾い上げ、また山の形に整える。すると今度は、別の場所で土砂崩れ。結局、おばあさんの手も借り、余計な時間をかけてゴミ山を元に戻した。鉄扉を閉めると、翼は悄然《しょうぜん》として頭を下げる。「あの……すいません。お邪魔でしたよね」

「いえいえ。どうもありがとう。あなたは？　社員さんじゃないわねぇ」

「ええ、セミナーの受講生なんですけど。受付時間を間違えてしまいまして」

「ああ、そうだったの」

「大変ですね。日曜なのに、朝早くから」

「いえいえ。お休みでも働きなさる社員さんもいますから。あたしなんて楽な方ですよ」

「もしかして毎日、このビルを全部あなた一人で？」

「まさか。あたしは週に四日だけですよ。場所もお部屋とトイレだけ。他の曜日と、それから廊下とか、ホールとかは別の人」

「僕もこの会社を受けようと思ってるんです。お世話になるかもしれません」

「あら、そうなの」

「はい。もうすぐ就活でして」半分は嘘だ。就活はするが、いかなる運命のいたずらがあろうとも、クールサクセスを受けることはない。嘘で嘘を塗り固めて、糸口を探し出す。

　部屋の掃除……。台車……。ゴミ袋の回収……。

「そうですか、頑張ってねぇ。あっ。残念だけどもう仕事に戻らないと」おばあさんは、また台車の取っ手を掴んだ。初めに見たときより、心なしか表情が和らいでいるようだった。

「すいません、引きとめちゃって」

「いえいえ。本当にありがとうね。掃除機をかけて、トイレを磨いて、ゴミを回収する。毎日毎日、その繰り返しなんだけど。感謝してもらえると、また頑張ろうって気がするわねぇ」

　おばあさんは首にかけたカードキーで、通用口の電子ロックを解除した。翼に二度、手を振ると、ドアの向こうへと消えていく。裏の通りには翼と、かすかなゴミの臭い、そして罪悪感だけが残される。それでも、後戻りするわけにはいかない。

（貴重な情報が手に入ったな。問題は、この情報をどう利用して、基地に潜入するかだ。核攻撃まで、あまり時間は残されていない）

脳内でウィングが実況を再開する。正直、役に立つ情報を得られたようには思えない。清掃員と同じ作業服を着れば、ビルの中を自由に動けるだろうか？　いや、駄目だ。電子ロックはどうする？　カードキーがないことには、総務部の前で手詰まりになる。

冷徹な鉄の扉の前で、翼はしばし、ぼんやりと突っ立っていた。

まさか、あのおばあさんから奪い取るわけにもいかないし……。

――だったら簡単だね。そのおばあちゃんから奪い取ればいいじゃん。

――は？

――武器はナイフがいいかな？　それともスタンガン？

――ノー・プロブレム。三日くらいで用意できるだろうな。

――三日？　そんなにかかるもの？

――購入の痕跡が残らないルートを使うんだ。それくらいは大目に見てくれよ。代わりに、とびきりビッグなナイフと、国内最強のスタンガンを取り寄せる。

――ちょ、ちょ、ちょっと待った！　スタンガンなんて使ったら、死んじゃうよ！

――脅しに使うだけに決まってるでしょ。カードキーを奪えればいいんだから。

——オフ・コース。

——作戦決行は、来週日曜の早朝。社員が少ない時間を狙って、会員名簿を盗み出す……。ん、なーに、その顔は？　なんなら、あたし一人でやってもいいんだよ。

——いや、行くよ。あなたがおばあさんを傷つけないよう、見張っていないと。

——そう言うと思った。キミはぶれない人だね。

——どうせまた『偽善者』って言う気だろ？

——さあね。


「ようこそ、心の友よ！」

「ジャイアンみたいなこと言うな」

ハグしようとしてくるにょ次郎をかわし、翼はコートを脱いだ。焼けた肉とたれの匂いが、店内を満たしている。四人掛けのテーブルを挟んで、にょ次郎と向かい合って座った。

「まあ、とりあえず飲み物頼もう。ウィングは、酒は飲まないんだっけ？」

「うん。ウーロン茶を」

メニュー表を一瞥して、翼は答えた。一度大失敗をして以来、翼は酒に手を出さなくなった。しばらくはソフトドリンクを頼むたびに恐縮していたが、今ではもう慣れたものである。わざわざ金を払って記憶を喪失《そうしつ》する意味はないと、開き直っている。

池袋にある、鳥料理で有名な店だった。金髪のチャラそうな男の店員が、注文を聞いて去って行く。やたら熱いおしぼりで、翼は手を拭き、にょ次郎は顔を拭いた。

「にょ次郎、連絡取れて安心したよ。ラインもずっと既読スルーだったし」

「すまんな。無視するつもりはなかったんだ。実はあのあと、いろいろあって」

「ああ、なんか大変らしいね」

「そうそう。考えを整理する時間が必要でな」

にょ次郎は大口を開けて笑った。店内の喧騒に負けないくらい、活《い》き活《い》きと。

彼の顔を見るのは、部屋に潜入した〝あの日〟以来、初めてだ。「ぬこぬこ映画速報」が閉鎖に追い込まれ、ショックのあまり引きこもっていたが、最近、ようやく立ち直ることができたから、一緒に飲もう……。要するに、そういうことだと推測していた。このときまでは。

「ありがとな、ウィング。心配して連絡をくれたのなんて、お前だけだったよ。おかげで、ようやく今後の展望も見えてきた。聞いたらきっと驚くぞ」

「なんだよ、展望って」

「まあ、焦るな。もう一人来るから。話はそれからでも……」

言いかけて、にょ次郎はポケットからスマホを取り出した。不意に、巨体を窮屈そうにねじって入り口を向くと、手を風車のごとく振り回す。隣の席のビール瓶を倒さないか、本気で心配だったが……。幸い、翼の心配が現実のものとなる前に、一人の女性が、テーブルの間の細道を縫って近付いてきた。その姿を見て、翼は顎が外れそうになる。

「よっ」片手を上げたのは、パーマの茶髪とエネルギッシュな笑顔が印象的な、小柄な女性だった。その肢体が躍動するのを、パソコン画面越しに何度も何度も目にしてきた。尾行の尾行と称して、背中を追い続けたこともあった。

「悪い悪い、遅くなっちまって」その彼女が今、澄み渡った瞳を翼に向けた。彼女は一瞬にして、記憶と目の前の冴えない眼鏡との照合を終えたようだった。意外そうに眉を上げる。「あれ？　ウィングってあんたか？　初めまして、じゃないよな」

「あ、どうも……もるさん」

「もるでいいよ」もるはフレアコートを脱いで、翼の隣に腰を下ろした。金髪の店員に、迷わず告げる。「生中で」

「え……なんだよ、お前ら会ったことあるのか？」

「ん、あ、うん。前にちょっと、偶然」

「そうそう。うちの近くの公園だったっけ？　あたしが踊ってたときにさ」

　ごまかそうとするそばから、もるに真っ向から潰されてしまう。あの日の朝、翼はたしかにもるが公園でダンスするのを見ていた。魔女狩り板に晒されている情報をもとに、あの場所を訪ねた。あたかもストーカーのように。

「なんでウィングが、もるの家の近くに？」

「例の事件の直後だったからな。あたしの練習スポットが晒されたせいで、面白がって見に来た野次馬が、けっこういたんだ」

「俺は……その……違うんだ」翼は狼狽し、自分と野次馬との違いを明らかにしようと試みたが、結果、口から出たのはろくでもない言い訳だった。「俺はただ……、ええと、あんなことがあったから、もるが心配で……。うまく言えないんだけど」

「へー」にょ次郎が、感情のない相槌を打ってくる。性犯罪者を軽蔑するがごとき目つきである。泡となって消えてしまいたい……。

しかし。翼の予想に反して、もるは平然としていた。それどころか、今日初めて会話するストーカーまがいの男に対し、笑顔を向けてくれたのだ。

「心配してくれて、ありがとな」

「え⁉ 信じてくれるの⁉」

「もちろん。あのとき、あたしのために怒鳴ってくれたからさ」

心が震えた。なんだか、久しぶりに人のぬくもりに触れた気がする。

生きることは、かくも素晴らしい。

「ちょっと待て！ 俺を差し置いていい雰囲気になることは許さんぞ！」

にょ次郎が空気を読まずに、二人の間に割って入った。それとほとんど同時に、飲み物が届く。狙いすましたような、最良のタイミングだった。ビール二つと、ウーロン茶が一つ。

「おうおう、待ちくたびれたぜ。それではみなさん、飲み物を持ってくれ」

数秒前の不満などなかったかのように、にょ次郎は上機嫌にジョッキを掲げた。羨ましいほど単純な性格で助かった。「我らが出会いに、乾杯！」

「いえーい、乾杯！」

にょ次郎ともるがジョッキを打ち合わせる。半秒ほど遅れて、翼もウーロン茶のグラスでそれに加わった。二人が口の周りに泡髭を生やす間に、翼はちびちびと喉を潤《うるお》す。

「にょ次郎は、もともともると知り合いだったの？」

「いいや。先月くらいに、ツイッターで会話してな。それから何度かスカイプして、会うのは今日が初めてだ」

「そうそう。何の前触れもなく『黒澤明《くろさわあきら》の〈七人の侍〉は名作ですよね』ってな」

「いや、だって『七人のオタクたち』なら、当然『七人の侍』が好きなんだと思うだろう」

「名前なんてテキトーだよ、テキトー。あんたの『ぬこぬこ映画速報』だって、ぬこも映画も関係ないじゃんか」

「最初は関係あったんだよ。『魔女の宅急便』とか『猫侍』とか、そういう猫が出てくる映画のレビューを載せてたんだ。でも、それだとネタが限られて」

二人の会話を、翼はハラハラしながら聞いていた。「ぬこぬこ映画速報」は閉鎖済みだし、「七人のオタクたち」は解散状態なのだ。しかも、魔女狩り板の手によって。自ら地雷原に突っ込むようなやり取りである。

「あたしも猫飼ってたことあるけど、アイツら、自由気ままだからな。きっと、人間の映画の手伝いなんてしたくないんだろ」

「ああ、違いねぇ」

にょ次郎は大口を開けて笑うと、グビグビと喉を鳴らし、荒っぽくジョッキを置いた。そのあたりで、翼はようやく、今の奇妙奇天烈《きてれつ》な状況を意識できるくらいには、冷静な思考を取り戻した。

百万再生の常連と、人気まとめサイトの元管理人――しかも、二人とも魔女狩り板の被害者だ。その二人が偶然にも知り合い、偶然にも翼を飲みに招いた……。そんな都合のいいストーリーのゲームがあったら、とんでもないクソゲーである。この飲み会には、何かがある。

金髪のチャラ店員が、サラダと手羽先のから揚《あ》げを運んできた。もるはさっそく、自分の小皿にサラダを盛る。

「あたしに女子力を期待すんなよな。各自取ってくれ」

「サラダを盛るのに女子も男子もねぇよ。人はみな物を食わなきゃ生きられない」

続いてにょ次郎が、太い腕を器用に動かし、サラダを全体の半分ほど持っていくと、その上に手羽先を二つ載せた。骨ごとむしゃむしゃ食いはじめたとしても驚くまい。

翼が自分の分をよそうと、もるがトマトをパクンと頬張り、またビールを呷《あお》った。

「そういやさ、ウィングはゲーム実況者なんだよな?」

「え? うん、一応ね。再生数一万とかだけど」

「どんなゲームを実況してるんだ?」

「最近はホラゲかな。あ、RPGもまたやりたいな」

質問に律儀に答えながら、翼は恐縮していた。自分の再生数を百倍しないともるに届かない。百倍といったら、一般の住居とスカイツリーほどの差ではなかろうか。

「最近はちょっと忙しくて、更新が途切れちゃってるんだ。待ってくれている人もいるから、早く次の動画撮らないと」

「いいなー。あたしなんて、いつ復帰できるか。にょ次郎もだろう?」

いきなり、足元が焼けた鉄板に変わったような感覚。翼は咳き込んだ。

「そうだな。俺も早く新しいサイトを立ち上げないと」

「あたしらみたいな人間は、無職のままネットで稼ぐしか生きる道はないからな」

「いや、ネットビジネスもちゃんとした仕事だろ」

「酒の席なんだ、ぶっちゃけていこうぜ、にょ次郎よ。あたしらはどんなに努力しても、遊んでるだけって言われるし、それが世間の認識さ。だから稼げば叩かれる」

「世知辛いな。まあ、それはそれでいいだろう」

「そうそう、それでいいんだよ。社会があたしらを締め出しても、あたしらは強く生きていくのさ」と言いながら、もるが店員を呼び止める。「生追加で」

二人の会話を聞きながら、翼は胃がキリキリ痛むのを感じた。

あのとき、翼には魔女狩り板の〝祭り〟を止める手段があった。もるのゴミ袋を持っていく男を、この目で見ていたのだから。もるは翼を責めてはいない。だからこそ、苦しい。サラダを箸で摘《つま》み上げるが、口に運べる気がしない。

一方で、にょ次郎は肉をむしり終えた手羽先を皿に放った。

「そうそう。実はな、ウィング。お前を呼んだのは、それが理由なんだ」

「呼んだ理由？」

「俺、今まで魔女狩り板に脅されて、速報記事を載せてたんだ」

心臓が、普段より大きめに拍動する。いつの間にか、サラダをすべて胃袋に収めてしまったらしいにょ次郎は、平然と次の手羽先にかぶりつく。鳥肉をむしゃむしゃごくんとやってから、

「けど、急に用済みになったらしくて、ウイルスを送り付けられて潰された。サイトもパソコンも完全にぶっ壊れて、修復不能よ。それが、『ぬこぬこ映画速報』閉鎖の真相なんだ」

知っている。唾を飲み込もうとしたが、口の中がカラカラに乾いていて、果たせなかった。

――ごくろうさん
ガウェインから送られてきたメッセージが、脳裏をよぎる。奴の正体を摑む。そのために、翼は次の日曜、空き巣に入る。

もるが、忌々しそうにビールを飲み干した。

「あたしの場合は、知ってるよな。マルチ商法だ詐欺師だなんだって、掲示板で袋叩きだよ。叔父《おじ》さんが何をやってるのかなんて、あたしも詳しくは知らなかったのに、どういうわけだか罪を押しつけられて。ホントやんなるよ。あ、お兄さん、またビール追加で」

「あ、俺も。それから、から揚げをもうひと皿」

にょ次郎が便乗して、通りすがりのチャラ店員に注文した。だが、翼はそれどころではない。

クールサクセスの名前まで出た。やはり、偶然などではない。

「にょ次郎。君は、いったい何を言いたいんだ？」

「俺たちは魔女狩り板と戦いたいんだ」

「なんだって？ どういう意味で？」手にしていた箸を、テーブルに落とした。にょ次郎が、太い両腕を真横に広げてみせる。

「そのまんまの意味だ。人呼んで、ＡＷＨＯ」

「は？ え？」

「ＡＷＨＯだよ。Anti Witch-Hunting Organization、つまり反魔女狩り組織だ。〈S.H.I.E.L.D.〉みたいでカッコいいだろ？」

「いや、そのセンスは分からないけどね」

「なあ、ウィング。お前はツイッターで、あんなに激しく魔女狩りを攻撃してるよな？　しかも毎回、かなりリツイートされてる。俺たち、組むべきだと思わないか？」

「あたしからもお願いしたいんだ。正直、さっきまではそこまで乗り気じゃなかったんだけど……。ウィングがあんたで、あの朝怒ってくれた人だっていうなら、話は別さ。あんたは、口先だけのそこらの男とは違う。一緒に行動しないか？」

正面と左方から、二人が目を輝かせて迫ってくる。事ここに至って、翼にも話が見えてきた。ウィングのツイッターを乗っ取って、魔女狩り板への挑発行為を繰り返している香織が憎い。

「……つまり二人は、魔女狩り板に仕返しがしたいってこと？」

「その通り」にょ次郎が力強く頷いた。それがどれほど過酷で、どれほどの犠牲を要する道かも知らないで。

翼は首を振った。「やめといた方がいいよ」

二人の表情が、とたんに険しくなる。どんな表情をされても翼の意見は変わらない。

「……なんでだよ」最初に食ってかかってきたのは、もるだった。「ある日突然、見ず知らずの連中のおもちゃにされて。黙ってられるかよ」

「気持ちは分かるよ。でも、奴らに反撃する方法はないんだ」

嘘だ。翼の手の中には、その方法が握られている。

追加のビールと、から揚げが運ばれてきた。ビールを軽く呷ってから、今度はにょ次郎が口を開く。「ウィング、そう決めつけるな。たしかに、警察はあんまり当てにならないみたいだが、弁護士に相談するって手もある。ちょっと調べた感じ、情報開示請求はまだ間に合いそうだ。それに、お前のツイートはあんなに多くの人に支持されてるんだ。仲間をかき集めて、数で押すことだって……」

「駄目だ」

「ウィング。俺は『ぬこぬこ映画速報』の元管理人、もるは『七人のオタクたち』のリーダーだ。言っちゃ悪いが、知名度だったらお前よりずっと上だぞ」ジョッキを置き、にょ次郎は射貫くような目を向けてくる。「俺やもるだからこそできることも、あると思わないか？」

にょ次郎が知名度の差に触れるとは。それだけ腹を決めているということ。

「脅されていたとはいえ、俺は魔女狩り板に協力しちまった。それが許せないんだ。なあ、ウィング。俺に罪滅ぼしのチャンスをくれ」

翼は迷った。左右に分かれた道のどちらが正解なのか、悩みに悩んだ。

そして、結局は覚悟を決めた。

「……それが通じるのは末端だけだ。奴らはそんなに甘くない」

「奴ら奴らって……あんたは自分だけ知ったような口をきいておいて、肝心の協力は拒むのかよ。この腰抜け、あたしらには泣き寝入りしろってのか！」

「そうじゃない」

もるが怒るのももっともだ。二人からしたら、翼は岩よりも頑固で、カカシよりも不親切に見えたことだろう。しかしながら、邪魔な岩と思われようが役立たずのカカシと思われようが、譲るわけにはいかない。これ以上誰かを巻き込むのはごめんだ。

「そうじゃない。そうじゃないけど、今は言えないんだ」

いつしか、懇願《こんがん》するような声になっていた。もるとにょ次郎は、おそらく納得はしなかっただろう。抱えた憤《いきどお》りを呑み込むように、二人とも仏頂面で黙り込んだ。にょ次郎は乱暴に、手羽先を食いちぎる。鳥肉の匂いが濃くなって、店内の混雑は増していく。

今にも雨を落としそうな分厚い雲が、ビルの頭のすぐ上を覆っていた。非常灯のみに照らされた屋内はさらに暗く、夜と変わらぬ闇がそこここに水たまりのごとく広がる。

「助けて……殺さないで……」白色のタイルの上、嗚咽《おえつ》混じりの声が反響する。手足を縛られたおばあさんが、しわの寄った顔を恐怖に歪めていた。換気扇が低く鳴り続ける中、ときおり水音が空気を揺らす。香織がガムテープを取り出して、手のひらと同じくらいのサイズにちぎった。彼女のベルトには、黒い警棒のようなものが吊られている。

「誰も殺すなんて言ってないよ。このカードキーをしばらく借りたいだけ」

「あたしはただの清掃員なんです……命だけは……」

香織の声など耳に入っていない様子で、憑《つ》かれたように命乞いをするおばあさん。香織は容赦なく、ガムテープで口を塞いだ。

できれば、こんな乱暴な手は使いたくなかった。しかし翼は、他の策を香織に提示《ていじ》できなかった。自らの未熟を呑み込み、痛みを胸に刻みつける。立ち止まるわけにはいかない。

「じゃ、借りてくよ。大丈夫。そのうち誰かが見つけてくれるから」

香織が手にしたカードキーを振る。それから、溺死体のように顔面蒼白《がんめんそうはく》のおばあさんを、翼も手伝い、個室に押し込んだ。翼の就活を応援してくれた、おばあさん。

「あとで必ず解放するんで、それまで待っててください」

手足を紐で巻かれ、便器に縛り付けられて怯《おび》えるおばあさんに、翼はそう声をかけることしかできなかった。震える被害者を置き去りにして、香織に従って女子トイレを出る。

二人はおばあさんの使っていた、清掃用具を載せた台車を押し、エレベーターホールに出た。作業服姿で、頭には服と同色の帽子。さらに二人とも、大きなマスクで顔面のほとんどを隠している。監視カメラには、顔を向けない。

小型無線のイヤホンから、シンのふざけた声が聞こえてきた。

「オーケー。警備員様は二人で談笑中だ。今ならカメラに手を振ったってノー・プロブレム」

「はーい、了解」香織はリラックスした声で、マイクに向かって返事した。ビル全体がまだ眠っている朝七時、二人は並んでエレベーターに乗り込み、十階を目指す。台車の上のモップや洗剤が、カタカタ笑っていた。

「いい？ なるべく本物の清掃員っぽい態度で」

「本物っぽい態度って？」

「キョロキョロしない。あと、ちょっと疲れた足取り。日曜朝にバイトに行くイメージで」

十階でドアが左右に開き、目の前に無人の廊下が現れる。慌てず騒がず、総務部の前まで台車を押すと、香織がカードキーをかざした。ピピッと音がして、まんまと騙された機械がロックを外してくれる。「シン、警備員の様子は？」

「変わらないぜ。ドント・ウォーリー。おかしな動きがあったらすぐに伝える」

なんとも緊張感のない声だった。シンは、そう遠くない路地裏に停めた車に待機し、監視カメラを通して警備員を見張ってくれている。セミナーのときに、翼はシンに頼まれ、一階の自販機の下に中継器を設置したのだが、どうやら今はそれを利用してハッキングを実行しているらしい。「監視カメラってのはな、映像を盗み見るだけだったらイージーなんだ。〝Insecam〟っていう、世界中の監視カメラの映像を見られる無料サイトもあるくらいだぜ。企業からカメラを買ったときのＩＤやパスワードをデフォルトのままにしとくと……」

「ええと……、その話、長くなる？　もう部屋に入っていいかな？」

「オー、ソーリー」シンはおどけた調子で謝罪する。直後、香織が総務部に踏み込み、翼が台車を押して後に続く。二十台ほどのパソコンが整然と並び、それぞれの周囲には書類の山。壁際にもキャビネットが隙間なく立っている。

「さあ、早いとこ見つけよう。あたしは机、キミはキャビネット。ぐずぐずしてると、休日出勤の社畜様がいらっしゃるかもしれない」

「だったら、夜中とかに侵入した方が良かったんじゃないかな」

「頭空っぽなの？　夜中に清掃員がいるわけないじゃない。監視カメラに映った瞬間、警備員が飛んできて終わりだよ。だから日曜早朝がベストなんだって、説明したでしょ」

「いや、初めて聞いたよ」翼は震える手で、一番入り口に近いキャビネットを開け放った。月刊の漫画雑誌の二倍はありそうな厚さのファイルが、ぎっしりと詰まっている。同じキャビネットがあと七つあると考えると、頭が痛い。

領収書、議事録、会議資料……。会計報告、新卒データ、採用試験……。

背にタイトルのついた、ひと目で無関係と分かるファイルをかき分けていくと、名無しのものが一つ、目についた。ずしりと重いそれを抱え上げ、めくる。記された情報を、猛スピードで吟味する。……違う。取引相手の連絡先だ。法人ばかりで、個人のデータはない。

ファイルを元の位置に戻し、一つ目のキャビネットを閉じた。チラリと振り向くと、香織は埋めたヒマワリの種を掘り返すハムスターのごとく、猛然と机を引っかき回している。こうした作業をするときは、人間でなく獣になった方が効率的なのかもしれない。翼も一時、自身が人であるのを忘れることにした。二つ目のキャビネットに立ち向かう。

「ここにもない」名無しのファイルを細かくチェックしたが、探している個人情報は網にかからない。

十分、十五分、二十分……。左腕の時計が、無感情に針の音だけを響かせる。額から汗が滴《したた》る。時間は一切の同情などせず、等速で進んでいく。

「あとはここだけだ」翼は八つ目——最も奥にあるキャビネットに手をかけ、扉を引いた。他と違って、びくともしない。「鍵を探さないと」

「そんな時間ないよ」香織は、机の前でハムスターになるのをやめて、胸ポケットから二本の工具を取り出した。先がとがっているが、殺傷用ではなくピッキング用である。

香織が鍵を開けるまで、六十秒。これほど長い六十秒はかつてなかった。最後のキャビネットを開けると、ここにもファイルが隙間なく詰まっている。その中で、名無しのファイルが他よりも多く目に留まった。一つを手に取り、開く。絨毯のように敷き詰められた細かい文字たちが、一斉に目に飛び込んできた。氏名、年齢、住所、電話番号……。

「これだ、これだよ！」

「よし。それで、五年前の名簿はどれ？」

「ええと……これ！」翼はいくつかのファイルを引っぱり出し、五年前の日付があるものを発掘した。ファイルはどうやら、一年ごとにまとめられているらしい。それなら、この一冊を拝借すれば目的達成だ。

「そこで何をしている！」

だが、翼が分厚いファイルを脇に抱えたちょうどそのとき、総務部のドアが開かれ、怒鳴り声が部屋の空気を揺らした。心臓が凍りつく。見ると、スーツ姿の若い男が片手でドアを閉めつつ、物凄《ものすご》い形相でこちらを睨んでいた。

逮捕取調裁判退学有罪懲役《ちょうえき》といった二字熟語の群れが、走馬灯《そうまとう》よりも速く頭の中を駆けめぐる。しかも折悪《あ》しく、イヤホンから届くシンの声が追い討ちをかけてきた。

「おい、警備員が一人動いた。どうやらそっちの様子を見に行こうってつもりらしい。そろそろやばいぜ、ハリー・アップ」

脇にファイルを抱えたまま、翼の全身は石になってしまった。ドアを塞ぐ男性社員。迫りくる警備員。刻々と悪化していく現状に翻弄《ほんろう》されていると、突然、香織が猫なで声を出した。

「ごめんなさーい。お掃除してたら、そこが開いてたから、ついつい」

若い男性社員は、やや虚を衝《つ》かれたようだった。しかし、すぐに元の威勢を取り戻すと、一歩一歩近付いてくる。「あんたたち、いつもの人じゃないな？　本当に清掃員か？」

「だから～本当ですって」

「もしそうなら、そのファイルを早く戻して、仕事に戻れ。さもないと……」

男性社員の言葉を最後まで聞くことはできなかった。香織は素早く中腰になると、ベルトから刀のように提げていた黒い棒を、居合のごとく引き抜いたのだ。男は身をかわそうとしたが、間に合わない。

バチン!

静電気を百倍したような音とともに、男はなす術《すべ》もなく膝から崩れ落ち、芋虫のように床に転がった。苦悶に満ちた表情で、声にならない叫びを喉から漏らしている。香織は平然と、警棒に似た武器——国内最強のスタンガンを腰に戻した。

「さ、行くよ。警備員が来る前に」

「スタンガンって、気絶するんじゃないの?」

「それは漫画だけ。筋肉を動かなくするんだけど、時間が経てば回復する」

男を部屋の隅に転がしたまま、二人はドアに走った。身軽な香織が先、巨大なファイルを、まるで土嚢《どのう》か何かのように抱えた翼がすぐ後ろ。

ポーン

二人は、総務部のドアを半分ほど開けたところで、電子音を耳にして立ち止まった。コンマ一秒ののち、急いでドアを閉める。エレベーターがこの階に到着した音だった。誰を運んできたのかは、考えるまでもない。

「これは、ちょっとまずいね。もう来た……!」

香織の帽子とマスクの間——わずかに露出した目の間を、汗が流れている。

「ねぇ、またスタンガンで倒せない?」

「相手は警備のプロだよ。通用するわけない」

マスクの下で、忌々しそうにつぶやく香織。翼は、手袋の中が汗まみれになるのを感じた。

おそらく、もう一人の警備員が監視カメラを通して、翼たちがまだ総務部にいることを把握しているだろう。ということは、敵は廊下を真っ直ぐに進み、迷わず総務部に踏み込んでくる。

逃げ場はない。袋の鼠。

翼は目をつむった。思考を放棄し、すべてを諦めかけた。

（大ピンチだ！）

だが、頭の奥で諦めぬ声が轟《とどろ》いた。それは翼の声だった。それでいて、いつもの気弱な翼ではなかった。

（どうする？　どうすればいい？　いくらソ連の秘密基地といえど、どこかに必ず脱出のヒントがあるはずだ）

ウィング……！

翼は思わず、胸ポケットの無線から伸びるコード、その先がつながったイヤホン、そしてマイクに手を触れた。実況用のヘッドセットに似ているから、ウィングが起きたのだ。

翼は、ウィングは、視線を室内に素早く走らせる。

（考えろ、考えるんだ。こんな修羅場《しゅらば》は何度も越えてきたんだ。活路はある……。必ず生きて帰るんだ。それでもって、視聴者さんたちと一緒にエンディングを見る！）

二秒か、長くても三秒に満たない分析。翼とウィングの目は、確かにそれを捉《とら》えた。

入り口近くの天井にカメラ。そして、その下には大型のゴミ箱。

（監視カメラの真下……つまり死角！）

「これだ！」

言うが早いか、翼は可燃のゴミ箱の蓋を外すと、素早くゴミ袋を引っぱり出した。

「ちょっと、何してるの⁉」

「いいから手伝って！」翼は可燃ゴミを、台車の空いたスペースに積み込んだ。袋はたちまち台車と一体化し、一切の不自然を消し去ってしまう。香織も瞬時に理解したようで、不燃ゴミの袋を引っぱり出して台車に載せる。

二人がゴミ箱の中に飛び込み、体を無理に折り曲げて蓋を閉めるのと、ロックが電子音とともに外れるのとは同時だった。ドアが開け放たれる音が続く。身じろぎすらできぬ真っ暗闇の中、翼は息を殺した。ゆっくりと絨毯を踏みしめる気配。油断のない足取り。

（ソ連軍の兵士……。頼むから、早く通りすぎてくれ……！）

脳内でウィングが祈る。だが、神ではなく、間違えて悪魔にでも祈ったのかもしれない。足音はゴミ箱の真ん前で止まった。「ん？　このゴミ箱……」

全身から、生温かい汗が噴き出る。蓋がずれてでもいたのだろうか。暗黒の中で、翼は目をつむった。当然、視界には一切変化がない。

ガタン！

心臓が破裂して、体どころかゴミ箱すらも突き破ってしまうかと思った。「何だ⁉」と驚く警備員。こっちのセリフだ。警備員の気配が、たちまちのうちに部屋の奥へと遠ざかっていく。

「あっ！　大丈夫ですか！」

男性のうめき声が、かすかに聞こえた——先ほど、スタンガンの犠牲になった社員。降ってきた幸運に感謝しつつ、翼は叫んだ。「今だ！」

モグラ叩きのモグラよろしく、翼と香織は同時に飛び出した。男性社員を助け起こしていた警備員が、ギョッと目をむく。その隙に、翼と香織は総務部を飛び出した。逃走！

「待て！」閉まるドアの向こうから、警備員の声が追ってくる。当然ながら、待てと言われて待つスパイはいない。

「エレベーターは、途中で止められたら終わり。階段で一気に下りるよ！」

香織の指示の声が虚空に消える頃には、二人は階段に飛び込んでいた。ファイルが非常に邪魔だが、腕がちぎれても放さぬつもりで抱え、半ば落ちるように駆けおりる。

「不審者は階段から逃走中。応援を」上方から、騒がしい足音とともに警備員の声が聞こえてくる。無線で連絡を取っているのだ。隣を走る香織の眉間にも、しわが寄る。

（まずい、このままじゃ挟み撃ちだ！）

二人は今、ようやく六階まで来たところ。新手が上がってきたら、確実に鉢合わせる。

（どうする……？）

実況者ウィングは高速で思考する。息が上がり、心臓がこれでもかと忙しく働く。

答えは、頭の中ではなく外からやって来た。

「ハロー、こちら警備員室。どうやらお困りのようだな」軽薄な声がイヤホンから響く。この一秒を争うときに何を、と血が沸騰しかけたが、翼はすぐに気が付いた。

いや、こちら警備員室？

「四階でフロアに出て直進、突き当たりをレフトへ。非常階段に向かうんだ」

香織と瞬時に目配せすると、翼は四階で急ブレーキをかけ、一気に方向を転換した。足の骨がきしむ。が、転ばない。ファイルも手放さない。二人並んで、薄暗い廊下を走る、走る、走る。背後では、もう一人の警備員が合流したらしく、二人分の足音と怒声《どせい》が響いてくる。

「待て！」

「止まれ！」

追っ手は屈強な男二人、しかも、こちらにはファイルというハンディあり。おまけに、普段の運動不足がたたって、息が上がり、足がもつれる。こんな調子で、非常階段を一階まで逃げ切れるわけがない。

駄目だ……！

心にヒビが入り、今にも折れかかる。それが一秒遅ければ、ポッキリいっていただろう。

ゴウンゴウンゴウン……

聞こえてきたのだ。低く、腹の底を揺らすような機械音が。

シンの指示通りに、翼と香織は突き当たりを左に曲がる。そこで、二人は目にした。防火シャッターが、今にも行く手を塞ごうとしている。

「滑り込め！」警備員室から、シンが叫んだ。翼と香織は身をかがめると、体を横にし、ゴロゴロと非常に見苦しく転がった。しかし、間に合った。

翼の後頭部を擦って、シャッターが完全に閉まりきる。わずかに遅れて辿り着いた警備員たちが、シャッターを殴り、蹴り、大声でわめきたてる。シャッターはびくともしなかった。

「アー・ユー・オーライ？　救出料金は高いぜ、お客さん」

「ありがとう……たすかった……」

肩で息をし、香織が礼を言う。翼にはその気力すらもなかった。ファイルを持っていない手を膝につき、呼吸を整えようと努める。

「すぐに迂回してくるだろう。ハリー・アップだ。非常階段を下りて、裏口から脱出しろ」

たしかに、ここで浪費する時間はない。酸素を渇望《かつぼう》する全身の筋肉に鞭《むち》を打って、非常階段で最後の徒競走《ときょうそう》。翼と香織は、ひと息で一階まで到達した。通用口が目と鼻の先に出現すると、香織は素早く、壁際の自販機の下に手を入れ、中継器を回収。

だが、翼はそこで思い出した。このビルでやるべきことが、もう一つだけ残っている。

「さあ、逃げるよ！」

「待って！　その前に、おばあさんを自由にしないと！」

裏口から出て行こうとする香織を、翼は呼び止めた。顔中を汗が伝い、マスクがびしょ濡れになっている。香織の両目が、驚愕《きょうがく》で皿のごとく見開かれた。

「馬鹿じゃないの⁉　キミ、状況分かってる⁉」

「分かってる！　でもあの人、口も塞がれてるんだ！　もしも長い時間見つけてもらえなかったら、死んじゃうかもしれないだろ！」

非合理的なのは分かっていた。それでも、翼の体は逃亡を拒絶していた。

必ず解放すると、約束したのだから。

一秒に満たない睨み合い。それだけで、香織は翼の断固たる意志を感じ取ってくれたらしい。

翼の手から、ファイルを奪い取る。「もう勝手にして！」

香織は代わりに、カードキーを翼の顔に叩きつけると、裏口から風のように飛び出していった。残されたのは翼のみ。警備員の足音が、ドタドタと近付いてくる。

（そうだ、それでいいんだ）

翼が女子トイレに飛び込むと、脳内でウィングが実況を再開した。

（レディを見捨てたとあっては、笑ってエンディングを迎えられないからな）

折れ曲がった通路をもどかしい思いで進むと、個室のズラリと並ぶ白い空間に出る。突き当たりには、逃走に使えそうな窓が一つ。

翼は一番奥の個室を開け放った。頬を涙に濡らしたおばあさんが、便器に縛り付けられ、うずくまっている。翼の姿を認めると、その目にはかすかに、安堵《あんど》の色が浮かんだ気がした。

口のガムテープをそっとはがす。「さあ、もう安心してください」

「ありがとう……ありがとう……」

しわがれた声で、おばあさんは繰り返す。翼は黙って、手足を縛る紐をほどいていく。胸が、一万本の針を突き立てられたように痛んだ。翼には、礼を言われる資格なんてない。罵倒されて当然なのだ。それなのに、もるも、このおばあさんも……。

「じゃあ、僕は行きますんで。これを」すべての戒《いまし》めを解き終えると、カードキーをしわの寄った手に握らせた。目的は果たした。あとは窓から退散するだけ。

ところが、翼がホッと息を吐くと同時に、トイレの入り口付近を慌ただしい足音が通過した。翼は個室の中で身を硬くし、息をひそめる。なぜか、おばあさんも一緒に気配を殺している。

違う。「通過した」のは一人だ。もう一人は……。

コツ、コツ、コツ
(やばい……さっきのソ連兵だ……！)

話し声が外に漏れていたのだろうか。それとも、単なる勘か。いずれにせよ、警備員の決然たる足音が、少しずつ、少しずつ大きくなってきていた。もはや窓から逃げる暇なんてない。警備員が、個室の並ぶこの空間に入ってきた。

(何か手は……手はないのか……？　見つかったら射殺だ……！)

キィ、とドアの開く音。個室を一つひとつ調べる気だろうか。足が、ガタガタと震える。ウィングに助けを求めても、空気中から突然に打開策が生まれ出るはずもない。

(詰んだ、のか……)

「あんたはお逃げ。あたしがうまく追っ払うから」

そのとき、耳元で聞こえた囁きを、翼は天使の声かと思った。天使にしてはしわがれていて、ちょっぴり震えていて、それでいて心温まる声。

警備員が、二つ目のドアを開けて、閉める。

翼はおずおずと、おばあさんの――その海よりも深い瞳を見た。先ほどまでの恐怖の色は消え、ただそこには、息子を前にした母親の目だけがあった。

「あんたは優しい人だもの。何か理由があるんでしょう？」

「誰かいるのか！」警備員の怒鳴り声が、トイレいっぱいに反響する。翼が引きとめる間もなく、おばあさんはドアを開けてよたよたと個室を出て行った。

「ああ、警備員さん！　よかった！」

「広川《ひろかわ》さんじゃないですか。どうしました、大丈夫ですか？」

「怖くて隠れてたんですよ。あの恐ろしい連中は、もういなくなりましたか？」

「ええ、これから追いかけます。お怪我《けが》は？」

「あたしは大丈夫ですよ。ああ、そうそう。ここに隠れる前に、誰かが階段を下りていくのが見えましたが……」

「ということは、地下ですね。分かりました。絶対に逃がしません！」

力強く答えると、正義の守護者はトイレから走り出ていった。そろそろと、個室から顔を出す。タイルの上にはポツンと、作業服のおばあさんが取り残されている。

翼は、深々と頭を下げた。「ありがとうございます。それから、本当にすみませんでした」

「いえいえ。それより、今のうちに逃げなさい」おばあさんは笑っていた。自分を縛り付け、口にガムテープまで貼った非道な強盗を相手に、笑っていたのだ。翼は戸惑ったが、同時に時間が惜しくもあった。奥の窓を開けると、助走をつけて飛びついた。

「あの女の人は、ちょっと危なっかしいところがあるわねぇ。見張っててあげなさいよ」

窓によじ登っていると、背中におばあさんの声が届く。窓枠から身を乗り出し、すぐ外の路地に人がいないことを確かめると、翼は振り向いた。

「頑張ってね。就活生さん」

とっさに、返事ができなかった。熱いものがこみ上げてきて、喉が詰まり、視界が歪んだ。溢れる涙を見られぬように、外に向き直る。「……はい」

震える声でそれだけ言い残し、翼は飛び降りた。後戻りできない暗い世界へと、再び。

しかし心の奥には、潜入前にはなかった温かな光が一条、控えめに輝いていた。


監視カメラのない逃走ルートは、あらかじめシンが調べてくれていた。注意深く、車を停めた位置まで急ぐと、すでに香織とシンが待っていた。三人を乗せた車は、朝の自動車の群れへと溶け込んでいった。作業着は車の中で脱ぎ、途中のゴミ箱に捨てた。そして……。

「……いた」二時間後。沈黙を破り、事務所の空気を香織の声が震わせる。「佐々井義嗣《ささいよしつぐ》。退会理由は『死亡』……。住所は長野《ながの》。ランスロットのブログにあった記述と一致する」

「ビンゴ」パソコンの前で、シンが指を鳴らそうとし、失敗する。

クールサクセスの総務部で手に入れた名簿には、会員の氏名、住所、電話番号、そして入会・退会の日付が詰め込まれていた。この中から、五年前の十二月三日より前に退会した会員を、三人で手分けして調べ上げ……二時間かけて、ようやく該当者を見つけたのだ。

シンの反応は速かった。香織が情報を読み上げるや否や、マウスをカチカチ連打。

「俺のデータバンクにも名前がある。佐々井義嗣の一人息子は……佐々井義正《よしまさ》。こいつがランスロットの正体だ」

あっという間だった。父親の名前一つで、あっという間に「クールサクセスを許さない」の記事を書いた人間――ランスロットを特定してしまった。このランスロットとガウェインが同一人物かどうかは、さらに調べないといけないけれど。大きな進展だった。

どこからか取り出したあんパンをもぐもぐやりながら、香織が笑みをこぼす。

「どうでもいいけど、そのデータって売り物じゃないの？」

「店主が商品を見て、たまたま声に出して読んだってだけさ。何も悪いことはしていない」

悪いことしかしていない気がするのだが。翼は紙の束を机に置くと、シンの肩越しにパソコン画面を見た。

スネークの達人〝GGSnake〟こと井淵圭。クールサクセスに恨みを持つハッカー〝Perceval〟、あるいはランスロット、あるいはガウェインこと佐々井義正。四人いるという「中枢」のうち、ようやく二人の容疑者をあぶり出すことに成功した。

「もし、ランスロットとガウェインが同一人物だったとすれば……」机に手をつき、司令官のごとく厳粛《げんしゅく》に、香織は言う。「井淵圭と佐々井義正の二人を利用して、最後の作戦に入る」

「最後……？　それって、残りの二人をまとめて特定する算段があるってこと？」

「『中枢』四人が闇サイトで打ち合わせをしているっていうのは、前に話したでしょ？　そこに付け込んで、あとの二人を罠《わな》にはめる」香織は指を二本立て、口元にそっと当てた。「井淵と佐々井の二人を脅して、残り二人――〝IAKA〟と〝TNTB288〟にメッセージを送らせるの。そこでまた、シンお手製のウイルスちゃんに活躍してもらおうってわけ。なんとか感染させて、個人情報を抜き取る」

「脅すって……、乱暴はしないよね？」

「相手の出方次第だよ。爪をはいだり鞭で打ったりしないで済むなら、それが一番」

「爪をはいだり、鞭で打ったり」

「翼、安心しろ。香織が言っているのは、あくまで最後の手段だ」シンが椅子に座ったまま、翼の肩をバシンと叩いた。なんだかこの人が常識人に見えてくるから不思議である。

「ただ、翼はセミナーのときに監視カメラに映っているはずだから、もしかしたらポリスの手が伸びるかもしれない。急がなきゃならないのはたしかだ」

「え」

「まあ、奴らも犯罪者だから、警察に全面協力ってわけにもいかないだろう。そこに期待を……ん？」不意に、シンは言葉を呑んだ。マウスのカチカチという鳴き声が、空白を埋める。

「……やってくれるぜ」

ややあって、シンは画面を睨んだままつぶやいた。何かと思ったが、理由はすぐに判明する。翼と香織も、二人して目を奪われてしまった。映し出されているのは、毎度おなじみの魔女狩り板。そのスレッドの最後を飾る「1000」番目の書き込みだった。

〝我らに刃向かう愚か者ども
これ以上罪を重ねるというのであれば　その血でもってあがなえ
これは戦争だ　我らと貴様らの全面戦争だ
P〟

「〝Perceval〟のP……。つまりガウェインか」

「望むところね」シンと香織が、闘志を燃やす。パソコンのモニターを叩き割りそうな気迫であった。そうなったら、破片が飛び散る前に身を伏せねばなるまい。

でも、どこまでばれているんだろう？

翼の胸に、もやもやとした不安の雲が立ち上る。にょ次郎のパソコンにウイルスを仕込む作戦は、ガウェインに先手を打たれる形で失敗した。だから、ガウェインがこちらの存在を察知していても不思議はない。じゃあ、名前は？　住所は？　今日の行動は？

すべてが筒抜《つつぬ》けなのではないかという恐怖に襲われる。

そして、そんなときだったからこそ。

ピンポーン
その電子音で、翼の心臓は潰れるところだった。香織も二個目のあんパン袋を開けようとした姿勢のまま、身を固める。「音を立てるな」と、押し殺した声でシンが言った。

十秒ほどの、耳が痛くなるような静寂《せいじゃく》。

ピンポーン
「そこに男女がいるでしょう？　クールサクセスから帰ってきたばかりの」

次のチャイムとともに、インターフォンのマイクに拾われ、男の声が室内に届く。翼の顔から、背中から、冷や汗が滝《たき》のごとく流れた。

まさか、ガウェイン⁉　もう来たの……⁉　それとも、警察⁉

頭の中がぐちゃぐちゃに混乱する。かぶせるように響くのは、不気味なほど丁寧な言葉。

「どうか開けてください。私もできれば通報はしたくありません」

「分かった。開ける」

「本気で言ってるの？」

「大丈夫だ。モニターで確認した。警察じゃない」香織を諭《さと》すと、シンは緊迫した表情のまま、手元のスイッチを操作した。ガチャン、という他人行儀な音とともに、電子ロックが解除される。直後、ドアを開け放った来訪者の顔を見たとたん、シンの表情が苦しげに歪んだ。

「やっぱりお前さんか……」

「お久しぶりです」物腰柔らかに、男は挨拶《あいさつ》した。頭はスポーツ刈りで、ベージュのトレンチコートを着込んでいる、三十代くらいの長身。優しそうに細められた目が、翼の目とかち合った瞬間、記憶がスパークした。

思い出した。クールサクセスの受付。香織が逃げるようにあの場をあとにしたのは、この男がエレベーターホールに見えたからだ。

ということは、敵。

あの香織が逃げ出すほどだ。一見《いっけん》すると人畜無害そうな仮面の下に、どんな邪悪な素顔を隠しているのか。魔女狩りのメンバーか、それともクールサクセスの関係者か……。

翼は必死に目を凝らし、耳をそばだてた。この男が何者なのか、見極めるために。

やがて男は、コートのポケットへと手を突っ込む。矢か鉄砲が出てきても驚かぬように、翼は身をかがめて心の準備をする。

男が取り出したのは、一本の鉛筆だった。それを使って、空中に円を描きはじめる。

「やっぱりです。紙芝居《かみしばい》おじさんが予想した通りなのです」

その一瞬だけで、翼は見極めるのを諦めた。

3・5

「やっぱりです。紙芝居おじさんが予想した通りなのです」

私がほめたたえると、脳内のおじさんはとても得意げに胸を張りました。私は部屋に足を踏み入れ、トレンチコートを脱ぎます。

おじさんの助言に従って後を追い、この隠れ家に辿り着いたわけです。質素な部屋の奥、机の向こう側にいらっしゃるのは、セミロングの茶髪の美人と、サングラスを頭に載せた無精髭の男性――知ったお顔です。ではもう一人の、実直そうな眼鏡の方はどなたでしょう？

「もしかして、あなたはウィングさんですか？」

「えっ⁉ どうしてそれを⁉」

初対面の男の人は、眼鏡の奥で目を丸くします。自分とおじさんの推理力が怖いくらいでした。世が世なら、シャーロック・ホームズになれたかもしれません。

ここはつまり、魔女狩り板に対抗するための前線基地、というわけですね。

「初めまして。私は仁藤博道と申します。フリーライターです」会釈すると、脱いだばかりのコートのポケットをゴソゴソと漁りました。手帳と財布、鉛筆、ハンカチ、ティッシュ、そして飴玉が指先に当たります。ですが、肝心の物はないようです。

「……名刺を忘れてしまいました。すみません」

「あ、はい。こっちこそ、気を遣わせちゃってすいません。にとう、ひろみち……さん」

ウィングさんは、私の名前を口の中で繰り返し、嚙み砕いているようでした。そして、頭上に豆電球を閃かせたのです。「ひょっとして、『電脳マジョガリ』の著者の仁藤さん？」

「あっ、ご存じでしたか。読んでいただけたのですか？」

「あ、えっと、立ち読みを……」

「立ち読みでも嬉しいものです。ありがとうございます、ありがとうございます」

私は心が弾むままに駆け寄って、ウィングさんの手を取りました。本を読んでくださった方は、みんなお客様です。お客様は神様なので、私は今、神様の前にいるわけです。握手をしたまま、手を六回上下させます。上下させるのは、三の倍数が良いと思うのです。

「早織《さおり》さんも晋太郎《しんたろう》さんも、お変わりないようで安心しました」

神様との恐れ多い握手を終えると、私は他のお二人に向き直りました。ぼさぼさ髪の男性――晋太郎さんが、なぜか舌打ちをします。お腹でも痛いのかもしれません。

「とりあえず座れよ。そんなソファでよければな」

「ありがとうございます」お礼を言ったはいいものの、私はしばし、ソファを見つけることができませんでした。部屋には机と、キャビネットと、段ボールと、消火器と……ボロ布の塊しかありません。「あの……ソファはどこに？」

「それだ、目の前のそれ」

これは予想外でした。私は一礼してから、巨大な埃と雑巾《ぞうきん》のハイブリッドに腰掛けます。お尻の下でおならのような音がしたので何かと思ったら、どうやら布が破れたようでした。

早織さんが、壁に背を預けてあんパンをかじりはじめました。ウィングさんは、身の置き所に困っているようでしたが、やがて仕方なさそうに机の端っこにお尻を載せます。こうして見ると、誰も同じポーズがいなくて、絵画《かいが》にありそうな構図です。画家や写真家のおじさんが脳内にいる方は、お喜びになるかもしれません。

晋太郎さんが、椅子に座ったまま問いかけてきました。「つけてきたってわけか」

「ええ。ただし、今日ではなく一週間前の話です。早織さんがクールサクセスにいらっしゃるのをお見かけしたもので。早織さんの車を尾行して、この場所を突き止めたのです」

私は先週、クールサクセス本社を訪れたときのことを思い出しました。早織さんは受付に一瞬だけ姿を現し、すぐに帰路につきました。あのときお見かけできたのは、神様の思し召しに違いありません。きっと、八百万《やおよろず》の神様の誰かです。

「それで今日、魔女狩り板にも変な書き込みがあったでしょう？　Ｐという方からの、まるで宣戦布告のような内容でした。心配になって、早織さんにお会いしなければと思い……」

「その名前で呼ばないで。もう捨てたんだから」

「……復讐のため、というわけですか？　ぬこぬこへの〝攻撃〟もそのために？」

「キミには関係ないでしょう？」

「関係ありますよ。良一さんともご両親とも、知らない間柄ではありませんので」私はきっぱりと答えました。早織さんが道を間違えようとしているのならば、止めねばなりません。

ところが、です。

「あの、復讐って？」私がいよいよ説得のために卓越した弁舌を振るおうとしたところに、ウィングさんが割って入ったのです。おそるおそる、といった調子で。

「えっ、早織さん。ひょっとして、ウィングさんには話してないのですか？」

「話す必要がないから」

「そんな、俺にだって知る権利があるはずだ」

何やら、ウィングさんはお怒りのようですが、早織さんは腕を組んだままそっぽを向いています。困りました。お二人が喧嘩を始めてしまいそうです。

どうしたものかと迷っていると、頭の中に紙芝居おじさんがひょっこり現れました。昭和の時代に愛された、額縁のような木箱に入った紙芝居を、小脇に抱えていらっしゃいます。この方が登場したからには、私のやることは一つです。

「では、私がかいつまんでお話ししましょう。それでよろしいですね？」

早織さんは不機嫌そうな顔をしましたが、反対はしませんでした。晋太郎さんは、もとより興味がないようです。私は、たった一人の観客に向けて、お話し会を始めます。紙芝居おじさんが、頭の中でストーリーを教えてくれます。

「いいですか、ウィングさん。これは、二年前のお話です」

「二年前……」

「はい。神奈川県のとある中学校で、いじめ事件が起こりました。警察沙汰になって、マスコミにも取り上げられたので、もしかしたらご存じかもしれません。被害者は二人、加害者は四人だったはずなのに、十二人の逮捕者を出した前代未聞の事件です」

ウィングさんが口に手を当て、記憶を探ります。幸い、糸口はすぐに見つかったようです。

「覚えてます。ネットでかなり話題になってました。たしか、加害者への殺害を予告する書き込みが原因で……」

「そう。脅迫罪が適用されたのですね」脳内で、紙芝居おじさんが紙を一枚引き抜きます。出てきたのは、男の子が屋上から飛び降りる瞬間の絵。

「被害者のうち一人は自殺してしまいました。とても悲しい事件でした」

「ああ、それも覚えてます。だから、あんなに話題になったんですよね……」

「そして、その大事件で生き残った方の被害者こそが、坂神良一さん……そこにいる早織さんの弟さんです」

「えっ⁉」ウィングさんが、妙に高くひっくり返った声を上げます。それほど驚いたのでしょう。早織さんの方をチラチラご覧になっていますが、彼女はムスッとしたまま表情を変えません。晋太郎さんも、カチカチとマウスをいじっているだけです。

「良一さんは、被害者であるにもかかわらず、魔女狩り板で袋叩きに遭いました。ネットにつられるように、学校でのいじめも加速しました。そして不登校に陥り、結局、高校にも進学できませんでした。早織さんは、その復讐をしようとしているのですね」

「被害者なのに叩かれたんですか？　どうして？」

「それはですね、いじめに遭う前、良一さんは……」

「もうやめて」

紙芝居は、途中で早織さんに止められてしまいました。冷たい目で睨まれたせいで、おじさんは縮みあがり、紙芝居セットを置いたまま、そそくさと去って行ってしまいます。

「そんな話をしにここへ来たの？　キミの暇潰しに付き合わされるのはまっぴらごめん」

「いいえ、用件はここからです」早織さんの迫力に負けず、私は食い下がります。「私が二年間の調査で知った事実をお伝えします。良一さんがネットで非難を浴びて、怒るのは当然ですが……どうか、復讐は考え直してください」

「ねぇ、話だけでも聴いてみたら？」

「キミは黙ってて」ウィングさんは一喝され、縮こまってしまいます。しばし、室内に静寂が舞い降りました。よくよく見ると、ブラインドの割れ目から射し込む光の帯に、無数の埃が乗っています。気付いたとたんに鼻がむずむずしてきて、大きめのくしゃみが出ました。

「……分かった。聴くだけ聴いてあげる。でも手短にお願いね」

「ありがとうございます」鼻をすすりながら、私は勢い良く頭を下げます。お尻の辺りで、またおならみたいな音がして布が裂けました。「そもそも、どうして魔女狩り板がクールサクセス関係者を攻撃しているかご存じですか？」

少し難しいお話になるので、おじさんが置き去りにしていった紙芝居を、頭の中で盗み見ます。カンニングというやつです。

「はっきりとは、あたしたちもまだ分からない。そもそも、クールサクセスが狙われていることだって、最近知ったんだから。ただ、『中枢』の一人〝Perceval〟がクールサクセスを恨んでいるのは、なんとなく分かる」

「そこまでご存じなら、すべて分かったようなものですよ。『中枢』とは四人とも、クールサクセスを恨んでいる方々なのです。多くの〝お祭り〟は、隠れ蓑に過ぎません」

「なんだと？」ずっと黙っていた晋太郎さんが、半ば腰を浮かしました。

「二年前のいじめ事件のときだってそうです。本当の標的は、同じ中学に通っていたクールサクセス営業部長の息子さんでした。結局、かつてない大規模《だいきぼ》な〝お祭り〟を行っても、いじめグループとのつながりは一切見つからなかったようですが」

「十二人も逮捕されたってのに、失敗だったのかよ」

「ええ。ですが、魔女狩り板から出た逮捕者十二人に、掲示板の住民を煽動し、最も中心的な役割を担った四人は、一人も含まれていませんでした。海外のサーバーを経由したり、匿名化技術を使ったりして、身元を特定できないようにしていたからです。その四人は『中枢』と呼ばれ、神格化されてもてはやされました」

このことは、拙著の『電脳マジョガリ』にも書きました。問題は、その先です。

「では、魔女狩り板の『中枢』は、どうしてそこまで、用意周到に立ち回ることができたのでしょう？　それは『中枢』が、もともとクールサクセスに恨みを持ち、復讐するために集まった方々だからです。捕まらないよう、準備をした上で行動したのですよ」

「そんなこと、どうしてキミに分かるの？」

「同じだからです。過去に存在した魔女狩りたちと」私はいよいよ前置きを終え、問題の本質へと踏み込みます。もったいぶったせいか、聴衆三人は顔を見合わせておりました。

「仁藤さん。同じって、どういうことですか？」

「十五年ほど前……。通信販売を手掛ける大手企業・日本ライフカタログがありました。テレビや雑誌にたくさんの広告を出し、業界内で地位を確立しておりました」

歴史の授業のように、私は語りました。当時はまだ、私もコンビニバイトすら始めていなかった頃です。当然これは、あとから新聞や雑誌を漁って調べたことなのです。

「ところが、ある事件をきっかけに、日本ライフカタログは一気に凋落《ちょうらく》します。重役の方々の一斉離反です」

「離反……退職したってことですね」

ウィングさんの言葉に、私は四回頷きます。「日本ライフカタログは、たしかに儲かっていたようです。しかし社長さんが、その利益の多くを着服しているという噂でした。それを聞いた重役の方々は激怒《げきど》し、置き土産《みやげ》を残して退職した、というわけです」

「置き土産……？」

「ええ、置き土産です。そして、それこそが魔女狩りの呪いなのです」私はあえて、「呪い」という非科学的な言葉を使いました。早織さんが露骨に嫌そうな顔をします。

「あたしたちをからかってるの？」

「からかってなどいません」この現象を言い表すには、「呪い」というのがぴったりなのですから。「重役の方々は退職の折、汚職に関する噂を週刊誌に洗いざらいぶちまけました。まともな証拠なんて一切なかったにもかかわらず、その雑誌の発売日を境に、日本ライフカタログの株は大暴落したといいます。信用を失墜《しっつい》させるには、証拠なんて不要だったのです」

「週刊誌……それってまるで……」

「そうです、ウィングさん。魔女狩り板の手口と同じ。紙媒体《ばいたい》か電子媒体か、その形が変わっただけなのです。そして退職した重役の方々が立ち上げた会社こそが、クールサクセス」

「ここで、そのネームが出てくるわけか」

「はい。クールサクセスは、ライバルとなるはずだった通信販売会社・日本ライフカタログが消えたことで、急成長を遂げたのです」

「ふぅん。じゃあ、もるの叔父さんだっていう役員も？」

「さすが早織さん。その通り、そのとき辞めた重役の一人です」

「屍《しかばね》の上に立つ会社、ってわけね」詩的ですが不気味な表現。早織さんらしい言い回しだと思いました。窓の外を飛ぶ小鳥も、チチチチ、という歌を彼女の詩に添えています。

「話はだいたい分かったよ」早織さんは、食べ終えたあんパンの袋を潰します。「でも、この経済史の講義と、キミがあたしの復讐を止めることと、いったいどう関係があるの？」

「この事件の特異性は別にあります。つまり、日本ライフカタログも、マスコミを利用してライバルを蹴落とすことで成長した会社だったという点です」

三人のお顔が、一斉に緊迫しました。自然なことです。私自身、この事実を突き止めた瞬間には、身の毛もよだつ思いでした。ビル風が吹いて、窓がカタカタと音を立てています。

「これは呪いなのです。日本ライフカタログの前の世代の、そのまた前の世代の、もっと前から連綿《れんめん》と続く呪いなのです。魔女狩りは横暴の限りを尽くしたのち、新たな魔女に仕立て上げられ、別の魔女狩りに討たれる。それが運命なのです」

科学的な根拠などありません。あえて言うならば、歴史こそが唯一の証明です。日本ライフカタログをクールサクセスが攻撃し、クールサクセスを魔女狩り板が陥れているように、魔女狩りは連鎖します。それはちょうど、かつてヨーロッパにおいて、魔女の処刑に精を出していたカトリックが、のちにプロテスタントによる魔女裁判の餌食になったのと同じ。この鎖《くさり》に一度からめとられてしまえば、あとは破滅に向かって堕《お》ちていくしかありません。

「魔女狩りはいずれ魔女として、狩られる側に回る……。早織さん、私はあなたが新たな魔女になるのを許すわけにはいきません」

一気に言葉を吐き出し、私は深呼吸しました。埃っぽい空気のせいで、またくしゃみが出ます。三秒ばかり、くしゃみの音が反響している気がしました。

「……なあ、おっさん」

私が鼻をすすっていると、晋太郎さんが口を開きました。私はムッとして、不満を表明します。「私はまだ三十四歳なので、お兄さんです」

「ああ、悪い。お兄さんよ。今日のところは、帰ってくれねぇか？」

「もしもお邪魔なら、そうします」

「いや、邪魔とかじゃなくてだな。いろいろ話してもらって悪いんだが、考えを整理しないといけない。分かってくれるか？」

もっともです。一気に多くのことを伝えすぎました。混乱しないように、みなさんも脳内のおじさんと話し合ったり、空中に円を描いたりする時間が必要なのでしょう。

「承知しました。ですが、最後に一つだけいいですか？」

「ホワット？」

「少し、早織さんとお話をさせていただきたいのです。できれば二人で」

別に、愛の告白をしようというわけではありません。私はどうしてもこの方を止め、輪廻《りんね》のごとく繰り返される悲劇に終止符を打たなくてはならないのです。

断られるかと思いました。しかし意外にも、晋太郎さんの反応は温かでした。

「分かった。その間に、ドリンクでも買ってくるわ」

彼は椅子から立ち上がり、ウィングさんを伴《ともな》って部屋を出ていきました。かすかな残響とともに、階段を踏む音も消えていきます。壁際で腕を組む早織さんは、空いた椅子に座ろうともしません。警戒《けいかい》されているのでしょうか。少し傷つきます。

「で？　話って何？」ひどく投げ遣りな声が、刺すように飛んできます。

「先日、良一さんにお会いしました」

「それが？」

「連絡をとっていないそうですね。たまにはお顔を見せた方がよろしいのでは？」

「そんなの、あたしの勝手でしょ。キミはあたしの家族じゃない」

「そうでした」私は頭をポリポリ掻きます。すると、脳内でガミガミおじさんが騒ぎ出すので、私は両手を組みました。しばらく無言でお祈りをすると、おじさんはどこかへ消えてしまいます。気を取り直して、話の続きを。

「早織さんのお母さんの淹《い》れてくださった紅茶は、とてもおいしかったです」

「ふぅん」

「お父さんにはお会いできませんでしたが、いずれ、機会があれば……」

「前置きはいいよ」容赦ないひと声です。私は観念して、咳払いしました。

「復讐の件、考え直す気はありませんか？」

「ないよ」簡潔《かんけつ》な答え。並々ならぬ意志の力を感じました。「あたしは許さない。あの事件をこのまま幕引《まくひ》きにはさせない。一万人の共犯者を、表舞台に引きずり出すまでは」

「そうですか」私は、ゆっくりと首を振ります。最も恐れていた事態です。涼子さんのお顔が、約束が、脳裏をよぎりました。「なら、私は通報しなくてはなりません」

「すべてが終わったあとなら、喜んで檻に入るけど？」

「なるほど。あなたは、一筋縄ではいきませんね」

「それはこっちのセリフ。正直、ここまで辿り着かれるなんて思ってなかった」

彼女がかき上げる髪は、割れたブラインドからの限られた陽を受けて、絹のように輝いて見えました。美しい人です。二年前と比べても、磨き抜かれたように思えます。

私は目のやり場に困って、スマホを取り出しました。とたんに、彼女が壁から背を離して腰を落とし、ハブを前にしたマングースのように殺気立ちます。私は命の危険を感じました。

「大丈夫ですよ。少なくとも今は、通報はしません」

私が弁解すると、彼女はまた壁に背をつけました。けれど、警戒モードはマックスのままのようです。マングースのような目で睨まれ続けたせいで、私は二、三操作したのち、すぐにスマホをズボンのポケットに戻しました。手ぶらの手空きの手持ち無沙汰の上に、話すべきことも吐き出し終えてしまった私は、膝の間で指を組み、猫背になってじっとしています。この際、自分が猫だと思い込んだ方が、気まずい沈黙をやり過ごしやすいかもしれません。

「ええと、ところで。そこにあるのが、クールサクセスから持ち出した資料ですか？」

泥のような空気を振り払うように、私は机の上のファイルを指差します。

「そうだけど。それが何？」

「中身がどんなものだったのか、よろしければ教えていただけませんか？」

「どうして、それをキミなんかに教える必要があるの？」

「私は魔女狩りについての情報をお伝えしました。交換です」

ちょっと、苦しい理屈だったかもしれません。しかし幸い、早織さんは渋々納得してくださったようでした。埃の積もった床の上を歩き、机上のファイルに手を載せます。

「ただの名簿だよ。五年前の、クールサクセスの会員名簿」

「会員名簿ですか……。やはり」頭の中で、おじさんたちが小躍りをはじめます。予想が当たったのが嬉しかったのでしょう。「差し支えなければ、コピーをいただけませんか？」

「は？」

「いえ……、気に障《さわ》ったのなら、どうもすみません。でも、もしかしたら私が調査している件にも関係しているかもしれないのです。もしも、名簿を調べさせていただければ……」

しかし、私の申し出が聞き入れられることはありませんでした。ドアの外の階段が急に騒がしくなったと思ったら、電子ロックが開き、晋太郎さんとウィングさんが転がり込んできたのです。早織さんと私は、驚いて入り口に注目します。

「みなさん、いったいどうしたのですか？」

「まずい！　バッド……いや、ワーストなニュースだ！」

階段を駆け上がってきたらしい晋太郎さんは、息を切らして膝に手をつきます。続きを引き継ぐ形で、ウィングさんが口を開きました。とても切迫した声でした。

「戦争は、もう始まってる」

ターゲット4　北城翼

〝【拡散希望】彼氏が三日前から行方不明です。家にも帰っていないらしいんですが、警察はまともに捜してくれません。なんでもいいので情報をください。〟

「四千五百リツイート、か……」

埃の城の玉座に腰掛け、シンは机に頬杖をつく。パソコンに映し出されているのは、ネット上に掃いて捨てるほど転がっている、尋ね人のツイート。普通だったら、シンと香織と翼という、ネットに詳しい三人組が、わざわざ雁首《がんくび》を揃えて眺めるような内容ではない。

そう、普通だったら。そのつぶやきには、決定的に普通でない点が一つだけあった。添付されているのが、ボサボサ髪にサングラスを載せた、不健康そうな男の顔写真だったのだ。

「キミ、彼女いたんだね」

「そういう笑えないジョークはやめてくれ」シンは苛立ちを込めた視線で、自称・彼女の自撮りアイコンを睨む。だが、おそらくこの写真もフェイクだろう。

「ストーカーと同じ手口だ」シンは、マウスを乱暴に動かした。「恋人を騙《かた》ってネット上で情報を募る。頭が空っぽな連中は、何も考えずにホイホイ情報を教えちまう。犯罪に加担してるとは気付きもせず、ただ『いいことをした』って満足感だけを得るわけだ」

四千五百人によって拡散されたつぶやきには、数えるのも嫌になるくらいの返信が寄せられていた。多くは「心配です」とか、「事件や事故に巻き込まれていないことをお祈りします」とか、同情を形だけ表明した、無難で無害なコメントだ。が、中には「バイト先で似た人を見ました」とか「兄の知り合いに似ています」とか、個人の特定につながり得る情報も交じっていた。すべてが無責任な他人が送り付けたデマのように見えるが、いつ核心《かくしん》に迫る情報が提供されないとも限らない。核心、すなわちシンその人に関する正確な情報。

マウスを操作するシンは、うんざりしたように欺瞞の群れを離れ、別のページに飛んだ。画面に、さらなる邪悪が凝り固まる。

〝魔女狩り板の敵を吊るし上げるスレ〟

「見てみろよ」シンが、画面をゆっくりとスクロールする。毛虫が一万匹詰まった部屋に閉じ込められても、ここまでの不快感は味わえないだろう。そこにはシンと翼、それぞれの首から上を収めた写真が幾枚も貼りつけられていた。シンの脇に立つ香織が、いまいましそうに画面を指でなぞった。

「さっき飲み物を買いに出たとき、撮られたってわけね」

「つけられたんだ。そこに座ってるおっさんがな」シンはボサボサの頭を掻くと、顎をしゃくった。ボロ雑巾の集合体にも見えるソファの上に、仁藤が肩身狭そうに腰掛けていた。

「私は、そのようなつもりはまったくありませんでして……」

「敵は魔女狩り板だっていうのに、のんきすぎるよ。愚かっていうか馬鹿。もう馬鹿」

香織が、容赦なく仁藤を斬《き》りつける。翼には、止めることができなかった。

たしかに、これまで魔女狩りに尻尾を摑まれることはなかったのに、仁藤が現れたとたん、翼たちの居場所を特定されてしまった。魔女狩りの誰かにマークされていた仁藤が、この事務所まで尾行された、と考えるのが自然だろう。追跡者は、そのままビルの前で張り込み、二人の写真を首尾よく入手したら、シンの彼女を自称してツイートを投稿した……。

さらに。追い討ちをかけるような悪夢が、翼の両目に飛び込んでくる。

「あっ！」掲示板上にそれを見つけてしまった瞬間、胃の腑《ふ》から苦い液体が込み上がってきて、抑えつけるのにしばし苦労した。「これ、幸平と学食でご飯を食べてるときの写真だ……」

翼はそのまま、呆然《ぼうぜん》と立ち尽くしてしまった。親子丼の器を片手に、箸を口に突っ込んだ瞬間の翼が、画面の中で間抜け面をさらしている。

――誰と飯を食っているか、彼女に送ることになっているんだ。

面倒くさそうにスマホをいじる幸平の顔が、脳裏によみがえった。そんなささやかな日常の一場面を、ネット上の害虫どもが食い荒らす。

〝443：眼鏡の男の名前が分かったよ　北城翼　東光大学の三年生みたい
444：三年生ってことはもうすぐ就活か　人生終了させてやろうぜ
445：ぶっさ　よく生きてて恥ずかしくないな〟

ここは悪意の深淵《しんえん》、魔女狩り板。この程度の罵詈雑言は珍しくはない。翼の唇が震えている理由は、別のところにあった。「もしかして、幸平の元カノが魔女狩り……？」

「そう決めつけることはできないな」シンが、回転椅子の背もたれをギシリと鳴らす。「一度デジタル化されちまったデータが誰から誰に渡るかなんて分かったもんじゃない」

写真は、ラインなどのやり取りの他、フェイスブックやインスタグラムなどのＳＮＳで無制限に拡散する。世界中の他人に向かって、どうぞご自由に悪用してくださいと頼んでいるようなものだ。壊れかけの吊り橋の上で、翼たちは日々寝起きしている。

ただ、不幸中の幸いとでもいうのか、写真の撮影者についての言及は一切ないようである。

火の粉は、幸平にまでは及んでいない。翼は自分の危機を束の間忘れ、ホッと息を吐いた。

「とにかく、しばらくはこのビルから出ない方がいい。出たとたんにいくつフラッシュをたかれるか分からん。それに尾行されるかもしれないからな」

「籠城《ろうじょう》するってこと？　それで勝算はあるの？」

香織がそう尋ねると、シンは机の引き出しの一つを、ガタガタと錆び付いた音をさせて開けた。ぞんざいな手つきで、炭のように黒いノートパソコンを取り出す。汚れではなく、元々のボディが漆黒《しっこく》であるその機械を、彼はいつものデスクトップ・パソコンの前に置き、電源を入れた。パソコンの前にパソコンが並び、さながら二人羽織《ににんばおり》のような様相を呈《てい》している。

シンは香織に目配せをした。彼女は頷き、ソファ上の仁藤へ歩み寄る。

「じゃあキミは、今すぐここから出ていって」

「なっ……⁉」翼は狼狽《うろた》え、仁藤と香織とを交互に見比べた。視線を泳がせる仁藤。一方の香織は、ナチの総統のごとき冷徹な目をしている。

「何を言ってるんだよ。シンが言ったばかりじゃないか。今は外に魔女狩りがカメラを構えて張り込んでるかもしれないんだって。そんなときに追い出せないよ」

「マスクか何かで顔を隠せば、写真を撮られたって平気でしょ」

「でも、もし尾行されたら？　仁藤さんまで魔女狩りの餌食だよ」

「尾行なんて、バイクでまけばいいじゃない」

「そんな……見捨てるっていうの……？」

「元はといえば、このおじさんがドジを踏んだから、あたしたちが追い詰められてるんだよ」

正論、に聞こえなくもない。シンの偽彼女が出現したり、翼のプライベートな写真が流出したりしたのは、仁藤が尾行されたのが原因かもしれないのだから。しかし、罪を負うべきはこの三十四歳自称お兄さんではなく、あくまでも魔女狩りメンバーのはず。

「仁藤さんを責めるのはお門違《かどちが》いだ。これじゃ、俺たちまで魔女狩りと同じになってしまう」

必死になって訴えると、香織はようやく口をつぐんだ。理屈に納得したがゆえの沈黙ではなく、次なる反論をこしらえる準備としての沈黙。視線と視線がぶつかり合い、火花が散る。

ところが、その重苦しい静寂は、板挟みになっているはずの当人によって、あっさりと破れてしまった。

「ありがとうございます」ボロソファ上で、仁藤は頭頂部が床につかんばかりの勢いで頭を下げた。翼がギョッとしている間に再び体を起こすと、彼は申し訳なさそうに頭を掻いた。「ウイングさんのお気持ちだけで、私には十分でございます」

「ちょっと、仁藤さん！」

「私がここにいると、みなさんのお邪魔になるのは事実なのです」

布の裂ける音とともに、仁藤はソファから立ち上がった。何の未練もなさそうに踵をかえすと、埃の上を渡ってさっさとドアまで歩いて行ってしまう。

ドアノブに手をかけた仁藤は、一度だけ部屋の中を振り返った。

「それと、私はおじさんでもおっさんでもなくお兄さんですよ。早織さん、晋太郎さん」

翼がようやく我に返ったのは、オートロックの閉まる音が聞こえたときだった。翼は、香織の止める声も聞かずに、急いで後を追う。ドアを出てすぐの階段を下り、三つ目の踊り場で追いついた。「ま、待ってください！」

薄闇の膜がかかった踊り場で、仁藤は足を止める。大して走ったわけでもないのに、翼の息は上がっていた。「あの……すみません、あんな言い方してしまって」

「あなたのせいではありませんよ。いや、誰のせいでもありません」

「俺、本当は仁藤さんにも協力してほしかったんです。魔女狩りのことを調べてるっていう仁藤さんが味方になってくれれば、心強いと思って……」

嘘偽りのない気持ちだった。仁藤の著書『電脳マジョガリ』を、詳しく読み込んだわけではないけれど……。書籍一冊分にまとめるに足るほどの取材を、この男は積み上げてきたわけだ。手を取り合えたら、どれほど良かったことか。

仁藤は、翼の叶《かな》わぬ願望には何も言葉を返さなかった。ただ遠い目をして、窓の外を見やる。隣のビルの汚いコンクリート壁が、曇ったガラスの向こうにそびえたっている。

「早織さんは変わっていませんね。二年前から、ずっと早織さんのままです」

「早織さん……二年前……」

「彼女は弟さんの復讐のために、目をギラギラさせています。私には、心の内側の大切なものを削って、燃やして、復讐の炉にくべているように見えてならないのです」

香織の弟。さっきも聞いた話だった。たしか二年前、いじめに遭ったにもかかわらず、加害者と一緒に個人情報を晒されてしまったという。魔女狩り板というのは、上っ面の正義を振りかざす偽善者の集団だから、被害者には手を出さないはずなのに。

「かお……早織さんの弟さんは、どうして魔女狩り板のターゲットに？」

「万引きしたのです」簡潔な言葉。それでも、翼に呼吸を忘れさせるには十分だった。窓からわずかに入り込む淡い光が、宙を泳ぐ埃を浮かび上がらせる。

「万引きを同級生に見られたことで、弟の良一さんはいじめを受けたのです。ネットでは、『万引きしたのが悪い』『自業自得だ』と散々叩かれていました」

「自業自得……ですか」

「はい。私の存じ上げている四字熟語で、これほど残酷なものは他にございません」

ネットを知り尽くしているからこそ、仁藤の言葉は重々しく響く。罪を犯した相手へのリンチが許されるならば、犯罪者の何パーセントかは警察に捕まる前に変死体で見つかるだろう。免罪符として使われる言葉は、いつだって「自業自得」。

「良一さんは高校進学を諦め、引きこもってしまいました。それ以来、早織さんは復讐の鬼になったのです。当時から友人だったという晋太郎さんも、ずっとご協力なさっているようですね」影の中で、仁藤は苦しげに眉をひそめた。そして、周囲を警戒しつつ、翼にこう耳打ちした。「早織さんは危険です。私は、あなたには道を誤らないでほしいのです」

シンに電子ロックを開けてもらい、翼は、籠城作戦が展開中である狭い事務所に帰還した。デスクトップ・パソコンの前に黒色ノートパソコンを置いたシンは、ピアニスト顔負けの速度で指を動かしている。香織は香織でソファに腰掛け、盗んできたファイルと膝の上のタブレットPCとを交互に眺めている。

どうやら二人とも、本当に攻めに転じるつもりらしい。香織を手伝おうかと一瞬思ったが、別れ際の仁藤の言葉が脳裏にチラつく。翼は結局、シンの横に立つことを選んだ。

「何してるの？」

「ん？　ブルートフォースアタックさ」

「ブルー……何？」

「総当たり攻撃のことだ。今からこの糞女のツイッターを乗っ取ってやるのさ。パスワードを片っ端から調べ上げてな」

「えげつないなぁ」

「えげつないもんか。偽者に同情の余地はない」

涼しい顔をして、シンは画面上に蟻のように細かい文字列を打ち込み続けた。

翼は、自身のアカウントを香織に乗っ取られたほかにも、被害に遭ったアカウントを何度も目撃したことがある。健全だったはずのアカウントが、ある日突然どこかの悪徳業者に掌握され、サングラスの宣伝を無差別に送り付けるという、迷惑千万な行為を請け負うわけだ。

「でも、ツイッターのパスワードって、何回か間違えるとロックがかかって、しばらくログインできなくなるんじゃなかったっけ？　パスワードの総当たりなんてできるの？」

「ノー・プロブレム。脱獄ツールの技術を応用すれば、その程度は解決さ」

「だ、脱獄？　俺たち、やっぱり逮捕される前提なの？」

「ノーノー」シンは手を動かしながら、おかしそうに笑う。「脱獄ってのは、パソコンやらスマホやらの制限《リミッター》を外しちまうことさ。それを使えば、『何回か間違うとロックがかかる』とかいう邪魔な機能も取っ払える」

シンは仕上げとばかりに、大袈裟な動作でエンターキーを押し込んだ。蟻の大群のように並んだ数字・アルファベット・記号の列が、敵城を落とすべく一斉に進軍を開始する。

「アタック・スタート。あとは待っていれば、プログラムが勝手にパスワードを探し当ててくれる。アカウントを乗っ取ればメールアドレスが分かる。メールアドレスが分かればウイルスを送れる。うまいことウイルスファイルを開いてくれりゃあ、個人情報が手に入る」

「芋づる式だね」

「事によると、芋掘りよりもイージーかもしれないぜ」シンはゲームでもしているかのように、楽しげにカラカラと笑う。それにしても、見ているだけでゾワゾワしてくる画面だ。

「で、この蟻の行軍は、いつまで続くの？」

「パスワードが六桁《けた》だったら数日で開くだろうが、八桁だったら一年くらいかかるかもな」

「そっかぁ、一年か……ん、一年？」

「当たり前だろ。数字とアルファベットと記号の組み合わせが、いったい何通りになると思ってんだ。千や万じゃあ足りないぜ」

「いや、数学は苦手で……」

「まあ、とにかく膨大《ぼうだい》な数を試さなくっちゃならないんだ。このノートパソコンは、しばらくパスワード解析専用ってことになる。なーに、気長に待つさ」

「気長に、ねぇ……」そんなに籠城を続けていたら、確実に留年である。それに、今のところは大丈夫でも、いつ「北城翼=ウィング」という情報が暴露されないとも限らない。そうなったら、ユーチューブでの活動から引退せねばならないだろう。ユーチューバーに対しては、まだまだ偏見が多く、日常生活に支障が出るかもしれないから……。

「六桁だったら数日、っていうけどさ」それまで無言でファイルを吟味していた香織が、不意に、顔を上げた。「もしも数日で破られる程度のパスワードだったら、相手は『中枢』じゃないってことだよね。アイツら、そんなに不用心じゃないもの」

「ま、そうなるな。その場合、これは俺の個人的なリベンジになるってわけだ。見てろよ、自称・彼女め。俺にバトルを吹っ掛けたことを、必ず後悔……」

「真面目にやってよ」背筋の凍るような声だった。さすがに驚いたのか、シンは猫背を伸ばして、パソコンの向こう側へと目を向けた。

「あたしは奴らを追い詰めて、地獄を味わわせなきゃいけないの。遊んでる暇はないんだよ」

「ああ、悪かったよ。でもな、これだって無駄に終わるって決まったわけじゃないし、第一、他の手だってあるさ」

「じゃあ、他の手って何よ」

「それは、これから考える」

「へぇ。せいぜいこの汚い事務所で干物《ひもの》になる前に思いついてよね」

トゲトゲしい口ぶり。シンは押し黙り、ノートパソコンを机の隅に追いやって、その奥から顔を出したデスクトップ・パソコンと再会した。落ち込んだ顔で、マウスを動かす。

午前中と呼ばれる時間は終わりを迎え、ブラインドの割れ目から射《さ》し込む光も高さを増している。事務所内の空気が、鉛《なまり》みたいに重かった。

「香織さん、変だよ」いや、口が悪いのはいつものことなのだが、なんというか、目がおかしい。普段だったら、猛毒舌《もうどくぜつ》を振りまくときだって、常に余裕があったのに。

今、彼女の目に宿っている感情。あれは、怒りだ。

翼は言葉を選びながら、そっと、パーカーのポケットを上からなでる。

「弟さんのことが悔しいのは分かる。『自業自得』なんて言葉で片付けられないっていうのも。それでも、もう少し落ち着いて……」

「自業自得、って言った？　もしかして、キミまでそんなデマを信じるの？」

「えっ、デマ？」翼の脳は、言葉を辞書的な意味に結び付けるのに、しばしの時間を要した。シンに目配せするも、助け舟は出してくれそうにない。「デマって、どういうこと？」

「あたしの弟は、『万引きが同級生にばれたせいでいじめられた』ってことになってる」

「え、そうじゃないの？」

「まったくの逆。いじめの一つとして、万引きを強要されたの」

背景を別の色に塗り替えてしまうような。そんな決定的な転換が、その瞬間に起こった。

「それじゃあ、香織さんの弟は完全な被害者で……一切悪くないってこと？」

「世間は、そうは思ってくれないみたいだけどね」

香織の態度は、一見、投げ遣りにも思えた。しかし、ひそかに食いしばった歯から、わずかに寄った眉間のしわから、抑えきれぬ怒りが滲《にじ》み出ているのが分かった。

翼は、その暴力的な感情を非難する権利を、自分が持っているとは思えなかった。「火のない所に煙は立たぬ」とか「いじめられる側にも問題がある」とか。そういう警句はいかにももっともらしいが、実際には、放火でも煙は立つわけだし、問題の所在はたいてい、いじめる側の性格にあるのだ。事実はたびたび歪められ、警句に合わせて解釈《かいしゃく》される。それが形を成し、ネットの海に放流されるとき、「デマ」という悪魔的大魚が誕生する。

「あたしの敵は、魔女狩り板だけじゃない。ゴキブリを一匹見つけたとき、その一匹を殺して満足するのは馬鹿だけ。違う?」

香織の両目が、爛々《らんらん》と輝く。地獄の釜が開くように、抑えていた感情が徐々に解放される。

「あの日、『いじめられたのは万引きしたせい』っていうツイートを拡散したのは一万人……。その一万匹のゴキブリすべてに鉄槌《てっつい》を下すまで、あたしの戦いは終わらない。あたしはアイツらを絶対に許さない」

「一万人を、許さない……?」もはや、個人の復讐でどうにかなる次元を超えている。それこそ戦争だ。「一万人に復讐する方法なんてないはずだよ」

「あたし一人だったらね。でも、四人の『中枢』を見せしめにして、魔女狩り板の終焉《しゅうえん》を宣言すれば、話は別。他にも魔女狩り板を恨んでいる同志は、全国にいくらでもいるはずだから。そういう人たちを仲間として集めて、一万人の個人情報を手分けして調べる」

「『中枢』四人の個人情報を燃やして、反撃の狼煙《のろし》にするってこと?」

にょ次郎やもるの顔が、頭に浮かんだ。彼らは魔女狩り板に明確な恨みを持っていて、AWHO——反魔女狩り組織なるグループを立ち上げようとしていた。翼を引き込もうとしたくらいだ。「中枢」の首級と一緒に狼煙が上がれば、一も二もなく呼応するだろう。

「そこまで分かれば、あとは予想がつくでしょ？　集めた個人情報を一斉にぶちまけて、あの日、無責任にデマを拡散した屑《くず》どもに思い知らせてやるってわけ」

「香織さん、そのことに疑問はないの？　他の選択肢は一切ないの？」

「ないよ」力のこもった声だった。気圧された翼は、しかし次の瞬間には気付いてしまった。

彼女がいったい、誰に向かって言い聞かせているのか。

「だって、おかしいじゃない。何も悪いことをしてないのに、学校でゴキブリ以下の屑どもに目をつけられたせいで、高校進学を諦めなきゃいけなくなって、そのあとの人生まで潰されて……。おまけに、デマを拡散した張本人たちは、何にも知らずに平気でおいしいもの食べて、平気で本を読んだり映画観たりして、平気で家族と笑いあって、平気でセックスして、また明日もいい日になるといいなとか考えて夢の中に落ちていくんだよ。ゴキブリのくせに、自分がゴキブリだって自覚もなく生きていくんだよ。自分は一人の男の子の人生を踏みにじった極悪害虫だって、まったく知らずに幸せを摑むんだよ。そんなのが許されていいはずないじゃない！」

　狂っている……。いや、違う。狂おうとしている。多分、弟のために。

「それじゃあ、やっぱり魔女狩りと同じだ。同じ穴の貉じゃないか」

「同じじゃない。個人情報を晒される恐怖は、もう二度とあんな悲劇を起こさないための抑止力になるはずだよ。魔女狩りの連鎖はあたしが止める。これが最後の魔女狩り狩り」

　もはやそれは、翼を論破しようとしているというよりも、自分自身への言い訳にしか聞こえなかった。苦しくないはずがない。むしろ、誰よりも苦しんでいるはずなんだ。

助けないと。

自分でも驚くほど自然に、翼はそう決意した。パーカーのポケットに右手を突っ込む。忍ばせておいた切り札を——スーパーファミコンのコントローラーを、強く握りしめた。

頼む、ウィング。力を貸してくれ。

頭の奥で、ゲームの起動音がする。

「どうやら、俺はあんたを止めないといけないみたいだ。香織さん……いや、坂神早織」

翼は……いや、ウィングは、ソファ上で足を組む女と対峙する。脳内で実況は始まらない。もはや、脳内に隠れる必要はないからだ。強気な口調を、香織にぶつける。

「俺はあんたの情報を持っている。犯罪行為の証言だってできる」

「それがどうしたの?」ウィングの脅しを、香織はさらりと受け流す。手のひらに、じっとりと汗がにじんだ。「ネットに流したいなら流せば? あたしは自分の幸せなんて、とっくの昔に捨ててる。今さらそんな脅しで、あたしは止められないよ」

「いや、ネット上には流さない」

香織は怪訝《けげん》そうに眉をひそめた。推理ゲームの主人公となったウィングは、心臓の音を間近に感じる。ゲームオーバーは許されない。一つのミスもできない状況で、最良の選択肢に手を伸ばす。ポケットの中でAボタンを探り当て、しっかり押し込んだ。

「あんたのことは、坂神良一君に伝える」

「良一に……?」初めて、香織の顔に動揺の色が浮かんだ。急所を穿《うが》つ、会心の一撃。「そんなことできるわけないでしょ」

「できるさ。名探偵《めいたんてい》ウィングに不可能はない」

「め、名探偵？」

「良一君は魔女狩りの被害者だろう？　電話番号も住所も、ネット上に転がっている。コンタクトをとるのはわけないはずだ」

逆転へ向けた攻撃を、ウィングは緩めない。それがどれだけ残酷だろうと。翼であるときには、良心の呵責《かしゃく》を覚えてできないことでも、ウィングならば平然と遂行できる。

俺は、このゲームの主人公だから。助けるために、情けを捨てるんだ。

「あんたのやってきたことを、良一君が知ったら、彼は犯罪者の弟として生きていくことになる。自分のために姉さんが犯罪に走ったという重荷を背負って生きていくことになる。そして同時に、信じていた姉さんまで、自分の人生を潰した魔女狩りたちと同類なんだと知って、絶望することになる。あんたは、それでも胸を張れるのか？」

視線と視線が、真っ向からぶつかり合う。怒りの矛で体を正面から突かれ、胸が苦しい。だが、逃げるわけにはいかない。この人を助けねばならない。復讐という狂気の連鎖から、救い出さねばならない。何度となく後退りたくなったが、ウィングはそのたびにこらえた。

「……あ～、お取込み中すまないんだがね」

しかし予想に反して、沈黙に終止符を打ったのはシンだった。無遠慮の横槍を受け、ウィングは拍子抜けしてしまう。抗議の視線を送ったが、彼は気にせず、いつもの席から手招きをするだけだ。「言いにくいんだが。これ、ちょっと見てくれ」

なんだか歯切れが悪く、シンらしくない。香織も違和感を察知したのか、険しい表情のまま立ち上がる。非常にタイミングが悪く、気まずかったが、やむを得ない。二人はシンを両脇から挟んで、彼のパソコンを覗き込んだ。自然と、ウィングは頭の奥底へと帰っていく。

なんだか、ずいぶん恥ずかしいセリフを吐いた気がするのだが。それについては、触れないでもらいたい。とにかく、一時休戦だ。

そう思って、心の緊張を解きかけたとき。腹に鉄球を受けたような衝撃が、何の前触れもなく襲ってきた。どうやら現実というやつは、翼に休む暇すら与える気はないようだ。

〝115：北城翼がゲーム実況者のウィングだってこと　確定みたいだな

116：北城翼が女孕《はら》ませて中絶させたってマジ？

117：>>116　マジ　他の掲示板で友だちかなんかが暴露してたよ

スクショも貼ってあったしほぼ確実

118：北城翼＝ウィング＝レイプ魔　人間の屑だな　徹底的に潰そうぜ〟

「見ての通りだ。厄介《やっかい》なデマが回ってやがる」ボサボサ髪をかき回すと、シンは盛大に舌打ちした。その隣では、香織が露骨な嫌悪感をあらわにしている。

「翼、どうする？　ツイッターで否定するか、嵐《ストーム》が通り過ぎるのを待つか」

「違う……」

「ああ、そりゃあ違うだろうな。ったく、こんな出鱈目《でたらめ》、いったい誰が……」

「違うんだ……！」

膝がガクガクと震えていた。頭の中で、火のついた車輪が暴れまわるような感覚。いや、暴れまわっているのは車輪ではない。これは記憶だ。決して消えることのない罪そのものだ。

「これは、事実だ……」かすれた声で、そうつぶやいた直後。

猛烈な目眩と頭痛が、翼の意識を刈り取った。


翼の胸の奥の奥には、いつだって二年前の記憶が突き刺さっている。あの出会いは正解だったのか、それとも間違いだったのか。意味のない問いかけが、無限に回転している。

元はといえば、あの男が原因だったか。

——翼、俺の代わりに合コン行ってくれ。

たしか、中世文学の授業で、崩し字とひたすら格闘《かくとう》した直後だった。水の上に落とした墨《すみ》みたいな文字を眺めすぎて、なんだか世界も歪んでしまったように感じていると、隣の席から幸平が声をかけてきた。

——どうして？　またバイト？

——いや、そういうわけでもないんだが。性に合わないんだ、ああいう雰囲気は。

——性に合わないって……。

これだけ整った顔をしていれば、合コンでも一騎当千の活躍ができるだろうに。そう考えて翼はあきれてしまったが、今思い返すと、単純に金がなかったのだろう。幸平の家が母子家庭であり、バイトをいくつも掛け持ちしないと学費を払えないなどと、当時の翼は知る由もなかった。

——分かった。けど、条件があるよ。

――金なら一円もないぞ。このプリントの現代語訳、合ってるかどうか確認してほしいんだ。

――お金じゃないよ。

そういうことか。俺は二十一世紀人だから、自信はないが。

幸平は、さも自分だけが未来人であるかのようなことを言っている。それでも、勘で訳しているだけの翼よりは、万倍マシというものだ。結局、取引は成立した。

ただ、代わりを仕《つかまつ》ったとはいっても、翼自身も、合コンが性に合うわけではない。池袋のシックな雰囲気の居酒屋で、男子四人、女子三人というメンツで合コンが始まったとき、翼の胸中の三割ほどは帰宅欲求に占められてしまった。自分がいなければ、ちょうど三対三。

控えめな照明でセピア調に浮かび上がった個室で、翼たち七人はテーブルを囲んだ。全員が十八か十九だったが、年齢確認が甘い店らしくて、酒を頼んでも何のお咎めもなかった。乾杯という謎の儀式を行うと、順々に自己紹介する。

合コンが得意でない最大の要因は、この自己紹介にあると言っても過言ではない。翼は当時、いわゆる軽度のオタクであり、ゲーム実況の投稿にも慣れてきた頃だった。だが、ゲームやアニメが好きと言うと、あまりいい顔をされないものだ。サブカルチャーへの偏見に対する恨み言をグッと呑み込み、この日も「趣味は読書」と言っておいた。罪悪感はない。どうせ他の人の自己紹介も、嘘と真が黄金比で混ざり合っているのだから。

そして生憎、翼は女性を笑わせるようなネタ話を常備してはいない。文学部に在籍していることを話してみたが、案の定、女性陣はさして興味もないようだった。ただ形式的に、表面的な質問をしてくる。

——文学……、夏目漱石とか？——そんな感じ。本を読んで、研究するんだ——研究って？

——漱石は何歳からチョビ髭を生やしているか、とかかな——何それ、ウケる——。

男性は場を盛り上げて女性を楽しませることだけが要求されるし、女性はかわいらしく笑ったり、サラダを取り分けたりすることだけが要求される。男子力・女子力と呼ばれる不可思議な力がぶつかり合い、鎬《しのぎ》を削る。

いっそのこと、こういう過程をすべてすっ飛ばして、連絡先を交換する、というゴール地点からスタートしてもいいと思うのだが。なぜか、来賓《らいひん》の挨拶や国歌斉唱《せいしょう》と同様、儀式的に欠くべからざるものらしい。

そうして、中身のない無益な騒ぎが一時間ばかり続き、翼の胸中の帰宅欲求が七割まで増した頃だったか。不意に、幹事を務める女性のスマホが振動した。二十一世紀の利器を耳に当て、個室の場所を指示したかと思うと……。

引き戸を三分の一ほど開けて、黒髪の女性がおずおずと顔を出した。天敵を警戒するリスのような恰好で、彼女は申し訳なさそうに、幹事の女性にこう言った。

——ごめん、奈々《なな》ちゃん。ずっと迷ってて……。

——えっ、一時間も？　もっと早く連絡くれればよかったのに。

——だって、道もそんなに複雑じゃないから、楽勝だと思って。

彼女は苦笑すると、つややかなロングヘアーをふわりふわりと揺らし、翼の正面に座って縮こまった。あどけなさを残した顔に、かすかな緊張の色が見てとれた。

——あ、トマトハイボール一つ。

追加注文した真っ赤な酒が届くと、合計八人になった男女は再び乾杯した。自己紹介の儀式はやり直し。女性陣の新戦力は、翼の正面で立ち上がると、濡れた唇を開いた。

――木内沙夜です。これっていう趣味はないんですけど、マイブームはアニメ鑑賞《かんしょう》です。

瞬間、個室内に妙な空気が流れ出す。他の七人が徹底的に避け続けてきたオタク的な領分に、沙夜と名乗った女性は迷いなく踏み込んだのだ。危険を知らせる看板が読めないせいで、地雷原に入ってしまう子どものように。

しかし、第一声はまだ可愛いものだった。致命的《ちめいてき》だったのは、続きの部分である。

――最近観た作品は……ええと、あれ？　タイトルが出てこない。ねえ、奈々ちゃん、あれなんだっけ。奈々ちゃんが貸してくれたＤＶＤ。ちょっとＢＬっぽいやつ。

辺りの空気が、気体にあるまじき重さをもってのしかかってくる。流れ弾を受けた奈々さんにいたっては、「ダンスのサークルに入っている」という自己紹介をきれいに消し去られた上、ＢとＬという二つのアルファベットに打ちのめされていた。

台風の目たる沙夜嬢も、さすがにこの空気の重化現象に気付いたようだった。自らの失言を遅れて自覚し、サッと頰を赤らめたかと思うと、間髪を容れず青ざめる。

――あの、ごめん……。

当然ながら、謝った程度で空気が軽くなるはずもなし。一度口から出てしまった言葉を、あらためて呑み直すわけにはいかない。他の者はみな、この妙な雰囲気をどうするか、互いに牽《けん》制《せい》し合い、策を練り合っているように見えた。

だが、翼だけは違った。

偽りの防塁は、闖入者《ちんにゅうしゃ》の一撃によって破壊されてしまった。だったら、この上で何を取り繕うことがあろうか。笑みをこぼして、翼は立ち上がった。

——北城翼です。

場の雰囲気も、男子力も女子力も。すべてが、どうでもよくなっていた。

——読書が趣味って言いましたが、実はゲームの方が好きです。アニメもよく見ます。

ごく自然に、気負いも一切なく。翼は嘘を脱ぎ捨てることができた。

向かい側に座った沙夜の驚いた顔を、その大きな瞳を、翼は今も忘れない。


あとで知ったことだが、あの合コンにいた八人の中には、アニメ好きが五人いた。にもかかわらず、空気を読もうと努めた結果、みな、腹の底に隠していたわけだ。沙夜が地雷を踏み、翼が本音をぶちまけたあとは、むしろ前半よりもリラックスした雰囲気になった。

——あの、北城さん……。

三時間におよぶ合コンが終わった、店の外。翼以外の男子三人が、狙いをつけた女性を持ち帰ろうと目を光らせているときに、翼は声をかけられた。一足先に退散しようと目論《もくろ》んでいたものだから、ずいぶん慌てた調子で振り返ってしまったと思う。そこには、黒真珠のような目をこちらに向けて、沙夜が立っていた。

——先ほどはありがとうございました。

——え？　あ、ああ、うん。お礼なんていいって。大したことをしたわけじゃないから。

——でも、本当に助かりました。あのときは、頭が真っ白になっちゃって。

——こっちこそありがとう。木内さんのおかげで、俺も隠し事をせずに済んだから。

可愛らしい人だと、心の中で思った。街灯やネオンの光を受けて、つるりとした肌が魅力的に浮かび上がっている。彼女はしばし、躊躇うように俯いてから、パッと顔を上げた。

——あの……よかったら、また会えませんか？

それが、二人の時間の始まり。翼が重たい罪を背負った、そもそものきっかけ。

束の間の幸せの代償は、一つの小さな命だった。

「おーい、アー・ユー・オーライ？……ああ、こりゃあ駄目だ。完全に意識がないぜ」

「急に倒れたね。どこかに寝かせないと」

——実況？　実況って、野球とかの？……へぇ、ゲーム実況。

「香織、肩貸せ」

「キミ一人でやってよ」

「冗談きついぜ、俺はか弱いんだ」

——あたしもね、ゲーム好きなんだ。ちょっとオタクみたいでしょ。……うん、ソシャゲ。テレビにつなぐやつはやったことないけど……。え、どうしたの急に。変なこと言った？

「どうしてこんなに汚いの？」

「仕方ねぇだろ、干すのが面倒……いや、場所がないんだ、場所が」

——翼、もうすぐ誕生日だね。ゲーム、プレゼントしてあげよっか。……そう、あたしが選ぶ予定。……えっ、任天堂しか知らないけど……そ、そんなに種類あるの？

「熱は？」

「あるみたいだな。シット。氷くらい作っとくんだった」

——あたし、翼の声が好き。ウィングじゃなくて、翼の声。

「熱冷ましのシート、買って来ようか？」

「そうしてほしいところだが、今は外出を避けたいからなぁ」

——あたしが殺したんだ……。

「アイスコーヒーの缶があるから、これを頭にのせる」

「ふざけてんの？」

——沙夜のせいじゃないよ。

——うぅん、あたしのせいだよ。あたしが守らなきゃいけなかったのに。

「ふざけちゃいないさ。俺はいつでもシリアス……うわっ、どうした⁉」

天国と地獄の狭間《はざま》をたゆたう悪夢の中から、翼は逃れるように身を起こした。なぜか、額から円筒形の何かが転げ落ち、床とぶつかってやかましい音を立てる。音が頭の芯に達すると、内側から頭蓋骨を割るような痛みが襲ってきた。うめき声を上げて、翼はまたベッドに倒れこむ。カビ臭い布団に、全身を受け止められた。

「バッド・モーニング。急に起き上がらない方がいいぜ」

「ああ……うん、ありがとう」

情けない声が、喉からかろうじて漏れる。額に手をやると、異様な熱さを感じた。

「無理すんなよ。熱があるんだからな」

「きっと、疲れが出たんでしょ。キミにとっては、慣れないことの連続だっただろうから」

二人の声が、普段よりも柔らかい。なんだか気色悪い、と言いたかったが、今はそんな軽口を叩く余裕もない。「ここは、どこ？」

「俺の仮眠室だよ。普通はお客さんを入れないんだが、お前さんは特別だ」

両手を広げ、シンが胸を張る。見渡すと六畳ほどの洋間だった。今横になっているベッドと、枕元のサイドテーブル、翼の荷物が載せてあるパイプ椅子だけが、家具のすべてだ。薄汚い紙束が隅に積み上げられており、壁紙はところどころはがれ、黒ずんでいる。

「ごめん、いろいろと」

「いいよ、キミはそんなこと気にしないで」

「でも、いきなり倒れちゃって、迷惑かけたよね」

しゃべっているうちに、徐々に頭がはっきりしてきた。自然、倒れる直前に目に飛び込んできた文字列が、頭の中に再生される。荒れ狂う暴言たちのせいで、頭痛が勢力を増す。

「シン、何か飲み物あるかな……」

「アイスコーヒーならあるぜ。どこいったかな……そのへんに転がってるはずだ」

「いや、水の方がいい」

「オーケーオーケー」

シンはぶらぶらと部屋を出ていき、三十秒もせずに戻ってきた。給湯室で汲《く》んできたらしい水道水のコップを、差し出してくれる。翼はゆっくりと、お年寄りのような速度で体を起こすと、水を半分ばかり喉に流し込んだ。脳にかかっていた霞《かすみ》が、いくらか晴れる。

少し気分が落ち着いた。ならば、話さなくてはならない。「……あのさ、二人とも」

「ホワット？」

「さっき俺が言ったことなんだけど」翼が切り出すと、香織もシンも表情を引き締めた。魔女狩り板での暴露があった以上、もはや隠す意味はない。

「俺が人間の屑だっていうのは、事実なんだ」

「妊娠させて、堕ろさせたってこと？　キミが？」

香織の言葉が、頭と心の芯まで響く。翼は、小さく頷いた。「大学一年の頃に付き合ってた彼女だ。けっこううまくいってたんだけど……酒に酔って、忘れて……それで……」

「その相手って、この前電話してた人？」

香織は鋭かった。翼は「うん……」と力なく答えて、水をひと口、喉へ流す。

あの日、十九歳の二人は、ひどく酒に酔っていた。あんな愚かな油断は、あとにも先にも一度きり。その一度きりが、取り返しのつかない事態につながった。

「二人とも大学一年生で、産まれる頃でも大学二年生。結婚して子どもを産んで育てて、ってやりながら勉強するのは、どう考えたって現実的じゃなかった。彼女の実家に、うちの家族三人で訪ねて行ってさ……。相手のご両親の前で土下座したよ」

父さんの拳《こぶし》の感触も。母さんのむせび泣きも。昨日のことのように思い出せる。

——二度と、娘に会わないでくれ。

それが、向こうの提示した唯一の条件だった。翼は受諾《じゅだく》し、二人の幸せは幕を閉じた。

以来、翼は一度も実家に帰っていない。連絡をするのも、学費や生活費の振り込みとか、事務的なことに限られる。沙夜とは、会わないのはもちろん、電話やラインでやり取りするのも年に数回、向こうから連絡をくれたときのみだ。それがあるだけでも、奇跡だと思う。

家族と恋人とのつながりを同時に失った翼は、ゲーム実況者としての活動時間を増やしていった。「ウィング」が完全に別の人格として脳内に現れたのも、この頃からだ。

「ネットの世界には、リアルのしがらみは関係がないから。隠れ家みたいなものだったんだよ。最低だよな、俺」翼は震える手を伸ばし、コップをサイドテーブルに下ろした。翼の一番醜《みにく》い部分に初めて対面した香織とシンは、しばし、言葉を探すように黙り込んでいた。

「まあ、なんだ……。とにかく、今は小難しいことを考えずに寝てろ」

「そうだね。体を治す方が大事」当たり障りのない、教科書通りの労《いたわ》りの言葉。二人は中絶についでは、一切コメントしようとしなかった。

「あたしたち、向こうの部屋にいるから」

「何かあったら、呼べよ?」

「うん、ありがとう」香織とシンは、いつもの埃の城へと戻っていく。ドアがよそよそしい音を立てて閉まったら、急に寒々しくなった。この部屋には暖房《だんぼう》がない。カビの棲み処と化した布団といい、お世辞にも病人に優しい環境《かんきょう》とは言えなかった。翼は重くなった頭を地球に引っ張られ、再び横になる。

そして一人になると、つい先ほど感じた絶望感が急速に立ち上り、胸の中で渦《うず》を巻く。頭の外側を締め付けられるような痛みと、内側で誰かがハンマーを振り回すような痛み。二つの苦痛に襲い掛かられ、翼はうめいた。

（合意の上でのことでもレイプ魔呼ばわり。ネットっていうのは、ひどいもんだな）

不意に、頭痛に苛まれる頭の中に、聞き慣れた声が響いた。翼の体は布団に埋もれたままであり、ヘッドセットにもコントローラーにも触れていない。ウィングは、呼んでもないのに目を覚ましたのだ。翼はため息を吐いた。

「本当はレイプだったのに、『合意の上だった』って主張して逃げようとする人もたくさんいるからね」

（そうだとしても、だよ。まあ、民衆が敵になるっていうのは、ヒーロー物ではお約束の展開だ。そう考えたら、このくらいの逆境は屁でもないさ）

何やら一人で納得している。ソ連に潜入したスパイ、名探偵ときて、今度はヒーローという設定らしい。今日は忙しい日だ。「君には悪いけどさ。こんな事態になっちゃったら、もうウィングとして活動するのは難しいよ。本名もばれたからには、就活も無理かも」

（なんだと？　お前はそれでいいのかよ）

いいわけない。いいわけないが、翼はスーパーマンでもアイアンマンでもないのだ。ネット上の火事は、延焼の速度・範囲が常識を超えている。「レイプ」などしていなくても、はっきりと否定しづらい噂がここまで広まってしまえば、一般人である翼は座して運命に身を任せるのみである。そして翼の胸に、魔女狩り板への怒りはなかった。

「元々、俺がまいた種なわけだしな……責められるのは当然だ」

（馬鹿、簡単に諦めるなよ。お前が諦めたら、誰がこの世界を救うんだ）

「痛っ……大声出すなよ。これはゲームじゃなくて現実なんだ。ウィングの出番はないよ」

（ゲームと現実なんて、セーブの有無くらいしか違いはないさ。いや、人生ほどよく出来た神ゲーは他にないぜ。なあ、まだ間に合う。立ち上がれよ）

「放っておいてくれよ！」翼は声を荒らげ、続いて、うめき声を上げた。脳内の同居人は、しばし考え込むように黙る。そして、いくぶんか穏やかな調子でこう言った。

（……そうか、分かった）

頭から、胸の中心へと。直接届けようとする、意志を感じる言葉だった。

（世界は救わなくてもいい。でもな、一番大事なものまで、諦めるんじゃないぜ）

声が、徐々にフェードアウトしていく。それっきり、ウィングは気配すら残さずに、どこかに去っていった。翼はベッドの上に、一人でポツンと横たわっている。

「……俺は、ウィングみたいに強くないんだ」ウィングが何と言おうと、すべてが終わってしまった。二年前の過ちが、現在の自己に牙《きば》をむいたのだ。北城翼は授かった子を殺し、大切な人の心を傷つけた。その罪は消えない。一生背負っていくべきなのだ。ネットに永遠に残るのは、汚らわしき罪人の名。これが晒し首の罰ならば、甘んじて受けよう。

諦めろ。今さらあがいたって、もう遅い。何をしたって、間に合わない……。

——一番大事なものまで、諦めるんじゃないぜ。

「一番、大事なもの……」くすんだ色の天井に向かって、翼はつぶやいていた。消える直前のウィングの言葉が、胸に、かすかに引っかかっている。なんてことのない、ただの残響。

翼は、なけなしの力を両手と腹筋に込め、体を起こした。ベッドの下に揃えてあった靴をつっかけるが、まるで足が他人の物になったような感覚。覚束《おぼつか》ない歩調で、壁際のパイプ椅子へ到達する。そこには翼の鞄とコートとパーカーが、乱雑に積み上げられていた。パーカーのポケットからスマホを取り出し、躊躇したのち、思い切って画面をタップした。

悪魔すらも怖気《おぞけ》を震う罵詈雑言の嵐が、画面いっぱいを埋め尽くす。

卑怯者ゴミ人間レイプ魔屑野郎汚物日本人の恥カス死ね死ね死ね死ね死ね死ね死ね死ね死ね

胃そのものがせりあがってくるような、すさまじい吐き気。このスレッドのすべての暴言が、自分一人に向けられたものだと思うと、あらためて、この世は地獄だと実感できる。翼は凝り固まった悪意の弾丸を体に受け、今にも倒れそうになりながらも、必死に目を動かした。上から下まで。地獄の入り口から最奥まで。

安堵の息を漏らした。沙夜の個人情報にかかわる書き込みは、一つもなかった。

まだ、間に合う。

翼はスマホの画面を切り替えた。一秒すらも惜しんで、見慣れた電話番号を呼び出す。暗記してしまっているくせに、この二年間、自分からは一度も使えなかった十一桁。境界を、一足で飛び越える。機械的なコール音が数度鳴ったあと、電話はあっさりとつながった。無限に遠いと思っていた距離が、一瞬で縮まる。「もしもし？」

「あ、もしもし、沙夜？」

電話に乗った沙夜の声すら、頭に突き刺さってくる。その痛みをはねのけて、通話口へと声をかけた。「ごめん、急に電話しちゃって。今平気？」

「うん、平気だよ」多少驚いているようだったけど、沙夜は声を弾ませてくれた。心を躍らせもするが、同時に胸を深くえぐりもする、嬉しそうな声。

「でも珍しいね。翼の方から連絡くれるなんて。何か用なの？」

「あ、うん。ちょっとね……」何と説明すべきなのか、翼は迷った。迷った末に、単刀直入に切り出すことにした。「沙夜。最近、おかしなことはない？」

「えっ？　おかしなこと？」

「変なメールが来たとか、誰かに尾行されてるとか」

「ちょっと待って、どういうこと？」

「詳しくは言えないんだ。でも、些細な違和感でもいいから、そういうのない？」

文離滅裂なことを言っているのは分かっている。取るに足らない大学生に過ぎない翼にとっては、これが最善手だった。魔女狩り板のことを警戒させつつ、なおかつ、余計な心配をかけないようにする。そんな矛盾《むじゅん》を達成するには、矛盾を押し付ける以外にない。

幸い、沙夜は矛盾を矛盾なりに受け止めてくれたようだった。少し黙っていたかと思うと、返事が電波に乗ってやってきた。「ええと……、平気だと思うけど」

「そっか。良かった」翼はひとまず安心する。とりあえず「現時点では」沙夜に危険は降りかかっていないのだ。あとは、この「現時点では」を「未来永劫《えいごう》」に変えればいい。

「沙夜、今から俺の言うことを、よく聞いて」

「う、うん。何？」

「もしかしたら今後、沙夜の身の回りを探ろうとする連中が現れるかもしれない。例えば、SNSで話しかけてくる人には注意すること。それから、たとえ知り合いでも、個人情報を教えるのは控えること。知らないアドレスから来たメールも開いちゃ駄目。少しでもおかしいことがあったら、すぐに警察に行くんだ」

「警察？　ね、ねぇ……翼。いったい何があったの？」

「何って……えぇと……」

翼は返事に窮してしまう。間違っても、魔女狩りとの戦いのことを知らせるわけにはいかなかった。彼女には、こんな汚れた世界は似合わない。堕ちるのは俺一人で十分だ。痛む頭をひねって、言い逃れを絞り出そうとする。気の利いた言葉は、何一つ出てこない。

こうなったら……。

翼は、パイプ椅子の上でくしゃくしゃになっているパーカーに手を伸ばした。スマホを入れていたのと逆のポケットに手を突っ込む。ひやりと指に触れるものがあった。

コントローラーを握りしめ、脳内でウィングが起き上がるのをじっと待つ。自分で「放っておいてくれ」と言っておいて、その舌の根の乾かぬうちに頼るのは、正直、カッコ悪いと思った。でも、カッコなんかよりも優先《ゆうせん》すべき人が、そこにいるのだ。

ウィングは、恋愛《れんあい》ゲームの実況も何度かやったことがある。沙夜を安心させるようなセリフを選択して、ベストなエンディングに辿り着く……。

しかし事態は、翼の予想したようには進まなかった。いつまで経っても実況は始まらず、まぶたの裏に選択肢も表示されない。ウィングは、姿を見せる気配がまるでなかった。A、B、X、Yボタンを押し、十字キーをガチャガチャやったが、効果はない。

いったいどうして？　まさか、さっきのでヘソを曲げている？

「……翼？」

「あ、ごめん、うまく言えないんだけど……ええと……」ウィングがいなければ、翼はただの口下手でインドア系で非力で無能な二十一歳だ。しかも、頭痛で思考力が低下している。スマホを耳に当てたまま、進むことも退くこともできなくなってしまった。

こんな、肝心なときに……。

「変だな……。実況だったら、もっと舌が回るのにな」言い訳じみたことを口にする。沙夜を魔女狩りの手から遠ざけなきゃいけないのに。彼女の不安を消し去らなきゃいけないのに。頭が働かない。言葉が出てこない。自分自身を、殴り飛ばしてやりたかった。

けれども、彼女はそうは思わなかったようだ。

「翼。昔あたしが言ったこと、覚えてる？」

「え？　昔って？」面食らって、翼は聞き返した。空を渡って、スマホとスマホが架け橋でつながる。時計が静かに逆回転する。幻の幸せが、今この時だけ手触りを持った。

「あたし、翼の声が好き。ウィングじゃなくて、翼の声」

優しい声が、翼を包み込んだ。頭の痛みすらも忘れさせてくれた。

覚えているに決まってる。二人が一番幸せだった頃の……大切な、大切な記憶だった。

「ありがとう」翼は微笑みを返した。沙夜には見えていないと分かっていても、そうせずにはいられなかった。「……今度は、必ず守るから」

ウィングではなく、自分自身の声で。翼は言った。

「沙夜の日常を、壊させたりしないから。信じてくれる？　信じて、俺がさっき言ったこと心がけてくれる？」

「うん、信じる。よく分かんないけど」

「ありがとう」細くて脆い糸だとしても。希望は、たしかにつながった。それは、かつて赤い糸だと信じた糸だった。


「おい、無理せず寝てろって言ったろ」

「大丈夫。さっきより、だいぶマシになったよ」ふらつく足取りで事務所に出ていくと、シンはあまりいい顔をしなかった。パソコン作業をしながら、首を伸ばす。

「顔色も悪いままだ」

「でも、寝てる暇なんてないんだ」

「いったいどうしたってんだ。……痛っ……指が攣《つ》った……！」

「沙夜に火の粉が降りかかることがないように、どうにか手を打たないといけない」

翼は悶絶しているシンにはかまわず、弱々しい手つきで、パーカーの前を閉めた。ソファでは香織が定位置を占め、翼のことを一顧《いっこ》だにせずタブレットPCを操作している。この人の野望――一万人への復讐も止めないといけないが、今は後回しだ。

「いたた……。なぁ、手を打つっていっても。具体的に、プランはあるのか？」

「そうだな……例えば、今からウィングとしてツイッターで弁明するのはどうだろう？　ネット上に書かれているのは事実無根です、って」

「それでネット住民が納得するんなら、今までの魔女狩り被害者も『事実無根です』って言うだけでよかったことになるぜ。『やってない証拠を出せ』って言われるのがオチだ」

「ん……。じゃあ生放送は？　きちんと言葉を尽くして、俺の周りの人を巻き込まないようお願いすれば、もしかしたら……」

「昔のコントの『押すなよ？　絶対押すなよ？』ってやつか？」

翼は俯き、唇を嚙んだ。スーファミのコントローラーは、しっかりとパーカーのポケットに突っ込んであるけれど、先ほどから何度試しても、ウィングが目を覚ますことはなかった。ウィングがいなければ、自分はこうも無力なのかと、嫌でも実感させられる。

何か、手があるはずだ。考えろ。考えろ。

「俺はどうなったっていいんだ。魔女狩りの目が沙夜に向かないようにできれば」

カッコつけの戯言《ざれごと》ではないつもりだ。翼は本気で、この身を犠牲にする覚悟を決めている。問題は、覚悟があっても方法がなければ、絵に描いた餅《もち》よりも役に立たないということだ。治まりかけた頭痛が、再び猛威を振るう機会を狙っている。

そのときだった。

「この手口……」平たいタブレットPCとのにらめっこ勝負に明け暮れていた香織が、不意に口を開いたのだ。「間違いない。『中枢』の〝TNTB288〟だよ」

あまりにも唐突すぎて、翼もシンも返事ができなかった。推理小説の探偵が、まだ何も捜査していないのに「犯人が分かった」と言い出したら、読者は置いてけぼりを食うだろうが、二人は今まさにそういった読者であった。過程をすっ飛ばして、いきなり結論だけが突きつけられる。「ちょっと、こっちに来てこれを見て」

「あ、ああ。オーケー」戸惑いながらも、シンが椅子から腰を上げ、のそのそと歩いてきた。

一方の翼は、足に絡みついた迷いによって、歩み寄るのを阻害されている。「中枢」の特定の先に待っているのは、大復讐劇に他ならないのだから。

香織は、そんな翼の心境を察したようだった。

「キミはあたしを許さないのかもしれないけど。今はいがみ合ってる場合じゃない。キミの元カノ……沙夜さんがかかわってるんだから」

「なんだって⁉」

翼は香織と冷戦状態であったことなど一瞬で忘れ、弾かれたようにオンボロソファに駆け寄った。香織の手の中のタブレットPCを覗くと、目に飛び込んできた光景に息を呑む。

ユーザー名「さっちゃん」のツイッター画面。沙夜のアカウントだった。

「沙夜さんの中絶の話は、ツイッターから漏れたの」

「そんな馬鹿な！」思わず、声を荒らげてしまった。頭に血が上り、ズキズキと痛みが広がる。

「沙夜がそんなことをつぶやくはずがない！」

それでも、香織は悠然と足を組んだまま。タブレット上に、別の画面を呼び出す。

「こいつは……」ソファの背もたれの後ろから、シンが身を乗り出した。翼は、金縛りにあったように動けなくなる。表示されているのは、「さっちゃん」こと沙夜のつぶやき――罪悪感に押し潰されて漏れ出た、魂の叫びだった。

――あたしが殺した。守らなきゃいけなかったのに。

日付は、およそ二年前。中絶の直後。すなわち、翼と会うことが禁じられたばかりの頃。

「キミはこのつぶやき、見たことある？」

「いや……初めて見た……」

「だろうね。魔女狩り板の書き込みには、二時間で削除されたって書いてあるから。けど、保存していた物好きがいたの。多分、中絶とは無関係の第三者」

「んな馬鹿な。二年間も後生大事にとっておいたってのかよ。赤の他人のツイートを？」

「次にこっち」

翼とシンの前に、見慣れた形式のページが開かれる。ネット上に雑草のごとく乱立する匿名掲示板。悪意と無責任のるつぼ。

「魔女狩り板の〝お祭り〟には参加しないけど、それを横から見て楽しんでいる腐れ外道《げどう》っていうのは、けっこういるの。そういう無数にある野次馬掲示板の中で、これを見つけた。複数のサイトを経由してたから、元の情報に辿り着くまで大変だったよ」

香織は掲示板をスクロールした。魔女狩り板そのものではないとはいえ、ここでも口汚い罵り合いは行われている。胸に湧き上がる嫌悪感を抑えていると、香織は一枚の画像のところで手を止めた。

スクリーンショット……。スマホの表示画面をそのままコピーして保存したものだ。

「これも、ツイッターの？」

「うん。『あいり』と『シノ子』がダイレクト・メッセージでやり取りした痕跡だよ」

「あいり？　シノ子？」

香織は、口ではそれ以上説明せず、画面を拡大した。脳に、衝撃を直接叩き込まれる。

〝あいり：最近さっちゃん、男のことで悩んでるみたい。

あたしたちに、何かできることないかな？ 何があったのか、ちょっと訊いてみるね。〟

〝シノ子：ねぇ。信じらんない。さっちゃん、子ども堕ろしたらしいの。

男とはもう別れたみたいだけど。

あいり：うわっ、サイテーだね。名前は分かる？ ウチらで仕返ししてやろうよ。

シノ子：名前までは教えてくれなかった。〟

〝シノ子：スマホ、覗いてみたよ。「北城翼」だってさ。〟

「なんだ、これ……⁉」見ず知らずの二人が、沙夜と翼のことを話している。心の柔らかい所に、刃を突き立てられた。ダイレクト・メッセージは、ツイッターの他の機能と違い、やり取りは当事者にしか見ることができない。つまり、「あいり」か「シノ子」のどちらかがメッセージを保存しており、害意を持って公開したということ。

爪が肉に食い込むほど強く、拳を握りしめた。

「じゃあ沙夜は……、友だちに裏切られたっていうのかよ！」

「そうじゃないでしょ」あくまでも冷徹な表情で、香織は髪をくるくると指に巻く。「スマホを覗けたってことは、『シノ子』は多分、本当に沙夜って人の友だちなんだろうね。けど、『あいり』は違う。まったくの赤の他人」

「赤の他人？ でも、そんな人と突っ込んだ話をするかな？」

「知り合いの誰かだとでも思い込んでるんだよ。プロフィールだけならどうとでも書ける。実際に顔を合わせるわけじゃないし、『あいり』って名前の友だちがいることだけ突き止めれば、成りすますのは簡単だからね。それに、このやり取りだけなら、沙夜さんの本名を知っている必要もない」

「じゃあ、この『シノ子』って人も騙されてるってことか……」

どこまで卑劣なんだ。こんな連中が同じ人間として、同じ学校に、あるいは隣近所に、あるいは同じ通学・通勤電車にいるのかもしれないと思うと、震えが止まらなかった。

背もたれに肘を乗せていたシンが、右手で左手のひらをもみほぐしながら、言った。

「なるほどな。たしかにこの『あいり』のやり方は〝TNTB288〟と一緒だ」

「『あいり』は、二年前に中絶のことを嗅《か》ぎ付けてから、このネタを温め続けていたんだよ。『北城翼』の人生をめちゃくちゃにできるタイミングを見計らってたわけ。自分は一円も得しないのに、こんなに労力と時間を使って他人を貶めようとする人間を……人を不幸にすることにこれほどこだわり続けられる暇人屑を、あたしは『中枢』くらいしか知らない」

ダイレクト・メッセージに添えられているのは、たしかに二年前の日付。

そこで翼は、以前、自分で調べた情報を思い出した。「中枢」の一人〝TNTB288〟は、他人の失言をネットで探して、ストックしている変態だ。未成年グループが飲酒・喫煙している写真を保存しておいて、彼らの就活時期に一気にばらまいたこともあった。ある有名バンドの、無名時代に吐いた他のバンドの悪口を、一気に暴露したこともあった。すべては削除済みの書き込みだったが、〝TNTB288〟の前では無意味。

炎上の燃料、どころではない。こいつが保管しているのは爆弾である。それを、最悪のタイミングで爆発させているのだ。魔女狩り板の中でも不気味がられている異端。

「この『あいり』が〝TNTB288〟だっていう、エビデンスは？」

「ないよ」

「なら、模倣犯《もほうはん》かもしれねぇ」

「勘で動かなきゃ、奴らを追い詰めることはできないよ」香織は眉一つ動かさずにそう言うと、不意にタブレットを掲げ、肩越しに背後のシンへと差し出した。

「ん？……おい、まさか」

「シン。パスワードの解析、ターゲットを『あいり』に移して。あれを使って、最高速度で」

タブレットを受け取ったシンは、しばし黙りこくっていたかと思うと、やがてゆっくりと、ソファの正面へと回り込んだ。中腰になり、香織と視線を交錯《こうさく》させた。

「いいのか？　二度目はないぜ？」

「分かってる。ここが勝負どころだから。ぐずぐずしてたら、敵はアカを消して逃げる」

「そうか」シンは穏やかに笑った。手のかかる妹を見るような、柔らかい眼差しだった。「お前が賭《か》けるってんなら、俺も乗らないわけにはいかないよな」

踵を返し、シンは自分の机へと戻っていく。隅に追いやっていたノートパソコンを引っ張ってきて、またデスクトップ・パソコンの前に据え付けた。

「『あいり』のパスワードを解析するの？　でも、一年かかるかもしれないんでしょ？」

「それは、使えるパソコンが一台だったときの話だ」シンは、クマに囲まれた両目に液晶の光を受けながら、キーボード上で指を躍らせる。「今、俺の使えるパソコンは一千台だ」

カタカタカタカタカタカタカタ

一千台？　何かの比喩だろうか。

「それって、どういう……」

「シッ。それ以上は話しかけないであげて」ソファに身を沈めた香織が、形の良い唇に人差し指を当てる。「シンは今、自分の支配下にあるパソコンに命令を送ってるの」

「あの二台の他にも、たくさんパソコンを持ってるってこと？」

「そうじゃないよ」と香織は笑った。「いつ役に立つか分からない仕込みを、二年間も続けていた物好きは、敵だけじゃないってこと」

「どういうこと？」

「シンが売ってるもの、知ってるでしょ？」

「うん。個人情報とか、ツイッターのアカウントとか……。それから、ウイルス」

「そう。実はね、お客さんに注文されたウイルスちゃんを渡すとき、必ず『おまけ』のウイルスちゃんも忍ばせてるの。注文の品と一緒に感染して、ターゲットのパソコンに潜伏する」

お菓子のおまけと同じノリで話しているが、一から十まですべて違法である。翼は、自分の手で挿し込んだUSBの存在を思い出した。当然、あの中にも同種のウイルスが。

「つまり、シンは顧客全員を欺《あざむ》いてる」

「そういうこと。ウイルスちゃんに感染したパソコンは、シンに指示された計算をこなすようになっちゃうわけ。その数、およそ一千。一年かかる仕事も、分担すれば八時間で済む」

「じゃあ、にょ次郎のパソコンも今頃……」

「もちろん。パスワード解読チームの一部になろうとしてるはずだよ」

壮大《そうだい》な犯罪だと、翼は思った。日本中に散らばった子機を利用し、膨大な計算を一足飛びに終わらせようというのだ。もしかしたら、自分のパソコンも利用されているかもしれない。

戦いは、二年前からすでに始まっていたのだ。

「でも、この手が使えるのは一度だけ。休眠を終えて動き出せば、遅かれ早かれ必ず見つかる。そうなったら、ウイルス対策ソフトのブラックリストに載って、一気に駆逐《くちく》される」

「そ、そうなんだ。思ったほど便利でもないんだね」

悪いことは、そうそう続けられるものではない。「新種」でなくなったら、いくらでも対策を講じられてしまう。だから、これは「賭け」なのだ。香織が賭け、シンは一千台を差し出した。たった一度のチャンスのために、二年間の積み重ねを一気に消費する。

「さあ、できたぞ」ひときわ強くキーを叩くと、シンは両腕を翼のように広げた。今この瞬間だけは、この男は千の手を操る観音様だ。京都《きょうと》の寺ではなく、東京の雑居ビルの最上階から、現世の闇を払うために立ち上がる。「イッツ・ショーターイム！」

「いや、そういうのいらないから」

カタカナ英語の観音様は、静かに叱られ、悲しそうに椅子に座り直した。


カビの臭いに包まれて目を覚ますと、そこは黒の真ん中だった。重力に逆らって、体を起こす。小窓から射し込むのは、わずかに紛れ込んだ人工的な光のみ。

いつの間にやら、日が暮れてしまったらしい。翼は手探りで、枕元の眼鏡を摑んだ。

「あら、起きてたの？」ドアが開き、闇を四角くくりぬいたような光が現れると、その中に香織が立っていた。翼は眠気を床に払い落とすべく、まだかすかに重たい頭を振った。

「いや、今まで寝てたよ」

「そう。電気つけるね」蛍光灯のスイッチが入ると、薄明かりのはずなのにひどくまぶしく、目にチクチクと刺さるようだった。ようやく目が慣れた頃には、サイドテーブルに新しいコップが置かれていた。

「ありがとう」翼は、コップの水をゆっくりと飲み干す。背中が汗でべっとりと濡れていた。着替えたいのだが、この籠城が続く限り、替えのシャツすら貴重品である。

「そうだ、パスワードは？」

「まだ解析中」香織はベッド脇の壁に背をもたせかける。翼は枕元のスマホで時間を確かめた。解析開始から、すでに四時間が経過している。

「キミ、お腹空いてない？」

「ん、まあ、少し」

「だよね」冷蔵庫には缶コーヒーしかないことは分かっている。このまま長期戦になるようなら、食料と着替えの調達に出ないといけない。無論、どこに潜んでいるか分からぬ魔女狩り板のストーカーどもに写真を撮られないよう、顔を隠して。

隠れているのが有象無象《うぞうむぞう》の連中ならいいが……。〝GGSnake〟あたりだったら、何日でも平気で張り付き続けるだろう。厄介な相手だ。

「アカを乗っ取れたら、少しは状況も良くなるのかな？」

「分かんない。けど、きっと突破口くらいにはなるでしょ」壁に背を預けたまま、香織は翼の枕をひっくり返し、顔をしかめて元に戻した。「ツイッターを乗っ取れれば、あの『あいり』って人が沙夜さんの情報をどこまで摑んでいるのか、特定できるはずだよ。それに、うまくいけば、二年前の中絶云々《うんぬん》のやり取りが偽造だったことにできるかもしれない」

「えっ？」翼は目を丸くする。香織の語った作戦が理解できなかった……わけではない。その内容が意外すぎたのだ。「もしかして、俺のために調べてくれてるの？」

「キミのためじゃないよ。沙夜さんのため。それに、もとはといえば『あいり』が〝TNTB288〟だって予想できたからこそ、こんな賭けに出たんだから」

香織はあくまでも、冷然として崩れない。それでも、香織が復讐だけに走らず、沙夜の身の心配をしてくれたことが、翼にはこの上なく嬉しかった。「ありがとう」

「だから、お礼を言うのは筋違いだって」

香織は不機嫌そうに口をとがらせる。これ以上は、本当に怒らせてしまうかもしれない。

翼はまたスマホを手に取ると、もはやおなじみと化してしまった魔女狩り板のスレッドを開く。この四時間で、書き込みは思ったより増えていなかった。内容も、相変わらず翼に対する個人攻撃のみで、沙夜についての情報はない。ひと安心して、ページを閉じる。

「そうだ、炎上してることについて、ウィングとして何か発表した方がいいかな？」

「何かって？」

「例えば、しばらく動画投稿を休止します、とか」

「休止？　それよりも一旦引退して、別の名前で活動再開した方がよくない？」

もっともな意見である。「レイプ魔」呼ばわりされているこの状況では、動画を上げても、コメント欄が罵倒で埋まるだけだから。実況動画は、コメントを盛り上げてくれる視聴者がいないと成り立たない。かといって、「ほとぼりが冷めるのを待つ」というのも難しい。こういうネットイナゴは、何か月、何年経とうが必ず現れ、畑を食らい尽くしていく。

「でも、待ってる人がいるんだ」スマホを握る手に、自然と力が入る。一万を超える再生数と、ツイッターにおける一千人のフォロワーたちに、思いをはせる。

彼らはウィングの動画を、「面白い」と言ってくれた。「続きが楽しみ」だと言ってくれた。自分をこれほど明確に受け入れてくれる人たちを、翼は裏切れない。リアルで失った人のぬくもりを、思い出させてくれたのがネットだったから。

「沙夜が子どもを……して以来、俺の居場所はネット上にしかないんだ。『北城翼』よりも『ウィング』の比重の方が大きいんだよ。ウィングであることを捨てたりしたら、この先、生きていける自信なんてない」それは、異常なことだろうか。翼には分からない。

壁際でじっと黙っていた香織は……やがて、静かに切り出した。

「あたし、キミの身辺はある程度調べてたけど。そんな過去ないと思ってた。魔女狩り板に付け込まれる隙なんて、ないと思ってた。だからキミをエサに選んだの」

翼は、香織と初めて会った日のことを思い出す。翼がウィングであることも、東光大学の学生であることもすべて調べた上で、偽のオフ会を開いておびき出してきた。そんな用意周到な彼女であっても、翼が心の奥深くに隠した過去までは探り出すことができなかった。

「ごめんなさい。あたしの判断ミスでこんなことに」

「香織さんのせいじゃない」それは本心だった。翼は香織を恨んではいない。「今は、『あいり』のパスワードが八桁以内であることを祈るだけだよ」

「うん、そのことなんだけど、ね……」香織は壁から背を離し、不意に、翼の顔の前でしゃがみ込んだ。上半身を起こした翼からは、上目遣いの瞳に映る自分自身すら見えてしまう。ゴクリと飲んだ唾の音が、彼女に聞こえなかったことを祈る。

「もしも、もしもだよ？『あいり』のパスワードが九桁とか十桁とかで、一千台のパソコンを使っても解錠できないくらいのものだとしても……。もう一つ、最後の手段が残ってる」

「最後の、手段？」

「うん。あたしが『さっちゃん』だってことにすればいい」

「えっ……？」

何を、言っているんだ？

あとに続けようとした言葉は、声になってはくれなかった。

「忘れたの？　あたしの元の名前は坂神早織。あだ名が『さっちゃん』だとしても不思議じゃないよ。中絶手術を受けたのは沙夜さんじゃなくて、あたしだってことにすればいい。少なくとも、沙夜さんに危険が及ぶことはなくなるよ」

「そんな……」痛みが治まったばかりの頭が、ひどく混乱する。香織の提案と、それによって引き起こされるであろう事態が、大渦となって他の一切の思考をかき乱す。「そんなことさせられないよ。本名がばれるかもしれないじゃないか。事実はどうあれ、一度『そういう事件の被害者』ってレッテルを貼られたら、世間の偏見が……」

「あたしだってさ」吐息すら感じる距離まで、近付いて。彼女は微笑んだ。苦しみを覆い隠す種類の笑みだった。「あたしだって、痛みは分かる。そういう人が一人でも少ない方がいいってことも、分かってる」

翼は、無神経な自分を恥じ、目を伏せた。

憎しみの連鎖から彼女を救い出すと決意したくせに。翼は、彼女の心を欠片も理解していなかった。彼女の悲壮な覚悟をわずかさえ評価できていなかった。

正気の人間が誰かを刺すには、それ相応の代償が要る。

「……香織さん。ずっと訊きたかったことがあるんだけど」

「何？」

「どうして俺をエサに選んだの？」

「えっ、さっき言ったでしょ。キミなら奴らに付け込まれないと思ったからだよ。しかも、魔女狩りが食いつきそうなユーチューバーだし、にょ次郎とも知り合い」

「それだけ？」

香織はしゃがみ込んだまま、視線を床に落とした。苦しげに唇を歪める。翼は次の言葉を探したが、見つからなかった。これ以上は、彼女を追い詰めてしまうだけ……。

コンコン
突然、ノックの音が静寂を割ったせいで、危うく心臓が裏返って口から飛び出すところだった。香織は何も言わずに背筋を伸ばし、翼から離れていく。まだ話したいこともあったが、ホッとしている自分もいた。

「よぉ。グッド・ニュースだぜ、お二人さん」何も事情を知らないシンが、ドアを開いて入ってくる。こうしてあらためて見ると、いつもよりもクマが濃い気がした。もずくみたいになった髪の毛をガシガシとかき回すと、フケが舞う。「パスワードが判明した」

「えっ！　やった！」反射的に、翼はガッツポーズをしてしまった。そびえたっていた不安の壁が、音を立てて崩れ落ちていく。ツイッターが乗っ取れたとなれば、沙夜を助けるのに大きく前進できるし、香織に——坂神早織に犠牲になってもらう必要もない。

二人はシンに率いられて、仮眠室を出た。空き缶の散乱したいつもの机に向かうと、ノートパソコンがツイッターを表示している。「あいり」のプロフィールページだ。登録されたメールアドレスまでも、もはや筒抜けになっていた。

「コングラチュレーション。こいつが三人目の『中枢』かどうかはまだ分からんが、とにかく足場は確保できたわけだ」

「そうね。お疲れさま」

「まあ、俺はただ待ってただけだがな。日本中の手駒《てごま》たちがやってくれたことだ」

「たしかに。じゃあ前言は撤回で」

「え」

さすがの香織も、安堵の色で顔を満たしている。彼女は弾んだ気分をそのまま解放するように、壁のコート掛けのダッフルコートを摑んで翻《ひるがえ》し、手早く羽織った。

「お腹空いたでしょ。あんパンでも買ってくるよ」

「おう、助かる。たしかにそろそろ、ディナーにしたいからな」

シンは上機嫌な様子で、頭の上に載せていたサングラスを取ってたたみ、指先に引っ掛けてクルクル回した。「あんパンじゃなくて、できればフレンチでも堪能《たんのう》したい気分だね」

「それは無理。コンビニで手に入る範囲にして」

「じゃあ、カップ麺。なるべくフレンチっぽいやつ」

「はいはい了解。翼もそれでいい？」

「う、うん……あの、香織さん」

「何？　他にも何かいる？」

「いや、そうじゃなくて。顔、見られないようにね」

「大丈夫」香織はマフラーを口元に巻きつけ、さらにニット帽までかぶった。たしかにあれでは、目出し帽の強盗と大して変わらない。むしろコンビニ店員に非常ボタンを押されないかが心配である。「じゃ、いってくるね」

香織は静かに、汚らしい事務所から自由の下界へと出て行った。あとには、寝不足の無精髭男と、なよなよ眼鏡の二人だけが残される。ノートパソコンから手を離すと、シンは椅子にもたれて天井を仰いだ。その顔は、なんだか土気色《つちけいろ》に近付いている。

「シン。やっぱり疲れてるの？」

「ああ、メンタルがな。俺は基本的に、いつも安全なところにいたから、そのツケだろう」

シンは目を閉じ、自嘲気味にうっすらと笑う。香織の前では余裕ぶっているが、疲労困憊《こんぱい》なのだ。本当は、仮眠室を使うべきは彼なのかもしれない。軽い自己嫌悪が、胸を満たす。

「バイ・ザ・ウェイ、ずいぶんと久しぶりな気がするな。こんなにアットホームな雰囲気は」

「うん。というか、今日一日が長すぎるんだ」

「違いない。一週間くらい籠城している気がするが、クールサクセスに忍び込んでから、まだ半日経ったばかりときたもんだ」

「これから、どうするの?」

「『あいり』にメールを一通送り付けた。反応があればよし。なければプランB」

「さすが、仕事が早いね」

翼がそう褒めると、シンはあくびをしながら、ノートパソコンの画面を切り替えた。

〝【警告】不正アクセスの疑いがあります。

至急、下記のURLからログインし、パスワードを変更してください。〟

「わざわざこっちから教えてやるってことか」

「ザッツ・ライト。フィッシング詐欺ってのは、単純だが効果的なんだ」

邪悪な笑いを浮かべるシン。やはりこうして見ると、この男も立派な犯罪者である。きっと、URLをクリックしたら、ウイルスに感染するようになっているのだろう。しかもご丁寧に、送信元はツイッター社に偽装してある。やり口がえげつない。

「あとは、魔女狩り板で妙な動きがないことを祈らないとね」

「そうだな。こっちのプランが漏れていないか、監視しておくとするか」

シンはまた、ノートパソコンを脇に追いやると、デスクトップの方を操作しはじめた。マウスを何度かカチカチやったかと思うと、罵詈讒謗《ざんぼう》の箱庭が表示された。

〝112：なかなかビルから出てこない　まだ中にいるはずなのに

113：進展ないのか　つまらん

〝114：張り込んでる人間の身にもなれよ〟

「なんだか、変だね」

「ああ。根負けして苛立ってきているな。そのうち仲間割れでも始めるかもしれない」

「そうなったら、ありがたいなぁ。勝手に潰れてくれれば楽なんだけど」

冗談めかして、翼は言った。実際には、匿名掲示板の連中にとって争いは挨拶のようなものだから、自滅の希望なんてゼロに等しい。だが、とにかく火急の用は立ち現れてきそうにないので、ひとまず安心……。

と、思いかけたときだった。

シンの手が止まり、画面のスクロールが停滞する。彼が何に目を奪われたのか、一瞬遅れて、翼は知ることとなる。これまでの書き込みとは一線を画する、悪夢的災厄《さいやく》の先触れと呼ぶべきものが、死兆星《しちょうせい》のごとく浮かび上がっていた。

〝145：もう面倒だから凸してくるわ〟

「まずいぞ……！」シンの無精髭にまみれた頬を、一筋の汗が落ちていく。

アットホーム、などと言っている場合ではない。事態は急変した。

ピンポーン
状況に似合わぬ間抜けな電子音が、客の来訪を告げる。翼は反射的にドアに駆け寄っていた。一秒でも、その十分の一でも早く。ノブに飛びつく。「香織さん！」

「ファッキン野郎！　不用意に開けるな！」背中に突き刺さった警告を無視して、翼の手はドアのロックを手動で解除した。事務所の唯一の出入り口を、押し開く。どんな危険が待ち構えていようと、今、香織を一人にするわけにはいかないと、魂が叫んでいた。

そこにはたしかに、香織が立っていた。しかし、いつもの切れ長の目を見ても、安堵の感情は湧いてこない。香織の表情は怒りと屈辱のせいで、見たこともないほど歪んでいた。

香織の背後に、花粉症用の大きなマスクをした男が立っていた。

香織の首元で、何かが致死的な光を発していた。

翼は、一歩、二歩と後退る。代わりに香織と男が、一歩、二歩と進み出る。男の右手には出刃包丁《ぼうちょう》。左手は香織の両手首を摑んで、後ろ手に拘束《こうそく》しているようだった。

「こんばんは。ご機嫌麗《うるわ》しゅう」足で器用にドアを閉めると、男は香織を押して、さらに前へ出た。香織の喉に、鋭い包丁の先が食い込んで、今にもその柔肌の中へと刺さり、埋もれようとしている。

男は二十代か、あるいは三十路《みそじ》か。マフラーもニット帽も、取り払われていた。淡い茶髪が無造作に伸び、目のすぐ上までを覆っている。髪とマスクのせいで、露出しているのは実質的に目元のみである。

「お会いできて光栄だよ、魔女狩りにたてつく愚か者のみなさん」白いマスクの下から、男が穏やかな声で言う。顔面積の八割方が隠れているが、にこやかに笑ったのだけは、なんとなく分かった。魔女狩り板に、「凸してくるわ」と書き込んだ男。足の震えと心臓の動悸《どうき》が、世界をグラグラと揺らしている。

「せっかく来てくれたところ悪いが、営業時間外だ。またのご来店をお願いしたいね」

「フッフッフ、ずいぶんつれないな。そこをなんとか、相手してくれたまえよ。せっかくはるばる足を運んだのだから」

シンの調子に合わせるように、男はおどけてみせる。だが、その出刃包丁からは一切の油断が感じられない。本能が告げている。この男は躊躇わない。刺そうと思えば、いつでも刺せるのだ、と。香織の命は、今や奴の裁量次第でどうとでもなってしまう。香織の荒い息遣いが聞こえる。余計な刺激《しげき》を与えぬように、翼も身じろぎすらしないよう心がける。

「仕方がないお客さんだ。それで、ご注文の品はなんだい？」

「俺が来たのは、無論、お前たちと話をするためだ」

「生憎、俺たちはストーリーテラーの類《たぐい》じゃない。お客さんを楽しませるのは無理だ」

「当然、承知しているさ」

　手首を摑む力を強めたのか、香織が「うっ」とうめいて表情を歪めた。最悪の事態の到来を恐れ、硬直《こうちょく》する翼。出刃包丁はピタリと喉に据えられたまま微動だにしない。

「お前たち鼠がチョロチョロしているせいで、俺たちは非常に迷惑しているんだ。探偵ごっこは今すぐやめて、すでに手に入れている情報がどこまであるのか、大人しく白状してもらおう。俺は、そのための交渉に来たんだ」

「迷惑してる？　そうは思えないな。〝祭り〟は変わらず盛り上がってるじゃないか」

「いいや、盛り上がって見えるだけだよ。魔女狩り板には、見えない不安が蔓延しはじめている。スネーク行為を尾行されているかもしれない。パートナーであったまとめサイトが閉鎖したのは、何者かの〝攻撃〟が原因かもしれない。匿名という絶対防御が崩れるという不安は、魔女狩りの動きを停滞させ得る」

「まとめサイトは、お客さん方の仕業《しわざ》だろう。うちの店が壊したわけじゃないぜ」

「元を辿れば、引き金を引いたのはお前たちとも言える」

　薄暗い蛍光灯の下、シンは飄々《ひょうひょう》としたマスク男と、一風変わったやり取りを続ける。時間を稼いでいるのか、それとも、何かを聞き出そうとしているのか。いずれにせよ、香織が命の危機に瀕《ひん》している事実に変わりはない。相手は魔女狩り板の住人。冷静なようでいて、腹の底にどんな化物を飼っているか、どこに導火線があるかは誰にも分からない。

　しかし実際には、翼の予想は完全にはずれであった。シンは時間を稼ぐどころか、あろうことか反撃に出たのである。「そうかい。不安を感じさせちまったなら、すまなかったな、〝Perceval〟。それとも、佐々井義正って呼んだ方が良かったか？」

「パーシ……え⁉」刺激してはいけない。そう頭では分かっていたが、つい口が滑った。腹を殴られて、声が飛び出してしまったような具合で。出刃包丁を持つ男の目から、光が消える。感情のない、空洞のような目だ。翼はさらに、ソファの横辺りまで後退った。

〝Perceval〟……ネット上で最も危険な人物の一人。またの名をガウェイン――にょ次郎のパソコンをウイルスで攻撃することで、翼たちの計画を先回りして潰したハッカー。

「どうして分かったんだ、って顔してるな。理屈はイージーだよ。わざわざ包丁持って出張ってくるなんて、よほど危機感を持ってる証拠だろう。『中枢』の中で身元が割れそうなのは、常識的に考えて〝Perceval〟と〝GGSnake〟の二人だけだ。まとめサイトとメールのやり取りをしたり、スネークで現場に現れたりしてるんだからな」

　シンは、机に置いていたサングラスを頭の上に載せた。

「そして、お前さんの容姿《ようし》は〝GGSnake〟とは違う」

「コソコソと我らを嗅ぎまわる、汚い野犬の店長さんだ。しかも、証拠もないでっち上げを嬉々として語る。なるほど、お前とは、悲鳴とうめき声を肴《さかな》にうまい酒が飲めそうだ」

男の両目に、感情の光が戻った。憎悪と愉悦《ゆえつ》のない交ぜになったような、不気味な目。口は肯定しないが、間違いない。この男こそガウェインだ。翼を魔女狩りとの戦いに引きずり込んだ張本人にして、不敵にも宣戦布告をしてきた、明確な敵。

大きなマスクをもごもごさせて、ガウェインは笑う。「妄想をするのは勝手だがね。お前たちには、交渉に応じる以外の選択肢がないことを、忘れてはいけない」

「お前さんの田舎《いなか》では、交渉《ネゴシエーション》ってのは人の首に包丁を突き付けながらやるものなのか？」

「無礼は承知の上さ。条件の提示のためにね」ガウェインの手の中で、包丁が剣呑な輝きを放つ。「どこまでやれば、お前たちは首を縦に振ってくれるのかな」

「どこまで、だと？」

「そうさ。先ほどの態度から察するに、お前たちは『中枢』の情報を、かなり深いところまで手に入れてしまっている。できればすべて忘れてほしい。例えば指先の一つや二つ。あるいは、耳の半分。どこを切れば忘れられそうだ？」

「なんだと⁉」

翼は、頭の血管が切れる音を聞いた。足が勝手に、一歩を踏み出す。だが、ガウェインが出刃包丁にさらなる力を込めるのを見て取るや否や、一度出した足をまた引っ込め、飛び出しかけた罵声《ばせい》も呑み込んだ。歯を食いしばり、拳を握りしめてなんとか耐える。香織の喉を、赤い筋が細く伝っていた。

「そうそう。行動する前には、よく考えないといけない。でないと取り返しのつかないことになるものだ」ガウェインは包丁を突き立てたまま、翼に目を向ける。「お前たちは、こんなふうに籠城を選んだということは、警察に泣きつけない理由でもあるのだろう？　お気の毒さま。だが、心配は無用だ。『お料理してたら、たまたま切ってしまった』でギリギリ通るくらいの傷にしてあげるから」

本物の外道だ……。

あんな男の手に香織を委《ゆだ》ねているなんて、これ以上は一秒だって我慢できない。翼はとうとう、捨て身の覚悟を固めた。こうなれば、刺し違えてでもやってやる。

「待っ……！」

「待ちやがれ」だが、翼の声にかぶせるように、ドスのきいた声が響いた。シンが決然と立ち上がり、机を挟んでガウェインと対峙している。その手に握られているのは、白くてゴツゴツした水鉄砲《みずでっぽう》のような何か。

いや、そんな馬鹿な。この状況で、出刃包丁相手に水鉄砲で戦いを挑むはずがない。

「その女は、傷つけさせない」水鉄砲じみた拳銃を両手で構え、シンは銃口《じゅうこう》をガウェインにピタリと向けた。「もう首から血が出てるな。許してやるのは、その一か所までだ。それ以上やってみろ。脳天の風通しをよくしてやる」

「まさか本物か？　おもちゃにしか見えないが」

ガウェインは、品定めでもするように、白い銃を観察している。その間も、香織の首からは糸のような血が流れ続ける。触れただけで手が切れてしまいそうな、危うい緊張。

のに？　ハッピーな頭をしてやがるな」

「フッ……とにかく、それ以上動くな！」ガウェインはじりじりと、香織の体をシンの方へと向けた。まるで、盾にするように。シンは舌打ちする。

「考えようによっては、とても面白い状況だ。はたして、お前に撃てるのか？」女の盾の向こう側から、憎たらしい声が飛んでくる。「試し撃ちは何回したことがある？　風通しをよくする頭を間違えないよう、せいぜい祈るんだな」

そうだ。香織を盾にされた以上、あの銃が本物だろうと偽物だろうと、決定打にはなり得ない。香織が自力で腕を振り払い、脱出することも期待できまい。

ならば今、この部屋の中で自由に動けるのは翼のみ。自らの手札を、素早く確認する。

翼の手の中には、無論、何もない。では、一番手近にある武器は？　それなら簡単だ。ソファの下で、香織のバッグがひっそりと口を開けている。獲物を狙う蛇のごとく、黒い頭を覗かせているのは……スタンガン。どんな大男でも一撃で無力化できる、国内最強の非殺傷武器。ソファの陰になっているから、ガウェインからは死角。

……でも、無理だ。

ここからソファまで、大股で二歩。ソファからガウェインまで、大股で三歩。対して、出刃包丁が香織の命を奪うまでは十センチもいるまい。包丁が十センチ動く前に五歩分の移動を達成するなど、加速装置でもない限り不可能だ。

「俺に撃てるのか、だと？」事態は、翼が打開策を見出すのを待ってはくれない。シンは、3

Dプリンター製拳銃のトリガーに指をかけた。「どうだかな。これぱっかりは、やってみないことには分からない。お前さんも俺と一緒に、運を天に任せてみるか?」

撃つ気だ。ガウェインにもそれが分かったのだろう。ネットの悪鬼は目から余裕を消すと、体を縮ませて、香織の後ろに念入りに隠す。香織の額に、玉のような汗が光るが、彼女は毅然として両の足で床を踏みしめたままだ。

静寂。緊迫。シンが不敵に笑った。

「こう見えても、シューティング・ゲームは得意なんだ」

直後。耳をつんざく轟音が、狭い事務所内で反響し、無数の埃を振動させる。銃口からたなびく白煙を、翼はたしかに見た。白煙は見る見るうちに爆発的に体積を増し、部屋いっぱいを覆い尽くす。まるで、雲に突入した鳥になったかのように。視界が白で染まる。

「なんだっ⁉　ぐわっ⁉」白の向こうから、ガウェインの狼狽える声が聞こえる。その頃には、翼はすでに事態を把握していた。

これは煙ではない。消火剤だ。風穴が開いたのはガウェインの額ではなく、ドア脇に鎮座していた消火器だったのだ。

香織がガウェインの手を逃れたのが、雲間からわずかに見えた。翼の体が、脊髄《せきずい》からの命令により弾き出される。白の中心に向かって横っ飛びし、黒い最強の武器を引き抜いた。

「香織さん!」間髪を容れず、細く儚《はかな》い彼女の影へ、スタンガンを放り投げる。彼女はほとんど振り向きもせずに、回転する凶器を空中で摑み取った。雲のキャンバスに軌跡《きせき》を描き、青い閃光《せんこう》がほとばしる。

だが、その閃光がガウェインをとらえることはなかった。

スタンガンが突き出される寸前、ガウェインが右の拳を振り抜いていた。ひどく鈍い音とともに、香織が顔を押さえて仰向《あおむ》けに倒れる。スタンガンの転がる、虚《むな》しい音。

「香織さん！」

「早織！」叫ぶと同時に、シンが今度こそ敵の額に照準した。だが、次の一手はガウェインの方が速い。床に落ちていた出刃包丁を瞬時に拾い上げると、シンに向かって投擲《とうてき》したのだ。回転する刃が、銃を持った手を切り裂く。

「ぐあああ！」

「シン！」

飛び散る鮮血《せんけつ》が、白い景色を赤く染める。遅れて、銃が床とぶつかる重い音。ガウェインは腰をかがめてスタンガンを手にすると、床に倒れ伏した香織を死神の目で睨みつけた。

「……交渉決裂。もう許さない」

どうする……？

徐々に晴れていく消火剤の中、翼は高速で思考を巡らせる。

俺も、何か手を考えなきゃ……。でも、俺にできることって、いったい何だ？

ガウェインがスタンガンのスイッチを押し、先端で散る火花を確かめている。床に転がった香織には、次の攻撃はよけられない。シンは手のひらを押さえてうずくまっている。翼しかいないのだ。それなのに、翼には助ける力がない……。

（諦めるな！）

突然、脳内に叫び声が響き、翼の視界は急激にクリアになった。ガウェインと自分の間の距離。相手の視線。体勢。大量の情報が、一気に押し寄せてくる。

家出した兄弟が、何も言わずにひょっこり帰ってきたかのように。

ウィングは、そこに現れた。

（アクションゲームと一緒だ！　考える前に、動くんだよ！）

……だけど、俺はウィングみたいに強くないんだ。

（いいや、違う！）

翼の言い訳を、ウィングはバッサリと斬り伏せる。胸の奥底を揺さぶる声だった。

（ウィングはお前だ！　お前がウィングなんだ！）

理屈ではない。魂の言葉。束の間、両足の震えが止まった。

「うわあああああああ！」

翼は腹の底から声を絞り出し、全身を支配していた恐怖を追い払った。ガウェインの注意が、瞬時にこちらへ引き付けられる。こうなれば策などない、破れかぶれだ。翼はソファの背もたれに手をかけ、ひと息で飛び越え……。

バキッ
不穏な音がしたかと思うと、世界が傾いた。背もたれの枠組みが割れたのだと、一瞬遅れて、脳が理解する。一度崩れたバランスを立て直す力は、翼にはない。

嘘だろ、このオンボロソファ……。

肩から床に叩きつけられた翼は、痛みをこらえ、バネが跳ね返るように起き上がった。右の拳を、固く握る。だが、すでに遅かった。射程距離で転んだ獲物を逃すほど、ガウェインはろまではない。黒い凶器はすでに、この間抜けな男の脇腹に突き刺さっていたのだ。

バチッ！

強烈な衝撃が、パーカー越しに翼を襲う。初めて食らうスタンガン。百万ボルトを超える電圧により、電流はちゃちな布地を軽々と貫通、翼の筋肉を無慈悲に痙攣《けいれん》させる。

はずだった。

「ん？」

電撃のあとに、妙な間が空く。互いの息遣いさえ聞こえる間合いで、翼とガウェインは揃って硬直した。時間が止まったような感覚。

先に動き出したのは、翼の時間だった。

「うらあああああ！」

腰を可動域の限界までひねると、翼はすべての力を右拳に乗せて解放した。ストレートだかフックだか分からない素人パンチが、ガウェインの顔面、頬骨の辺りにぶち当たる。指の付け根に痺れを感じると同時に、ガウェインが首を後ろに向けてふらつき、足をもつれさせてすっ転んだ。薄く漂う消火剤を裂いて、一転、二転。壁際で止まると、そのまま動かなくなった。

彼の手からこぼれたスタンガンは、衝撃でバッテリーと分離して、床を転がる。

「いってぇ……」

翼は半泣きになって右手を押さえた。人を殴ったのは小学生のとき以来だが、まさかこんなに痛いとは。自らの情けなさを深く噛み締め、翼は床に倒れたままの香織に駆け寄った。

「香織さん、大丈夫？」

「う、うん……」白一面になった床から抱き起こすと、香織の口の横が真っ赤になっているのが目についた。唇には、かすかに血もにじんでいる。

「ひどい怪我だ。口の中は切れてない？」

「あたしは平気。それよりキミ、スタンガンでやられてなかった？」

「それが、なんともないんだ」

「なんともないはずないでしょ。痩せ我慢でどうにかなるレベルの武器じゃないよ」

香織の言う通りだ。服の上からだろうとなんだろうと、あのスタンガンを食らえばただでは済まない。今朝のクールサクセスの哀れな社員同様、芋虫のようにのたうつことしかできなくなるはずだ。それなのに、翼はどうだ。多少はビリッときた気がしないでもないが、体はまったくの無事である。狐につままれたような心地がして、翼は香織を支えたまま、自分の腹に手を当てた。服でも肉でもない何かが、指先に触れる。

「……ああ、そうか」

翼は一人で苦笑した。パーカーのポケットに手を突っ込み、陰の功労者を引っ張り出す。

「こいつのおかげか」それは、スーファミのコントローラーだった。少し黄ばんだプラスチック製で、ゴムでコーティングされたケーブルがくるくると巻いてあった。

ウィング……。

「キミ、信じられないくらい強運だね」

「もしかしたら、今のが一生分だったかもしれない」

「あ～、そうっぽいね。……いたたた……。ありがと、もう起き上がれるから」

「そ、そっか」翼は唐突に恥ずかしくなって、急いで手を離す。できることなら、もう少しヒーローらしく振る舞いたかったと、心の一番隅っこで後悔した。

そして、その温かい後悔が心の中で解けきる前に。

「お前らぁあぁ……！」地の底から響くような、恨みに満ちた声。翼はギョッとして、声の主へと目を向ける。ガウェインが口元を拭いながら立ち上がったところだった。マスクが外れていたが、もはや顔を隠す気もないらしい。その手には、バッテリーの外れたスタンガンが握られていた。

背中いっぱいに、嫌な汗が噴き出した。

こちらの武器は……と意識を巡らせたときには、すでにガウェインは突進を開始している。あらわになった顔は怒りのせいで変形し、その姿は金棒を振り回す鬼のようだった。

翼はとっさに、香織をかばうように立ちはだかった。スタンガンはもはや非殺傷武器ではなく、鈍器として翼の脳天へと振り下ろされる。

反射的に、目をつぶってしまった。

次にまぶたを上げたときには、今度こそ決着がついていた。

「がふっ……！」あと一歩で鈍器が届くという距離に、ガウェインが立ち尽くしている。ガウェインと翼との間に割り込んでいたのは……シン。

シンの右足が、ガウェインの股間《こかん》を下からえぐるように蹴り上げていた。右手からは血が数滴、雪のように積もった消火剤の上に落ちる。ガウェインはそのまま、白目をむいて仰向けに倒れた。粉雪が舞い上がり、敗者へ降り注ぐ。

「言ったよな。傷つけたら許さない、って」気を失ったガウェインを見下ろし、シンは吐き捨てた。「今のはコイツの、顔の傷の分だ。一見《いちげん》さんだからな、それで負けといてやるよ」

言いたいことを言い終えると、シンは満足したらしい。糸が切れたように両膝から崩れ落ち、冷たさのかけらもない雪原へ沈んでしまった。

指の付け根が、まだズキズキと痛む。皮の内側にヒーターを入れている感じ。骨が折れていないといいんだけど。患部《かんぶ》を覆う湿布《しっぷ》を、翼はそっとさする。

「サンキュー・ベリー・マッチ。助かったよ」

右手の甲の包帯を見ながら、シンが言った。出刃包丁の投擲を食らったわけだが、幸い傷は浅かったようだ。香織がゴミをコンビニ袋に放り込む。「でも、なんで切り傷で気絶？」

「血は苦手なんだ。それより香織の怪我は大丈夫か？」

「このくらい平気だよ」気丈に振る舞ってはいるが、彼女の傷が一番心配である。首に巻いた包帯と、口元の絆創膏《ばんそうこう》。〝名誉の負傷〟と呼んで称《たた》えるには、あまりにも痛々しい。

三人に傷を負わせた張本人は、手足をガムテープで拘束された状態で、部屋の隅に転がしてある。シンの金的がよほど効いたのか、まだ気を失ったままだ。所持していた免許証によると、名は佐々井義正。名簿をもとに推測した通りだった。「〝Perceval〟＝ランスロット＝ガウェイン＝佐々井義正」。目を覚ましたら、この男の処遇も考えねばなるまい。

とはいえ、今はただ休みたい。ソファは先ほど破壊してしまったし、かといって消火剤で覆われた床に座る気にはならなかったので、翼は机に腰掛けた。香織はスタンガンにバッテリーを入れ直してから、白い戦場に跡を残し、消火器の残骸《ざんがい》を耳障りな音を立てて引きずっている。

……と思ったら、彼女は不意にソファの――いや、かつてソファだった物体の脇にかがみこんでしまった。

「どうした？　やっぱり、気分がバッドなのか？」

「なんでもない。疲れちゃっただけ」

「そうか」

「うん。ちょっと横になってくる」香織は大穴の開いた消火器を、故・ソファ氏の屍の上に放り捨てた。弱々しい足取りで、仮眠室へと向かう。

ドアが完全に閉まったのを確認してから、翼は口を開いた。「しんどそうだったね」

「ああ。だが生きてる。お前さんのおかげだ」

「俺は、一発殴っただけだよ」

「いいパンチだったぜ。えぐりこむように打つべし、ってな」

「それってジャブの打ち方じゃなかった？」

「いいんだよ、素人にとっちゃ、ジャブもストレートもないもんだ」

「それもそうだね」翼が笑うと、シンはいつもの椅子にどっかと腰を下ろした。疲労はあるようだが、表情は晴れやかである。

「それにしても、シンが銃を取り出したときは驚いたよ」

「ソーリー。ピストルってのは本当に危険だからな。悪いとは思ったが、隠してたんだ」

「本当にシューティング・ゲームの感覚だけで撃ったの？」

「イエス。どこかで射撃練習をするわけにもいかないしな」

とすると、当たったのは奇跡というわけか。航空機のゲームにはまりすぎたあまり、ついに自分で操縦したくなってしまったハイジャック犯を思い出した。

「実はな。俺も昔、ユーチューブにゲームの動画を上げたことがあるんだ」

上機嫌のまま、シンは声をひそめて言う。翼は両眉を上げた。「へぇ、意外」

「だろ？　しかも一本じゃないんだぜ」

「まだネット上に残ってるなら、見てみたいな」

「削除はしてない。一番再生数が伸びたのは……。『クルール・ゴースト』の後半に、幽霊の館に潜伏していた強盗団と、銃撃戦をする場面があるんだけどな。その最速クリア動画」

「え⁉」机の端からずり落ちるところだった。現在進行形で、翼がプレイしているゲームである。しかも、今まさに強盗団と対決しようという場面で、翼は実況を休止している。

「ユーザー名はＴＡＲＯだ。探せば出てくるから、暇なときにでも見てくれ」

探す必要なんてない。翼は、その動画を見たことがあった。再生数百五十万を超える、かなり有名な動画なのだ。「今はもう、活動してないの？」

「あのいじめ事件があってから、ＴＡＲＯは引退した。ハッカーとしての技術を学んで、復讐を全力でサポートするためにな。金もたくさん必要だったから、情報屋も始めた」

「でも、どうしてそこまで？　シンにとって、香織さんは他人でしょ？」

「他人なもんか。恋人だったんだよ。昔はな」

「ああなるほど、恋人。恋人ね、うん、それなら分かる。そうか、恋人……恋人⁉」

失神するところだった。喉を、限界量を超えた空気が通過したため、激しく咳き込む。

「おい、大丈夫か？」

「大丈夫か？　今までよく知らん顔してたね！　俺は修羅場のど真ん中にいたわけだ」

「大袈裟に考えるなよ。恋人じゃなくなって、仕事のパートナーになっただけだ」

「そんなに簡単に割り切れるものなの？」

にわかには信じがたかった。恋人でなくなるということ。自然と、自分と沙夜のことと比べてしまう。もう二度と会うなと言われた、大切な人。

ひと息ついたら、沙夜に危険が迫っていないか、また確認しないと。

だが、そんな決意は、砂浜に築いた城のごとく、シンの言葉という大波に押し流されてしまう。「ただ、恋人だった頃の名残りがまったくないって言えば、嘘になる」

「え？　どういうこと？」

「苗字を貸したままなんだ」

「苗字」

「イグザクトリー。俺の本名は、春谷晋太郎。書類上は、春谷香織の夫だ」

夫。夫。夫。

頭の中で「夫」という漢字が、焚き火《たび》を囲んで踊っている。

「坂神早織の名は、坂神良一の姉としてネット上にリークされた。アイツは復讐のために別人になろうとしたわけだが……下の名前と比べて、苗字をチェンジするのは大変だった。裁判所がなかなかオーケーを出さないんだ。だから手っ取り早く、婚姻届《こんいんとどけ》を出した」

「たしかに、手っ取り早く苗字を変える方法だけどさ……」

「アイツにとっては、結婚すらも手段の一つに過ぎないんだ。自分の人生なんて捨ててるんだよ、弟のために」

　翼は、初めて香織と会った日のことを思い出した。彼女は翼を誘惑し、部屋に上がりこむことに成功している。初対面の男の前で服を脱ぐことを厭《いと》わず、目的を完遂《かんすい》したのだ。女としての体は武器。結婚すらも手段。すべては、復讐のために。

「危なっかしい女なんだよ。だからさ、頼む。早織を助けてやってくれ」

「ど、どうして俺に頼むの？」

「俺がお前さんを巻き込むのに反対だったことは、知ってるか？」

「まあ……初対面のときの反応を見れば、察しはつくよね」

「つまり、お前さんをエサに推していたのは早織だってことだ。あいつは、俺がユーチューバーの候補を挙げても、誰も信用しなかった。憧れのお前さん以外、な」

「は？」

　意味が、まるで分からなかった。あの人を助ける？　俺が憧れ？

「ちょっと、それってどういう……」

「おっ？　何やらメールが来なすったぜ」シンは、翼にそれ以上の質問を許さず、パソコン画面に向き直ってしまった。納得がいかず、翼は食い下がる。

「ねぇ、話の途中でしょ。憧れって、何の話？」

「やっこさん、よほど余裕がなかったらしい。例の『あいり』、まんまとウイルスに感染してくれたみたいだ。パソコン内のデータを丸ごと送ってきたぜ」

急に耳が聞こえなくなったかのようである。追撃は無駄だろう。翼は渋々机から腰を下ろし、彼の肩越しに画面を覗き込む。「ホントだ。うまく引っかかってくれたね」

「ああ。本名は千田利恵子《せんだりえこ》。こいつが『中枢』だとすれば、めでたく三人目が判明なわけだが……どうやらビンゴのようだぜ」シンが楽しそうに笑い、キーボードの上で十指を躍らせる。

画面に映し出されるのは「千田理奈《りな》」という名と、個人情報の羅列。

「この『千田理奈』ってのは、クールサクセスのデジタル会員名簿にあった名だ。本社に忍び込む前に、ハッキングで手に入れた分だな。これを俺のデータバンクと照合すると、千田利恵子の叔母《おば》だってことが分かる。二人とも兵庫《ひょうご》県在住」

「じゃあ、『あいり』もクールサクセス被害者の家族ってこと？」

「これで確定。千田利恵子は三人目の『中枢』〝TNTB288〟。賭けは俺たちの勝ちだ」

シンは得意げに言うと、コーヒー缶の山の中に手を突っ込んだ。ガラガラと音をさせて、飲みかけらしい一本を引っぱり出す。

二年前、香織の弟の人生が狂った事件で、ネット上の主犯格とされていたにもかかわらず、結局、身元を特定できなかった四人の悪魔。その「中枢」もあと一人――〝IAKA〟のみだ。

「ホットコーヒーがあれば、ベストだったんだけどな」

「うぐぅ……」

「おや？　どうやらお客さんがお目覚めのようだぜ」空いたコーヒー缶を放り捨てると、シンは腰を浮かせた。キャビネットの横に転がしておいたガウェインが、ゾンビのような声でうめく。彼は、体を苦しげにひねり、血と埃と消火剤にまみれた顔を上げた。

「手足を縛るなんて、いい趣味をしているなぁ、まったく。性的嗜好がうかがえるよ」

「そのくらいで済ませてやってるんだ。サンキューのひと言が欲しいくらいだぜ」

「残念だよ。お前とは仲良くやれると思ったんだがね」

「ああそうかい。人恋しいなら、パパとママにでも泣きつくんだな」

ガウェインはシンよりも年上のようだが、皮肉を言われても怒らなかった。表情からは、余裕すら感じられる。「お前たちは、魔女狩り板に喧嘩を売って、何がしたい？」

「決まってる。二度とくだらない〝祭り〟ができないように、徹底的に潰してやるのさ」

「涙ぐましい無駄な努力だ」

ガウェインは血に濡れた顔を不気味に微笑ませ、ギラつく両目でシンと翼を見た。悲壮感はない。芋虫のように這いつくばっている現状を、あたかも楽しんでいるかのようだった。

「フッフッフ、質問を変えよう。お前らは、逮捕されるリスクを負ってまで魔女狩り板を狙っているが、動機は何だ？」

「お客さんには縁のない話だ」

「縁がなくても、気になるだろう。それが人間ってものだ。さては復讐か？　お友だちの誰かが〝祭り〟の被害にでも遭ったのか？」

シンが口元を歪める。その些細な変化を、この悪魔は見逃さない。

「図星か？　そうだろう？　ならば俺たちとお前たち、どこが違う？」

「お前さんたちみたいなファッキン屑人間と、一緒にするな」

「俺たちは社会貢献をしているんだ。批判じゃなくて、むしろ感謝してほしいくらいだ」

「打ち所がバッドだったか?」

「まあ、聞けよ。知っての通り、俺たちはクールサクセスに復讐するついでに、社会にはびこる悪をリンチしてきた。考えてもみろ。少年法を盾にして、大した罰も受けずにのうのうと暮らしているいじめ加害者、吊るし上げてやればいい見せしめになると思わないか? 防犯カメラの映像から万引き常習者を特定して、警察に重い腰を上げさせたことだってあるぞ。社会的制裁。世の中全体から見れば、プラスのことなんだよ」

「好き勝手な制裁を加える権利なんて、お前さんたちにはないだろ。それとも、デモクラシーが長い時間をかけて作り上げてきた法律よりも、『忘れられる権利』や『名誉権』よりも、お前さん個人の考えるいかれた正義《ジャスティス》の方が優先だって、本気で思ってるのか?」

「その言葉、そっくり返そう。お前たちはどんな権利があって復讐を実行している?」

またもや、シンが口をつぐんだ。悔しいが、翼も反撃するに足る論を持たなかった。法律によらず、あくまで個人で戦おうとする限り、考えれば考えるほど、魔女狩りとの境界は霧の中に隠れてしまう。

「俺はお前たちを責めはしない。親近感すら湧いているんだぜ。ムカつく奴を、ネットを使って地獄に叩き落とす。おかげで警察からは逃げ隠れしなきゃならない。どこが違う? 俺たちと同じじゃないか。フッフッフ……フ……フ……」

小さく呟き込むと、ゾンビはまた体を縮めて、物言わぬ死骸に戻ってしまった。

ピーンポーン
ガウェインが黙ったと思ったら、今度はインターフォンが騒々しく鳴った。シンと翼は顔を見合わせ、続いて時計をチェックする。夜の九時。

「客の多い日だ。いい加減、休ませてくれ」シンはあくびをすると、当たり前のようにインターフォンを無視する。これだけカフェインを摂取《せっしゅ》しているのに、眠気は取れないようだ。目の下のクマも、面積をますます拡大している。

だが、来訪者はシンの体調など考慮しない。続けざまにドアを叩く音がしたかと思うと、卓上のスピーカーから聞き覚えのある声が響いた。「お願いです、入れてください」

「なんだ、またアイツか」シンは、面倒くさそうに舌打ちして、電子ロックを解除した。ほとんど間をおかずにドアが開き、背の高い男が入室してくる。スポーツ刈りにトレンチコート、今朝と変わらぬ恰好で現れたのは、自称お兄さんの三十四歳。仁藤博道である。

「心配で戻ってきたのです。魔女狩り板に、凸するとかしないとかいう書き込みがあったものですから……うわっ！」仁藤は、踏み出した足をすぐに引っ込めた。足の裏から、消火剤がパラパラと降る。こうして見ると、雪というよりも火山灰の方が近そうだ。

「何ですか、この床は？　それに、そこで寝ている人は？」

「お前さんに心配されるようなことはねぇよ」

シンが眠そうに目をこする。代わりに翼が説明しようかとも思ったが、いったい何から語ればいいのか分からない。少なくとも、拳銃のことは黙っておいた方がいいだろう。

仁藤はつま先立ちで部屋に入ってくると、中央の、壊れたソファのところでしゃがみ込んだ。

むき出しになった詰め物と、砕けた木枠に触れて、じっと観察しているようだ。何をしているのか訊こうとしたところで、仮眠室の扉が内から開いた。最初細めに——そして来訪者を確認すると、彼女は全身を現した。「あら、来たの」

「これはこれは、早織さん。こんばんは」

「よく顔を出せたね。のこのこと」香織は、なぜか喧嘩腰であった。いつもの毒舌とは違う。明確な敵意を仁藤に振り向けている。仁藤もそれを察したようであり、ただ押し黙った。彼は、破れたソファの布の隙間に手を差し入れる。ごそごそと、まさぐる。

「探し物は、これ？」香織はポケットから手を引き抜いた。親指と人差し指で、何か黒くて平べったいものをつまんでいる。十円のチョコレートくらいのサイズのそれを見て、仁藤の顔色が変わった。彼が無言で立ち上がると、まとっていた柔らかい空気は急速に消失する。

「キミだよね、手引きしたのは」

香織の手の中で黒い物体が、怪しい存在感を放っている。翼は息を呑み、床に転がったガウエインと、無表情で立つ仁藤とを順々に見やった。仁藤は、否定しない。

「それだけじゃない。最後の『中枢』はキミ。そうでしょ、〝IAKA〟」

それは質問ではなく、確認だった。最後の呪いが、翼たちに牙をむく。

4・5

お父さんが天に召されたのは、誰のせいでもありません。見通しの悪い交差点で、車と車が激突したのです。不幸な事故でございました。相手の方が助かったため、お父さんは天国でホッとしていると思います。

私たちの家には、お骨と、生命保険のお金がやってきました。私はまだコンビニでバイトをしたりしなかったりで、月収は五万か六万程度だったと思います。それでも、私たち母子が生きていけたのは、お父さんが命の代わりに残してくれたお金のおかげでした。

豊かではありませんでした。お母さんは、もっと生活が楽になってくれないかと、いつも愚痴をこぼしておられました。

お母さんが妙なセミナーに通うようになったのは、お父さんが亡くなって一年が過ぎた頃でした。相変わらず、私の収入は雀《すずめ》の涙ほどだったのを覚えています。

そのセミナーで習ったことを、お母さんは食卓で嬉しそうに語りました。なんでも、お母さんが事業主さんになれば、たくさんのお金を稼げるということでした。私は喜びました。お母さんも喜びました。さっそく、たくさんの段ボール箱に入った商品が届きました。これを、知り合いの方に売って売って売りまくれば、大儲けができるはずでした。

最初は、お鍋《なべ》やフライパンが主でした。時間が経つと、今度は少し上等な化粧品が送られてきました。最後には、高価な宝石類が届いていたと思います。

買ってくれる方はいませんでした。

それがいわゆるマルチ商法だと、教えてくれたのは涼子さんでした。お父さんの保険金の大部分を使い果たしたあとのことです。弁護士さんにも相談しましたが、裁判をするために多くのお金がいること、さらに、裁判を起こしてもお金が戻ってくるとは限らないことを知らされました。結局、私たちは諦めました。残ったのは、お骨だけでした。

——ごめんなさい、ごめんなさい……。

お母さんは、毎日泣いておられました。私は、浮かれていた自分を憎みました。頭の悪い自分を憎みました。それ以上に、私たちを踏みにじった人たちを憎みました。

私たちを騙した会社の名前は、株式会社クールサクセス。

ネットで少し調べるだけで、似たような被害に遭った方々を見つけることができました。

〝ランスロット様

ブログ、拝読しました。私もクールサクセスに家庭を壊された一人です。

お気持ち、痛いほど分かります。この悔しさを、行動に移しませんか。

ともに戦い、復讐を成し遂げる気はありませんか。ご連絡、お待ちしております。

ＩＡＫＡ〟

そのメールを送信したとき、運命のレールは、音を立てて切り替わりました。

二度とこのような悲劇が起こらないように。私は、クールサクセスと戦う決意をしたのです。

心を鬼にし、最後の魔女狩りと化すことで。

ターゲット5　You

「盗聴器だよね、これ」安物のチョコレートサイズの物体を、香織はスニーカーの底で踏み砕いた。ソファの残骸へと顎をしゃくる。

「座ってる間に、中に仕掛けたんでしょ。壊れたときに飛び出したみたいだけど」

「仁藤さん、本当ですか？」

翼には、声の震えを隠すことができなかった。仁藤は、口元に絆創膏を貼った香織を見つめたまま、ひと言もしゃべらない。どうやらそれが、彼の答えらしかった。

「最初からおかしかったんだよ。バイクを尾行するなんて、素人にできるはずがない。キミは尾行なんてされなかった。この場所をネットに晒したのはキミ自身」香織は、足元の盗聴器を念入りに踏みにじる。「一週間もあったんだから。二人の写真を撮ったのも、今日じゃないよね。そして、この部屋に入ってからキミは一度だけスマホを触った。リークしたのはあのときでしょ？　あたしたちを、この部屋の中に釘付《くぎづ》けにするために」

「とんでもねぇおっさんだな。まるで気付かなかった」シンが、音をたてないようにそっと引き出しを開いた。翼は唾を飲もうとしたが、口の中が乾いて、果たせなかった。

「そうやって閉じこめておいて、ガウェインを唆《そそのか》した。どんな指示を送ったかは知らないけど、この男は、あたしたちが警察に頼れないことも知ってた。キミが教えたんでしょ」

「その通りです」石のように固まっていた仁藤がようやく口を動かした。胸ポケットから鉛筆を取り出し、空中にクルクルと円を描きはじめる。「脅かして、諦めさせるのが目的で」

「キミはそうかもしれないけど、ガウェインは殺す気満々だったよ」

ガウェインの方にツカツカと歩み寄ると、香織は頭を踏みつけた。ガウェインがうめく。もはや、どちらが悪党か分からない。というか、この部屋にはもう悪党しか存在しない。

「俺たちに諦めさせるためって、どうして仁藤さんがそんなことを？」

「決まっています。長く続いてきた魔女狩りの歴史に、私の手で終止符を打つためです」

翼には、仁藤の言い分が爪の先ほども理解できなかった。「中枢」として、翼たちを諦めさせることと、魔女狩りを終わらせること。その二つのつながりが、見えてこない。

「私も、クールサクセスに家庭をめちゃくちゃにされた一人なのです。だから、私は魔女狩り板を誘導することで復讐を遂行しました。闇サイトで連絡を取り合い、標的にするクールサクセス役員を選んだり……掲示板を定期的にチェックし、議論を誘導したり。もともと頭の中のおじさんが足りていない方々なので、誘導は簡単でした。最近では、私が何一つ書き込まずとも、思い通りに動いてくれるようになっていました。あなた方の〝攻撃〟に反応して〝Perceval〟さんがぬこぬこ映画速報を閉鎖に追い込んでしまわれたのだけは、予定外でしたが」思い出話のような調子で、仁藤は語る。鉛筆で円を描くのは、やめない。「加えて、もう一つ問題がありました。魔女狩りはいずれ魔女となり、新たな魔女狩りが誕生する、ということです」

「例の呪い《カース》のことか」

「ええ。それでは困るのです。復讐を終えても、また新しい悲劇の火種になってしまっては意味がありません。私は私の復讐を、完全な形で終わらせる必要がありました」

「完全な形、だと？　なんだそりゃ」

「新たな魔女狩りを生み出さない方法はただ一つ。私が魔女にされる前に、自らを滅することです。やさぐれおじさんが、そうおっしゃったのです」

「や、やさぐれおじさん？」

「おや、ウィングさんの頭には、やさぐれおじさんは住んでいないのですか？」

「気にしないで。この男の妄想だから」

「妄想ではありませんよ、早織さん。おじさんはいます。頭の中のおじさんを感じられないとしたら、おかしいのはあなた方です」仁藤は、クルクルと回転する鉛筆を、香織へと向けた。

翼には、仁藤博道が化け物に見えてきた。

「クールサクセスに決定的な打撃を与えた上で、新しい魔女狩りが生まれる前に『中枢』四人の個人情報を晒す。それこそが完全な終結なのです。そのための駒は、みなさんのおかげで揃いました。『中枢』全員の情報と、クールサクセスの不正データ」

「不正データ……」シンは口の中でつぶやくと、すぐに合点した様子で舌を鳴らした。

「それが、お前さんがクールサクセスに現れた本当の理由ってわけか？」

「さすがは晋太郎さん。冴えていらっしゃいますね。実は私も、総務部への侵入を計画していたのですよ。期せずして、あなた方が代打を務めてくださりましたが」

仁藤の口調は一貫して穏やかだ。だからこそ、恐ろしい。

「クールサクセスのマルチ商法では、会員さんがあまりにも大きい赤字を出してしまった場合、多少の補償金を支払っているという建前でした。ですが、実際は会員さんではなく、役員さんたちの懐に入っていたのです。それこそ、数億円規模で。その真実を隠すために、会計データもたびたび改竄《かいざん》されています」

「そうか。その影響で、五年前の名簿だけデジタルデータから抜けていたわけか」

「あなた方は眠っていたアナログデータを発掘しました。それさえあれば、会計資料と会員名簿の食い違いを暴き、クールサクセスの不正を白日《はくじつ》の下に晒すことができます。私のお母さんに戻るはずだったお金を、役員さんたちが横取りしたことを証明できます」

「ふざけるな！　そのために俺たちを利用したって言うのか！」

怒りに満ちた叫びを上げたのは、キャビネットの横で芋虫化しているガウェインだった。仁藤は鉛筆でクルクルと円を描きながら、その先端をガウェインに向ける。

「〝Perceval〟さん。あなたをはじめ『中枢』の方々には、本当に感謝しています。この五年間、クールサクセスの不正を探すのを、一生懸命手伝ってくださったのですから」

「それは……あの会社の弱みを握って、金をむしり取るためだって……！」

「いいえ、違います。すべて魔女狩り板に晒します。私たち四人の個人情報と一緒に」

「〝IAKA〟……！　貴様ぁ……！」床に転がされたまま、先ほどまでの余裕をかなぐり捨てて、ガウェインこと〝Perceval〟はもがいた。しかし、両手両足のガムテープが皮と肉に食い込むだけで、彼の体は一切前進しない。仁藤はもう、ガウェインを見てもいなかった。空中に無数の円を描いた鉛筆を、ついに胸ポケットに戻し、代わりにスマホを取り出す。

「私のお話は以上です。お疲れ様です、みなさん。そしてご安心ください。みなさんの復讐も、私がついでに完遂してあげましょう」

「えっ……？」その瞬間、翼は呆然として、動くことができなかった。仁藤の言葉、香織とのやり取り、そして手にしたスマホ。冷静に分析すれば、それが意味することは分かったはずなのに。足が床に突き刺さったように、ただ立ち尽くすことしかできなかった。

だが、他の二人は違った。

香織が腰とデニムの間から、棒状スタンガンを引き抜く。シンが引き出しの拳銃を拾い上げ、仁藤に照準を合わせる。香織の動きの方が速い。飛びかかり、スタンガンを突き出す。

仁藤は体をのけぞらせ、スタンガンの一撃を回避した。香織は空中で放電したスタンガンを、そのまま刀のように横に振るう。太刀は仁藤の手首をかすめ、スマホが弾き飛ばされた。白い床を滑るスマホと仁藤との間に、香織が立ちはだかる。

「いったい、なぜです？　私の邪魔をする理由が分かりません。魔女狩りとクールサクセスを共倒れにさせようというだけなのに」国内最強の護身武器を持つ香織と対峙しても、仁藤はひるまない。馬鹿丁寧な調子を崩さず語りかけてくる。「もしかして、例の一万人相手の復讐が頓挫《とんざ》する心配をしているのですか？　大丈夫ですよ。『中枢』のデータと一緒に、魔女狩り板にかかわった人間として、その一万人のアカウントも列挙するつもりですから。一万人全員とまではいかなくても、何パーセントかはすぐに身元が割れることでしょう。味方同士の潰し合いです。魔女狩り板の最期にふさわしい〝お祭り〟でしょう？」

「……違う」

「違う？　おかしいですね、早織さんにとって悪い話ではないはずですが。私がスマホをちょっと操作するだけで、お望みの通り『中枢』は晒し者になります。一万人についても、何パーセントかには鉄槌が下ります。しかも呪いはすべて、私が背負って差し上げます。早織さんにご提供いただきたいのは、机の上の会員名簿だけ……」

「黙れ！」香織の叫び声が、空気中をビリビリと伝播《でんぱ》し、翼の鼓膜を波打たせた。呼吸すらも忘れて、香織の横顔を見つめる。「この復讐は、あたしのものだ。お人よしの大馬鹿を巻き添えにしてまで……恩を仇で返すようなことをしてまで突き進んできた復讐の、肝心の結末を他人に決めさせるもんか。そんなの筋が通らない。そんなのが許されるなら、ソイツがどうして犠牲になったのか分かりゃしない。あたし自身が決めた、あたしの結末をつけなきゃ、二度とソイツと顔を合わせられない」

翼の胸の奥で、心臓がトビウオみたいに跳ねた。香織が腰を落とし、身構える。

「この復讐を、あたしたちの納得できる形で終わらせて、あたしだけが罰を受ける。それが義務だ。あたしが背負わなきゃいけない十字架だ」

魔女狩りの頂点めがけて、香織は一直線に駆け出した。

しかし、対する仁藤の動きは滑らかだった。香織が腰を低くして突き出したスタンガンを、半身になって楽にかわすと、彼女の手首を鷲摑みにした。あっという間に、右腕を背中側へひねり上げてしまう。「きゃあ！」

「私は、中学・高校は柔道部《じゅうどうぶ》です」

「早織！」刹那、手の中の拳銃を発射するかどうか、シンが躊躇した。だが、彼はすぐに樹脂製凶器を放り捨てて走り出した。香織から難なくスタンガンを取り上げた仁藤。その大柄な男に向かって、シンは殴りかかり……。

バチン！

シンは声もなく崩れ落ちた。

「晋太郎！」倒れ伏したまま、香織は彼の名を叫んだ。仁藤は二人を捨て置いたまま、床を眺め渡して、すぐにスマホを視界にとらえる。

金縛りが解けたように、翼の体に自由が戻る。それからは、無我夢中だった。

考える間もなくヘッドスライディングを繰り出すと、机の脚元に落ちていたスマホを、転りながら拾い上げる。そして、仁藤がスタンガンを振り上げる前に、その平たい精密《せいみつ》機械を机の角に叩きつけたのだ。保護《ほご》フィルムの下の液晶に、蜘蛛の巣状の亀裂が走り、すべての光が失われた。仁藤が、空洞のような目で見下ろしてくる。ざまあみろ、と言ってやりたかったが、緊張で舌が動かなかった。

「やってくれますね」仁藤が、今度はスタンガンをクルクルと回しはじめた。「しかし、そんなものなくても問題はありません。スマホから遠隔操作ができなくなっただけなのです」

仁藤は、スタンガンをトレンチコートのポケットに突き刺した。三分の一ほどが飛び出していたが、彼は気にするそぶりも見せない。机の上に鎮座していた分厚いファイルを引っ摑むと、素早く踵を返し、床に倒れたシンと香織の間をすり抜けた。

「あなたたち三人のデータも、犯した罪も調べてあります。盗聴器が、とても役に立ってくれました。私に反抗《はんこう》する気なら仕方がありません。見逃すつもりでしたが、やっぱりやめです。

すべてを公にすることにいたしましょう」振り返らずに言い残すと、仁藤は事務所から出て行った。階段を下りる音が、次第に遠ざかっていった。

「香織さん！」

「あたしはいいから、シンを……」

よろよろと立ち上がる香織に言われ、翼はシンを抱き起こした。蒼白の顔面に脂汗を浮かべ、脇腹を押さえてうめいている。だが、うめき声の合間に、かすれ声で彼は言った。

「すまねぇ……撃てなかった……」

「謝ることなんてないよ。息は吸えるの？　痛みは？」

「んなことより……奴を追え……。自宅に戻って、データをばらまく気だ……」

「そんな、大丈夫なの？　死んだら許さないよ」

「大袈裟な……。すぐ治る……。それに、見張り役も必要だろう」震える指先で、シンはキャビネットの横を指し示す。埃と消火剤と血にまみれた顔が、狂気を振りまいていた。

「フッ……フッフッ……あの野郎、とんでもない食わせ者だったみたいだな。俺もお前らも、踊らされてたってわけだ……。こいつは傑作だ」

ガウェイン。たしかに、拘束してあるとはいえ、放置したら何をしでかすか分からない。目配せすると、香織はすでに腹を決めていたのか、迷いなく頷いた。

「腕は大丈夫？」

「平気。ちょっとひねられただけだから。キミこそ、手の怪我はどうなの」

「少し痛むけど、問題ない。もう一発くらい殴れるよ」

「そう。それは楽しみ」

互いのコンディションを確かめ合いながら、階段を駆け下りる。天井の電灯はすべて消え、緑の非常灯だけが頼りだった。それでも、二人は恐れずに暗闇を行く。息せき切って走るあまり、躍り出てくる一台のバイクに、危うくはね飛ばされるところだった。

ビルを転がるように飛び出して、隣接《りんせつ》する駐車場へと急ぐ。

フルフェイスのヘルメット。トレンチコートには見覚えがあった。

「車で追う！　ついてきて！」おぼろげな街頭と月明かりの下、香織のつややかな茶髪が翻る。

彼女を追って車に駆け寄った翼は、しかし、すぐに違和感を察知した。なんだか、車体のバランスがおかしい。傾いている。

「やられた……！」左の前輪のところにしゃがみ込むと、香織はボンネットに拳を叩きつけた。

「パンクしてる」

「まさか、仁藤さんが⁉」見ると、タイヤはおにぎりの失敗作みたいになっていた。バイクの音は、すでに聞こえない。冷たい北風が、コートを貫いて肌に突き刺さる。

「タイヤを交換するから、キミも手伝って！」

「間に合うの⁉」

「分かんない、分かんないけど……！」香織が声を荒らげ、後ろに回ってトランクを開ける。

スペアタイヤを引っぱり出し、重さでよろける彼女に、翼は慌てて手を貸す。

「香織さん、落ち着いて」

「落ち着いてどうしろっていうの⁉　レンタカーでも借りる⁉　それとも走る⁉」

香織が耳元で激昂《げっこう》する。もたもたしているうちに、仁藤との距離は情け容赦なく開いていく。かといって、バイクを電車で追うのも無理。状況は絶望的だと、翼にも分かった。

「……ごめん。怒鳴ったりして」

「いいよ。それより、タイヤを替えよう」翼は、香織から受け取ったタイヤを地面に置き、トランクからジャッキを取り出した。こんなことが解決に結びつくとは思えないが、無言で手を動かした。冷たいコンクリートに膝をつき、車体の下にジャッキを固定しようと試みる。暗がりの中で手元が見えにくい。

ポケットのスマホが震え出したのは、そのときだった。

こんなときに、いったい誰が？

液晶を見やると、ラインのメッセージを知らせる赤い数字が目についた。無視してポケットにしまってから、思い直してまた取り出す。

予想外の相手からの予想外の助け舟が、そこにあった。

〝魔女狩り板の騒ぎ、見たぞ。なんだか、おかしなことになってるな。立てこもってるんだろ？　逃走用の車は必要か？〟

文字を打つ間すら惜しくて、翼は迷いなく通話ボタンを押した。ほんの二秒後に、音声がつながる。力強く頼もしい声が、手の中の小さな機械から発せられる。

「おっす。にょ次郎だ」

「事情はあとで話すから。もし近くにいるなら来てほしいんだ」

「そうか。心配するな、もう着くぞ」

「へ？」

「最終ステージなんだろ？　ならば、今こそ俺の力がいるだろう」

「ちょっと、何なの？」急にタイヤ交換を放棄してしまった翼の肩を、香織が摑む。時を同じくして、駐車場の入り口に軽自動車が一台、甲高いブレーキ音をさせながら停まった。香織の手を引いて、翼は走り寄る。ジャッキやらスペアタイヤやらは、この際、放置である。

開いた助手席の窓から、中途半端な顎髭を生やしたサングラスの男が身を乗り出した。

「Come with me if you want to live!」

まったく、コイツは。

一秒すら惜しい場面だというのに、翼は笑ってしまった。シンと違って発音がいいのがまた、妙に腹が立つ。そして、夜間なのにサングラス。どう見ても不審者であり、さすがの香織もたじろいでいた。

「とにかく乗ろう！　渡りに船だ！」元ネタを解説している時間はない。二人が後部座席に転がり込むと、にょ次郎はサングラスを外し、ガハハ、といつもの豪傑《ごうけつ》笑いをやった。

「このセリフ、一度言ってみたかったんだ。カッコよかっただろう？」

「どうせなら、シュワちゃん本人に言われたかったよ」

「俺だってシュワちゃん並みに頼りになるぞ」

「偉そうに言うな。運転はあたしがやってるんだから」

前から、女性の声が横槍を入れる。首を伸ばして運転席を覗き込み、翼は仰天した。

ハンドルを握るのは、ボブカットの茶髪にパーマをかけた小柄な女性。ダンスをさせたらネット上に敵はいない、正真正銘《しょうしんしょうめい》の女王だった。「もる⁉」

「驚くことかよ。住所が晒されてんのに」

「いや、そうじゃなくて……」言いかけて、翼の脳裏に四つのアルファベットが浮かんだ。AWHO――反魔女狩り組織。十人が聞いたら十人が鼻で笑うような活動。

「にょ次郎、もしかして、ずっと魔女狩り板の監視を？」

「二人で協力してな。お前が話題になってたから、居ても立ってもいられなくなった」

「……ありがとう、二人とも。さっそく出発してくれ」

「おうよ！　で、どこに向かえばいい？」にょ次郎の問いは、非常にシンプルだった。翼は、行き先へ向けようと振り上げた手を、空中で情けなくさまよわせ、結局、こっそりと香織の顔色を窺った。彼女は冷徹な目をスマホに走らせ、機械のようにテキパキと指を動かした。

「とりあえず、埼玉に向かって北上して。詳しい位置は、これから調べるから」

翼の代わりに、香織が指示を飛ばしてくれる。にょ次郎が助手席から振り向き、怪訝そうな顔をした。「どうした、嬢ちゃん。顔を怪我してるようだが」

「大丈夫。とにかく車を出して」

「ゾンビに噛まれたのならば、残念だが乗車はお断りせねば……」

「出して」

「お、おう！　出発！　出発！」にょ次郎は前に向き直った。同時に、もるが車を、エンジン音を地鳴りのごとく轟かせて発進させる。車内ＢＧＭは……『千本桜』（小林幸子バージョン）！　夜の闇がヘッドライトを避けて、背後へ逃げていく。
「シン、回復した？……そう、良かった。仁藤博道の自宅、調べられる？……五分？　ダメ、二分で調べて」簡潔に用件だけ伝えて、香織は電話を切った。にょ次郎は、若干の動揺を顔に浮かべながら、チラチラと助手席から振り返る。

「訊いていいのか分からないんだが……逃げるんじゃないのか？」

「魔女狩りの親玉を追ってるの」車が大通りに入ったところで、色とりどりの光を鏡のような肌で反射しながら、香織は説明する。「そいつはバイクで、あたしたちより数分早く出発した。自宅のパソコンからデータをばらまかれるのを、阻止しないといけない」

「なるほどね。腕が鳴るぜ」もるは勇ましく言うと、ハンドルを勢いよく切った。運転は、香織よりはるかに荒っぽい。スピードがグングン上がり、何台もの車が後ろへ消えていった。

　香織のスマホが振動し、メールの受信を告げる。

「一分五十秒……さすがね」独り言を漏らしてから、香織は助手席のにょ次郎にスマホを突き出す。「住所はこれ」

「よし、任せろ」にょ次郎はスマホを受け取ると、手早くカーナビに入力。最短距離と所要時間が表示され、彼は手を打った。「敵方の本拠地は把握した！　川越街道《かわごえかいどう》を全速前進！」

「了解、飛ばすぜ」これまでも十分飛ばしていたのに、もるはさらにアクセルを踏み込んだ。慣性で全身を引っ張られ、翼はシートに背中からへばりつく。続く縦揺れが収まってから、額の汗を拭った。

「本当に、来てくれてありがとう。ネット上では、俺がレイプ魔だって話題に……」

「馬鹿野郎。お前は馬鹿野郎だ。本当に馬鹿野郎。この……とにかく馬鹿野郎」

「え」

「関係ないんだよ、そんなことは。俺は、俺の知ってるウィングを助けに来たんだ。俺を見捨てないでくれたお前をな。ネットの噂など知るものか」

「おい、最初に言い出したのはあたしだぞ」運転をしながら、もるがにょ次郎に抗議する。あの日、翼はもるを嘲笑する女子高生を怒鳴りつけた。感情に任せてしまった恥ずべき行動だったのに。そもそも翼は、悲劇を未然に防げる場所にいたのに。

「……ありがとう」目に力を込め、浮かぶ涙を必死でこらえる。くしゃくしゃになっているであろう己の顔を、翼はスマホを掲げて隠した。

すると、画面内に赤く灯った新しい通知が目に入る。思考する前にラインを開き、翼は思わず、スマホを額に押し付けた。自分が幸せ者だという自覚が、急速にこみあげてくる。

そこに記されていた名は「瀬川幸平」。

〝授業、最近は全然来ないな。明日はどうだ？　ノートと飯、交換するか？〟

なんでもない日常の続きが、そこにはあった。魔女狩りもユーチューブもオフ会も関係ない世界にも、翼の居場所はたしかにあった。

〝大丈夫。明日からは、しっかり行くから。〟

たとえ、多くを失うことになっても。翼を受け入れてくれる日常は、必ず存在する。

終わらせよう。今日、戦いのすべてを。そして帰ろう。幸平や沙夜の待つ場所へ。

そのために、今自分にできることを全部やるんだ。

「……ウィング」心の中で決意を固めていると、助手席からにょ次郎に呼びかけられた。慌てて スマホをポケットにしまい、意識を戦場に戻す。最後の「中枢」である〝IAKA〟――仁藤博道を追う車の中。

「なんだよ、にょ次郎」

「映画で、『誤解されて無実の罪を着せられる』って定番の展開があるだろう」

カーチェイスもどきの最中に映画の話をする人間など、いったい世界に何人いるだろう。少なくとも、翼はこの男以外には知らない。

「すぐに思いつくのは『タイタニック』。それから『スパイダーマン』にもあったな。お約束だとは分かっていても、俺はああいう場面が好きじゃない」

「まあ、気分のいいシーンではないよね」

翼が適当な相槌を打つと、にょ次郎は振り返った。翼ではなく、さらに後ろへと視線を飛ばす。「そう、ちょうど今みたいな場面だ」

同時に、甲高いサイレンが背後から襲ってくる。頭の芯を貫くような不快な音だ。慌てて顧《かえり》みると、赤い警光灯を回転させて、白いバイクが猛烈な勢いで突っ込んでくるところだった。

「な、なんで警察が……」翼は混乱して、頭を抱えた。とっさに脳内を検索し、追われる理由があったかどうかを思い出そうと試みる。

不法侵入。コンピューター・ウイルスによるサイバー攻撃。ストーカー。窃盗。傷害。

だが直後、翼は見た。運転席にある速度計を。その針が指し示す数値を。

針は九十キロを示していた。もるが、けろりとした態度で頭を掻いた。

「悪い。ちょっと飛ばしすぎちまったみたいだ」

「全然無実じゃない！」

叫ぶと同時に卒倒できたら、どれほど気が楽だったか。残念ながら、現実の両腕は翼をとらえて放さない。サイレンが徐々に近づいてくる。香織が、運転席へと身を乗り出した。

「どうするつもりなの？」

「もちろん振り切るさ」

「振り切る⁉」

「ああ。ちょっと揺れるけど、我慢してくれよな！」

もるが元気よく答えたかと思うと、香織はロープで引っ張られたかのごとく、後部座席へと引き戻されてきた。速度がさらに上がる。恐ろしくって、速度計を見る気にもならなかった。景色が、猛スピードで背後へ飛んでいき、白バイへと殺到しているようだ。

「ダメ！　これでもまだ足りない！」香織が、しつこく追いすがってくる白バイをチラチラと振り返る。もるは右に左にハンドルを切り、衝突スレスレのところで、次々と先行車を追い抜いていった。だが、いくらスクラップ化寸前の危険を冒しても、運転技術は、どう考えても白バイ隊員が上。いずれ追いつかれる。尻とシートが、何度もぶつかり合った。

ここで足止めを食うわけにはいかない。どうする？　どうする？

翼はとっさにコントローラーを求めて、ポケットに手を突っ込んだ。ところが、指先がプラスチックに触れる直前になって、記憶の中からこれまでプレイしてきた数々のゲームが、奔流のごとく蘇ってきたのだ。揺れる視界。レース。窮地。

すでに、県境を越えている。

「『マリオカート64』だ！」翼は即座に、運転席のシートを後ろから摑んだ。「もる！『マリオカート64』やったことある⁉」

「それがなんだってんだよ！　集中してんだ！」

「『カラカラさばく』だよ！」

もるとにょ次郎が、同時にハッと息を吞むのが分かった。一方、香織は眉をひそめる。無論、説明している時間はない。

頰に汗を光らせ、荒々しいハンドルさばきを続けながら、もるはつぶやく。「マジか」

「マジだよ。ここは俺の地元に近い。都合がいい踏切《ふみきり》を知ってるんだ。次の信号、左折」

手を伸ばし、行く先を示す翼。車が一方通行の細道に突入したところで、香織が翼の肩を摑んだ。

「ちょっと待って。踏切で足止めする気？　そんなに都合よく遮断機《しゃだんき》が閉まるわけ……」

カンカンカンカン……

香織の言葉が終わる前に、サイレンに混じってかすかに聞こえる警報音。今度は、香織が息を吞む番だった。

「もる！　右折！」

カーブして速度が落ちたが、それは白バイも同じだった。行く手に現れる赤い両眼。黄色と黒のどぎついカラーは、今は夜闇に紛れてはっきりとは分からない。

幸い、他の車はいなかった。

「突っ込むぜ！」もるがアクセルを踏み込むと、綱でも切れたかのように、車は急加速する。下りてくる一つ目の遮断機を、一気に後方へ置き去りにする！

「運命は俺たちの味方だ！　そうだろ！」

「そうだ！」にょ次郎の気取ったセリフも、今だけは肯定しよう。二つ目の遮断機……出口をふさぐ冷酷な棒が、ギロチンのように頭上から降ってくる。速度が上がりすぎて、線路をまたぐ瞬間、車は跳ね上がった。

「あああぁぁぁああぁぁああああ！」もはや、誰の叫びか分からなかった。瞬時の浮遊感《ふゆうかん》のあと、地面への帰還。縦揺れ。轟音。世界が回る。

必死の思いで振り返ると、下りきった遮断機がみるみる遠ざかって行くところだった。白バイは、一つ目の遮断機すら越えていなかった。

「やった！　やったぞ！」

助手席で、にょ次郎がガッツポーズを決める。翼は無意識に、香織とハイタッチを交わしていた。運転席のもるは、「あたしのおかげだ！　あたしの運転の！」

ほんの一秒、存分に喜びを嚙み締めると、翼はすぐに気持ちを切り替えた。

「もる！　急いで元の道へ戻ってくれ！」

もるは力強いハンドルさばきで、タイヤをコンクリートでこすりながら右折した。あっという間に進路を戻すと、トラックを追い抜いてさらに加速。カーナビの残り所要時間がみるみる減って、そして……。「見えた！　アイツだ！」

はるか前方に豆粒のように見えたのは、間違いなく、事務所の駐車場から飛び出していったバイクだった。ベージュのトレンチコートが闇夜に浮かぶ。

もるがアクセルを踏み込み、一気に距離を詰める。だがそのとき、フルフェイスのヘルメットがチラリとこちらを振り向いた。バイクが巨大な弾丸のように加速する。追い抜きのために車線変更をした隙を突かれ、急激に離されてしまった。

「糞野郎！」もるが盛大に舌打ちする。同時に、遠方のバイクが急角度で左折。間髪を容れずに後を追うが、道は狭く、くねくねと折れ曲がっていた。おまけに、左右に住宅が並んでおり、自然と速度が制限される。この一分を、翼は永遠に感じたほどだ。もどかしい。バイクのテールランプが、ついに見えなくなった。「見失った！」

「違う！　駐車場に入ったんだ！……ええと、あれだ、平らな屋根の家！　停めて！」

カーナビと現実とを見比べて、翼は指をさす。閑静な住宅街の一角――路上に停車すると、ヘルメットを脱ぎ捨てた仁藤が、大きな袋を小脇に抱えて、玄関ドアに取りついたところだった。車内にもるを残し、他の三人が弾かれたように飛び出す。

にょ次郎が、ラグビー仕込みのタックルを食らわすべく、仁藤の背中に突撃した。が、あと二歩で届くというところで、仁藤は素早くドアの内に身を滑り込ませたのだ。にょ次郎は閉まりかけたドアに体当たりし、戸締まりを手伝う形となった。

「野郎！」にょ次郎がガチャガチャと、捩《ね》じり切らんばかりの勢いでドアノブを回す。香織が、彼の肩に手をかけた。

「あたしに任せて。開けてみせる」香織はにょ次郎を押しのけると、ダッフルコートの内ポケットから二本の工具を取り出した。歯医者に置いてありそうな、先の折れた錐《きり》に似たそれは……ピッキングセット。

翼がスマホでドアノブを照らすと、香織は鍵穴に二本の金属を差し込み、細かく動かしはじめた。呼吸のように行われる犯罪行為を前に、にょ次郎はただあっけにとられている。

質素な一軒家だ。さっきは暗かった二階から、明かりが漏れている。

「……開いた！」カチリ、という小さな音がしたかと思うと、香織はドアを勢いよく開いた。

翼とにょ次郎が、敵のアジトへと突入する。

「二階だ！」

「I'll be back!」

他に家族はいないのかとかは、考えなかった。にょ次郎は先頭を切って、暗い階段を足音高らかに上っていく。正面に立ちはだかったドアを、半ば蹴破るようにして開いた。

奥のパソコンに向かっていた仁藤が、コートを翻し振り返る。その目には驚きも迷いも焦りもなかった。本棚、ベッド、机などが詰め込まれた狭い私室の中、三人の視線が交錯する。

直後、にょ次郎が吼《ほ》えた。

腰を低くして、猛牛のごとくタックルを試みる。突進を真っ正面から受けた仁藤は、よろめき、机とにょ次郎に挟まれて「うっ」とうめいた。唇が苦しそうに歪む。パソコンのモニターがガタガタと揺れ、倒れたペン立てから鉛筆が何本も転がり、床に落ちる。翼はあとに続くべく、走り出しかけた。

バチッ

だが、無数のアブラゼミを同時に踏み殺したような不気味な音がしたかと思うと、にょ次郎は仁藤の足元に崩れ落ちた。ダンゴムシのごとく体を丸め、歯を食いしばっている。

仁藤の手には、香織から奪ったスタンガン。にょ次郎は、脚をやられたようだ。

「私は、なるべく暴力を使いたくないのです」

「そうなの？　言葉の暴力は『中枢』の十八番《おはこ》だと思ってたんだけど」

翼は、仁藤の間合いの外に立ち、動揺を悟られぬよう笑った。香織は来ない。邪魔が入らないよう、玄関を見張る役目があるから。もるは車に残った。にょ次郎は感電して倒れている。

一対一。敵は大柄な柔道経験者で、片手にはスタンガン。

「諦めて、そこで見ていてください。あとはマウスを動かすだけで、あなた方は終わりです」

「そうはいかない」

「失礼ですが、あなたに私を止める力はありません。いただいたファイルの吟味もせねばならないので、あまり私を煩《わずら》わさないでほしいのです」

仁藤は、翼など道端の小石程度にしか思っていないようだった。ほとんど警戒の色を見せることなく、横目で画面を確認し、マウスに手を伸ばしてしまう。

躊躇なんてしていられない。運命に待ったをかけられるのは、俺だけなんだ。

翼は腰とジーンズの間から、それを引き抜いた。

「手を上げろ！」右手を真っ直ぐに、仁藤に向かって突き出す。手のひらの中には、玩具《がんぐ》のようにも見える拳銃――３Ｄプリンター製の凶器が握られている。

事務所を出る寸前、動けなくなったシンから託された。安全装置を外し、ゆっくりと引き金に指をかける。「この銃は本物だ」

「そのようですね。手が震えています。両手で持った方が良いのでは？」

「あ、ああ……。分かってるよ」

翼は慌てて、右手の上から左手を添え、あらためて照準を合わせた。手だけに留まらず、全身が震える。この指に少しでも力を込めれば、射出された弾丸が仁藤の命を奪うだろう。己の指先に、人の命がかかっている。「……俺は本気だ」

「口では何とでも言えます。晋太郎さんですら、できなかったことです」

冷静で、容赦のない分析だった。仁藤の覚悟を前にしたら、悔しいが、翼はちっぽけだ。翼には人を殺せない。この銃口が仁藤に向いている限り、翼が引き金を引くことはない。

狙うとしたら……。

「狙うとしたらパソコン本体だと、そうお考えなのでしょう？」

「っ……⁉」

「させません」仁藤は体をこちらに向けたまま、パソコンと翼との間に立ちはだかった。本体と同時に、モニターの大部分も隠れてしまう。

仁藤は、左手のスタンガンを翼に向けたまま、右手でマウスに触れた。

「大人しく、そこで見ていてください。最初に、あなた方の情報を流させていただきますが、これは名誉ある生贄《いけにえ》です。沙夜さん、でしたか？　その方とともに、ウィングさんは礎《いしずえ》となるのですよ。魔女狩りのない世界の礎です。それは誇るべきことなのです」

「やめろ……！」

「やめません」

「本当に撃つぞ！」

「脅しはききません。それに、もう済みます」

仁藤は淡々《たんたん》と、マウスをカチカチ鳴らし続ける。もはや一刻の猶予《ゆうよ》もなかった。威嚇《いかく》射撃を一発、その上で銃を放り捨てて飛びかかる。これしかない。翼は、覚悟を決めた。

それは、覚悟を決めたコンマ一秒後の出来事だった。

声もなく床にうずくまっていたにょ次郎が、いきなりバネ仕掛けのように立ち上がったのだ。仁藤の肩を摑み、体重をかけて引き倒しにかかる。一瞬、スタンガンを受けた脚が回復したのかと思った。しかし、実際には違った。

仁藤がとっさの動きで、足払いをかける。だが、何の効果もなかった。にょ次郎の左足には一切の体重がかかっていなかったのだ。

「か、片脚で⁉」驚愕の声を上げると同時に、仁藤は床に押し倒された。翼とパソコンとを隔てる遮蔽物が、なくなる。

「やれ！　ウィング！」

「おう！」指先に、ありったけの力と祈りとを込める。すべての決着をつけるために。最後の「中枢」の野望を叩き潰すために。大切な人を守るために。翼は引き金を引いた。

カチン……

ところが、部屋に響いたのは耳をつんざく轟音ではなかった。反動で手が痺れることもなく、硝煙《しょうえん》の匂いもまったくない。思考が遅れて、現実に追いつく。

不発⁉　それとも故障⁉

押さえ込まれていた仁藤が、もがき、にょ次郎の腕を振りほどいた。二つの巨体の上下が入れ替わり、仁藤が、床に転がったスタンガンに手を伸ばす。

万事休す。

そうして、すべてを諦めかけたその瞬間、翼の視界に、妙に角張った買い物袋が映り込んだ。壁際のベッド上に置かれていたそれの中身は、ファスナーが閉まっているとはいえ、明々白々。考えるより先に、翼は拳銃を放り捨てていた。仁藤が後生大事に持ち帰った買い物袋を、引っ摑む。絶叫。喉も裂けよと声を絞り出しながら、翼は駆けた。ハンマー投げのように買い物袋を振り回し、重量に遠心力を追加する。一回転。

攻撃を予期した仁藤が、マウントポジションから起き上がった。だが、もう遅い。鈍器と化した買い物袋は、ものの見事に仁藤博道の顔面を直撃した。彼はのけぞり、後頭部をパソコン本体に強打する。それでもなお、容赦なきハンマーは止まらなかった。勢いを殺さずさらに一回転すると、仁藤の頭部とパソコンとを巻き込んで、一撃のもとに粉砕《ふんさい》する。コード類が弾け飛び、憐《あわ》れな機械は床へと盛大に落下、なぜかCDドライブのトレーが開く。それを合図にしたかのように、仁藤は仰向けに倒れた。

顔の下半分を鼻血で染め、大の字になったまま動かない。KOであった。

机の上のモニターは黒一色に染まっていた。床に落ちた本体は完全に沈黙し、データが、呪いと復讐の念とともに消えていく。

「I'm back」翼の足元で、にょ次郎が親指を立てた。ボロボロのはずなのに、大したシュワルツェネッガーだ。翼も笑って、親指を立てた。仁藤をノックアウトし、パソコンを叩き壊した凶悪な鈍器は、振り回した勢いのまま、本棚の下まですっ飛んでおり、今は無言で床にたたずんでいる。衝撃でファスナーが壊れたようで、月刊漫画雑誌の二倍は厚さがありそうなファイルが、わずかに顔を出していた。

「すごい音がしたけど、大丈夫⁉」

「ウィング！　いったいどうなった⁉」

騒がしい足音に続いて、ドアが勢いよく開かれた。香織ともるだ。室内の惨状を目にして、ギョッと立ちすくむ。口を動かすのも億劫《おっくう》だったので、翼はただ床のパソコン本体を指差す。傷ついたハードディスクが露出し、スクラップと化したパソコンを。それだけで、香織ともるは理解してくれたようだった。

「……私の負けです」新たな侵入者二人が登場しても、仁藤は仰向けに倒れたままだった。スタンガンは、部屋の隅っこに転がっている。

「悔しいものですね。あと一歩、届かないというのは」鼻から下を覆う赤色が痛々しい。目は虚ろで、焦点が合っていなかった。「大丈夫です。お母さんは入院中ですので、私が黙っていれば、この騒ぎが公になることはないでしょう」

「そう。で、キミはこれからどうする気？」

「どうもしません。負けたのですから、潔《いさぎよ》く諦めましょう。私は正しいことをしたかっただけなのですが……。やはり、魔女狩りの呪いには、誰も勝てないようです」

「そんなこと、勝手に決めないで」

香織はダッフルコートを翻すと、音もなく、軽やかに仁藤へと歩み寄る。

「キミには、他にも魔女狩りと戦う方法があるでしょ。歪んだやり方じゃなくて、正攻法が」

「正攻法、ですか?」

「ライターとしての立場を利用しないで、どうするの。あたしたちが持ってない力を持ってるのに、どうしてこんな乱暴なやり方に頼ったの」

「それはもちろん、あなたと同じ理由ですよ、早織さん」

仁藤はゆっくりと上半身を起こした。そしてようやく、表情を和らげた。

「失敗してホッとするなんて。復讐というのは、不思議なものなのです」

仁藤は、初めて見たときと同じ、変なおじさん……いや、自称お兄さんに戻っていた。「そうね」と答える香織は優しく微笑んでいた。翼は思わず目をこすったが、幻ではなかった。

にょ次郎が、沈黙したパソコンを乱暴に叩く。脚の痺れがまだ残っているのか、片足立ちのままだ。「バックアップはどこにあるか分からないだろ? どうすんだ?」

「この男は、もう無害だよ」香織は、チラリと仁藤を顧みてからそう言った。入り口に立つもるが、不満げに口をとがらせる。

「本当かよ。演技じゃねぇの?」

「きっと大丈夫。演技するような小物だったら、ここまでのことはできなかったと思う」

「そっか。ならいいけどさ」もるは納得したのか、本棚に並んだ雑誌類を勝手に物色しはじめる。すると、香織の顔をじっと観察していたにょ次郎が、急にパチンと指を鳴らした。

「ああ、そうか。ずっと、誰かに似てると思ってたんだ」

翼の顔から、サッと血の気が引いた。香織の表情も、一瞬でひきつる。にょ次郎と香織は、過去に顔を合わせているのだ。マンションのエントランスで、住人と配達員として。変装していたとはいえ、間近で会話している。

翼はとっさに、土下座の準備をした。幸か不幸か、その機会は訪れなかった。

「ナターシャ・ロマノフ」によ次郎は、あくまでただの映画好きだった。へなへなと体の力が抜けるのを感じながら、翼は一応、確認する。

「『アベンジャーズ』？」

「そうだ。似てると思わないか？」

「どうだろう。ああ、この角度からだと、たしかに」もるも便乗してきて、体を左右に傾けて香織を眺めている。当の本人は肩をすくめたが、機嫌は良さそうだった。

「馬鹿なこと言ってないで、今後のことを考えないと」香織は、ポケットから取り出したスマホで、翼の頭をコツンと叩く。「キミの個人情報は流出したまんまなんだよ」

「ああ、そうだった！　どうしよう！」

「沙夜さんにも被害が及ばないように手を打たないといけないよね。あのスクショ――『あいり』と『シノ子』が中絶のことを会話した記録が、偽造だったことにできれば一番手っ取り早いんだけど。ちょっと、シンに頼んでみるよ」

香織は、美しい指を滑らかに動かし、スマホをタップする。電話は、間もなくつながった。

「もしもし、シン。……うん、こっちは終わったよ。……うん、パソコンはぶっ壊したし、仁藤博道も戦意喪失」

香織の表情は晴れやかだ。復讐相手である「中枢」四人の身元は分かった。これから香織がどう動く気なのか、翼には分からない。だが不思議と、今の彼女が決める彼女の結末なら、そう悪いものにはならないのではないかという気がした。

「……え？　ネットニュース？」

しかし現実は、安寧《あんねい》の時を与えてはくれなかった。香織の声に緊張の色を感じ取り、翼の胸に嫌な予感が到来する。ネットニュース。そのつぶやきが意味するところを考える間もなく、翼は自分のスマホを摑んでいた。

「……分かった。またかけ直す」香織は通話を切ると、そのまま腕をだらりと下ろした。そのときには、翼はすでにネット上で起こった〝異変〟を発見していた。

「なんだ、これ……」

〝一万人の個人情報流出！　二年前のいじめ事件と関連か〟

この世が、地獄に変わっていた。

「どういうことだよ……」手がブルブルと震える。そこからこぼれ落ちたスマホは、床と衝突する前にもるがキャッチしていた。彼女はニュース記事を一瞥し、仁藤を睨みつけた。

「おい、おっさん！　これ、あんたの仕業かよ！」

殴りかからんばかりの勢いで、血に濡れた鼻先にスマホを突きつける。困惑顔の仁藤は、画面をしばらくじっと眺め、やがて力ない、情けない声を出した。

「お、おかしいのです。私は失敗したはずなのです。それに、私は一万人の個人情報までは用意しておりません……」

にょ次郎も、仁藤の横からスマホを覗き込んで驚愕している。もちろん、翼にも仁藤が犯人じゃないことは分かった。「『中枢』とともに自らを滅する」という仁藤の目的と、現在の事態は噛み合っていない。これはむしろ、少し前まで香織が望んでいた結末だ。

一万人の個人情報が流出した。記事に詳細《しょうさい》はないが、十中八九、二年前に例のデマをツイッターで拡散した一万人だろう。香織ですら「これから集める」はずだった情報なのに。

いったい、誰が？

香織も翼同様、茫然自失しているようだ。すると、だらりと垂れ下がった彼女の手の中で、スマホが細かく振動する。

「もしもし……？」その警戒した声色から、相手がシンでないことだけは分かった。二、三相槌を打ったのち、彼女がスマホをおもむろにタップすると、不意に雑音が大きく聞こえた。スピーカーモードにしたらしい。「みんなにも、話を聞かせたいんだってさ」

「え？　誰からなの？」

「良一。あたしの弟」香織は、仁藤の椅子を引っ張ってくると、スマホをその上に置いた。事態がよからぬ方向へと転がっている気がする。翼が体をこわばらせると、スマホから低く、気《け》怠《だる》そうな声が聞こえてきた。

「もしもし？　姉さん、スピーカーにしてくれた？」

「うん」香織の声は緊張していた。実の弟に対する返事とは思えないほどに。

「いつも姉がお世話になっています。弟の良一です」

室内の五人は、椅子の上のスマホから発せられる声を、ひと言も聞き逃すまいと耳を澄ます。もはや全員に、翼と同じ予感が働いているらしかった。

「どう？　僕のサプライズ。気に入ってくれたかな？」電話の向こうの良一は、あくびが混じったような声で言う。五人は互いに、顔を見合わせた。

翼が、直感的に最も恐れた事態だった。

「『中枢』の情報だけは、ずっと分からなかったんだけど。姉さんたちが調べてくれたおかげでデータが手に入ったよ。ありがとう。やっぱり、仁藤さんがリーダーだったんだね」

「この一万人の個人情報流出は……全部、君がやったってことかい？」

おそるおそる、翼はスマホに質問を投げつける。声は電波に乗り、たしかに良一に届いたようだ。数秒の沈黙のあと、良一の声が逆の順路を辿って飛んでくる。「あんたは誰？」

「俺は翼。北城翼だ」

「ああ、エサ役の人だね。ごめんごめん。盗聴器と電話だと、微妙《びみょう》に声が変わるらしくて」

香織の顔色がサッと青くなる。誰が盗聴されていたのかなど、考えなくても分かる。翼は、腹の底から不快な何かが沸き立つのを感じた。怒りなどというものは超えてしまった、「何か」としか表現しようのない感覚だった。

「えーと、さっきの質問ね。僕が全部調べたわけじゃないよ。さすがに一人じゃ無理だ」もちろん良一は、翼の腹の底など斟酌《しんしゃく》しない。「姉さんは、『中枢』四人を晒し上げて、それから仲間を募るつもりだったんだよね？　でも、僕はそんなの待ってられなかった。自分で仲間を集めてたんだよ。二年前の事件の直後から、ね。正確な数は言えないけど、僕と同じようないじめやネットリンチの被害者が、二十人以上。一万件の身元を調べるには、一人あたり数百件のノルマだったんだ。いろいろ違法な手段も使ったけれど、二年かけてなんとか調べきったよ。

姉さんに代わってもらうことなく、僕は復讐をやり遂げたんだ」

「良一さん、あなたは本当に良一さんなのですか？」

「ん？　その声は仁藤さん……いや、〝IAKA〟だね」

「あなたは……あなたは早織さんの居場所も連絡先もご存じないと……」

「そんなの、嘘に決まってるじゃん。相変わらずボケてるね」

「ど、どうしてあなたがこんなことを……」

「どうして、だって？　教えてほしいの？」

束の間、絶えず鳴っていた雑音すらもやんだ。そして、しばしの沈黙ののち、それはやってきた。津波《つなみ》のごとく、すべてを呑み込む。

「お前らが卑劣だからだ」数秒前までの怠そうな声とは、打って変わっていた。言葉だけで周囲のすべてを傷つけられるほどの、怒りと暴力性に満ちた声だった。

「お前らは卑劣だ。匿名という隠れ蓑があるからって、好き勝手な悪口陰口を言い散らしている。自分は安全なところにいながら、弱者を囲んで殴り続ける。これを卑劣と言わずに何と言えばいいんだ。いや、お前らの言い分なんて聞く気もない。俺が私が辛い目に遭っているんだから、他の人も辛い目に遭うべきだ。それがお前らの腐った思考回路の本質だろう？　自分は残業で苦しんでいるのに、ネットでうまく稼いでいる連中がいるのが気に食わない。自分は恋人がいない寂しいクリスマスを過ごしているのに、ツーショット写真をアップしているカップルがいることに腹が立つ。成人は冤罪でも名前を報道されて社会的死を遂げるのに、未成年は殺人犯すら保護されるのが許せない。歯を食いしばって働いて、倹約して子どもを二人も育てているのに、大して面白くもない芸人が大金を得て贅沢《ぜいたく》しているのは納得いかない。ああ、なんて素晴らしい平等の精神！　お前らはその自分勝手な嫉妬の炎を、正義という名の看板で隠しているだけだ。くだらないくだらないくだらない！　偽善に満ちた罵詈雑言をネットに吐きだしてスッキリして、またくだらない毎日に戻って行く。お前らの垂れ流した糞が誰かの人生を汚して壊して台無しにしても、お前らは知らぬ存ぜぬを決め込んでいる。覚えておくがいい。お前らが便所の落書き程度に思っているそれは、全世界に向けられた生中継だ。お前らが無責任に放った汚泥は、罪なき純朴な少年少女を傷つけ、殺す。お前らは人殺しだ。お前らは人殺しだ。ネットに一度でも悪罵を書き込んだことのあるお前ら、全員が同罪だ。殺人罪だ。しかもお前らは、罪の意識に苛まれることもなく反省も謝罪も一切しない、正真正銘の屑だ。今、言い訳を頭に思い浮かべただろう？　必死で逃げ道を探しただろう？　俺だけは私だけは違う、と自分に言い聞かせただろう？　それが屑の屑たるゆえん。自らの罪を受け入れられないお前らを、僕は人間とは認めない。お前らは家畜にも劣る。お前らは便所の染みと同等の身分だ。本来なら、地獄でむごたらしい責め苦を未来永劫受け続けるのが似合いだが、僕は死後まで待ってやるほど甘くはない。この世を地獄に変えてやる。そしてお前らを社会的に何度も、何度も、何度も殺してやるんだ。覚悟しろ。職場で、学校で、台所で、パソコンの前で、せいぜい震えて小便垂れてろ」

ブツン、と通話が切れた。同時に香織は、その場に崩れ落ちた。

姉は弟を想い続けた。弟は姉を追い続けた。これが、その終着駅だった。

「……ごめんなさい」

「香織さんのせいじゃない」

口に出してから、非常に形式的な慰めだと自覚した。どんな言葉も、今の彼女を安心させるには足らないだろう。あれから何度電話をかけ直しても、良一にはつながらない。

戸惑いっぱなしのにょ次郎ともるにも、きちんと事情を説明した。香織の弟は、いじめの被害者でありながら、デマのせいで加害者と一緒にネットリンチに遭ったということ。香織はもともと、その復讐のために魔女狩りの「中枢」を追い、戦ってきたということ。そして、当初の最終目標はデマを拡散した一万人への復讐だったが、それも変わりつつあったということ。

「冤罪の復讐……」ベッドの縁に腰掛けたにょ次郎が、ぼそりとつぶやいた。同じくベッドの上では、もるが壁に背を預けてあぐらをかいている。仁藤は床に正座である。仁藤の回転椅子には、今は香織が座っている。

部屋のパソコンは粗大《そだい》ゴミに変えてしまったから、香織と翼がスマホを使い、公開されたリストを確認した。痛くなるほど目を凝らした結果、背を向けたくなる現実を把握できた。

名前と出身校だけの人もいる。住所や電話番号、会社名まで晒されている人もいる。

とにかく、詳細はそれぞれ違えど、一万人の個人情報がリスト化されて出回っているのは事実だった。該当者は次々とツイッターのアカウントを削除しているが、後の祭りである。

魔女狩り板は大騒ぎだ。さっそく、一万人の中から知った名前、知った学校、知った会社を見つけては、飽きもせずに罵倒している。夜が明ければ、「抗議」という名目のイタズラ電話をかけまくるに違いない。これだけの事態になっても、自分たちは安全だとでも思っているのだろうか。愚かだな、と翼は思った。少し遅れて、可哀そうだな、という感情も浮かんできた。

「……どうにかならないのかな」

「前にも言ったでしょ。個々の書き込みを消したり、検索結果から外すようグーグルに請求したりはできるけど……。根絶する方法はない」

「だよね」香織に言われるまでもなく、分かりきっていた。文明が滅び、ネット自体が跡形もなくなったりしない限り、これらのデータは消えない。世界の深淵に残り続ける。

「今から良一君を説得して、全部でっち上げだったことにさせるのは、ダメかな？」

「さっきの良一。説得できると思う？」

「いや」

「それに、今さら『でっち上げだった』なんて言って、誰が信じると思う？」

「そっか……」翼は肩を落とした。眼鏡が曇っていたが、拭き取る気にもならなかった。

にょ次郎が、不愉快そうに歯ぎしりする。

「このリストが正しいとは限らないのに、おめでたい連中だな」

「確証がなかったとしても、『やってない証拠を出せ』が常套句《じょうとうく》。誰も聞く耳を持たないからな」忌々しそうな声で、もるは言った。「あたしのときも、そうだった」

「悪魔の証明……」翼は唇を歪め、膝の間で指を組む。

現代日本には、悪魔はそこら中に住んでいるらしい。

「……なんにせよ、ここに留まっていれば解決するわけでもない」にょ次郎がベッドから腰を上げ、左の足を拳で何度か叩いた。最初はこわごわと、徐々にきびきびと屈伸する。「今日はもう遅い。帰ろう」

「だな」もるが腕で反動をつけてベッドから飛び降り、車のキーのストラップを、指に引っ掛けてクルクル回す。「まだ電車はあるだろうけど。せっかくだ、車で送ろう」

「安全運転でな」

「任しとけって。誰にものを言ってんだ」

「さっきスピード違反した女にだ」

にょ次郎ともるが、冗談を言い合いながら部屋を出ていこうとする。香織も回転椅子から立ち上がった。動かないのは、床に正座した仁藤と、積み上げた雑誌に腰掛けた翼のみ。ドアをくぐったところで、にょ次郎が振り返った。「おい、ウィング。悩んだって仕方がないぞ。お前はよくやった。そこに二十四時間座って考えても、『証拠』は出てこない」

証拠。

その二文字は鼓膜を通って脳で形を成し、心の池に投げ込まれて溶けていった。

たしかに、口で否定するのはいくらでもできる。大多数を納得させるだけの証拠が必要だ。リストにある個人情報の信用度を落とすための証拠が。

疑わしい証言なんかじゃない。誰もが認めざるを得ない、物的証拠……。

瞬間。脳内に稲光が走ったかと思うと、翼は答えを見つけた。ウィングの力を借りることなく、自力で見つけたのだ。

まだ救える。一万人を、助けられる。

「……そうか」翼が立ち上がると、雑誌の山が崩れた。「証拠なら、ある」

三人が、困惑した顔を見合わせる。仁藤が床から、不安そうに見上げてくる。

「みんな、聞いてほしい。一つだけ、試してみたいことがあるんだ」

翼は語った。魔女狩り事件を終わらせるための、最後の作戦を。翼とウィングにしかできない、誇りある使命を。


〝僕の本名などについてデマが回っているので、それについて十一時から生放送します！ 今日はリアルの方が忙しかったので、遅くなってしまいました！ すみません！〟

ツイッターのパスワードを香織から聞き出し、翼はようやく「ウィング」名義のアカウントの主導権《しゅどうけん》を取り返した。晴れて「エサ」を卒業した翼は、復権の第一声として、この生放送告知をツイートした。

翼は、仁藤家の和室のひと間を借りて、一人で十一時に向けて黙々と備える。機材はスマホのみ。実況動画を撮るときと比べれば、身軽なものだ。スマホをちゃぶ台の上に、液晶とインカメラがこちらを向くように固定し、マスクで顔の半分を隠す。

「あー、あー。聞こえてますか？」

画面の上部三分の一ほどに、マスク顔が映し出される。呼びかけてから一分もせずに、残り三分の二にコメントが流れはじめた。

この放送を行うことは、魔女狩り板にも書き込んでおいた。もちろん、ウィング本人としてではなく、あくまで匿名のユーザーとして、ではあるが。魔女狩りの連中も、この放送に集まってくるだろう。先ほどのツイートは、数千のリツイートによって拡散されていた。

「ウィングでーす。夜遅くなのに、集まってくださってありがとうございます」

カメラに向かって、軽く会釈する。それに反応する形で、猛スピードでコメントが流れて行った。内容も、大方予想した通りである。

――ようレイプ魔――ハメ撮りでも配信すんのか――だから、別人だってツイッターで言ってただろ――言い訳乙――犯罪者が生放送とかウケる――さっさと死ねよ――

理性的な意見が、強烈で辛辣《しんらつ》な書き込みに押し流されていく。ネットの現実をそのまま反映したコメント欄だった。だが、手荒い歓迎を受けるのは分かっていた。

深く、息を吸い込む。練習しておいたセリフを、胸から取り出す。

「今日は、ネット上で僕の噂が広まっているので、それについて説明するために放送しています。結論から言うと、僕は『北城翼』ではありません。東光大学の学生でもありません」

俺は今日、大嘘吐きになる。

「僕は『羽田野弘』。大学は東京文化大学です」

コメントの川が、一瞬、その流れを止めた。自然の法則に逆らうかのような、不可思議な時間。静寂。

その直後、堰を切ってコメントが溢れ出す。まさに濁流だった。

――マ？――今さら信じられない――口では何とでも言えるよね――火のない所に煙は立たない――証拠を見せろよ――証拠はよ――

「信じられないって言われても、事実なんだから仕方ないじゃないですか」マスクをもごもご動かして、翼は両腕を広げてみせた。顔は、なるべく困ったような表情を意識する。しばらく疑いのコメントが流れるのを眺めたあと、「よし」と、意を決した雰囲気を装って口を開く。

「だったら、こっちにも考えがあります。見せずに済めば一番よかったんですけど……」

おもむろに、翼はパーカーのポケットから財布を取り出した。自分のためではない。地獄に変わったこの世界を、もう一度元に戻すために。翼は、隠していたカードを切る。

カメラに向けて突き出したのは、東光大学文学部・北城翼の学生証……ではない。シンに偽造してもらった、東京文化大学経済学部・羽田野弘の学生証だった。顔の下半分は、白のカラーテープで隠してある。ちょうど、マスクをした顔と同じに見えるように。

コメントの流れが、変わる。変わる。魔女狩り板から出張してきた連中が、一人、また一人と黙っていくのが分かった。

「完全に顔出しちゃうと、家族や友だちにも迷惑がかかるので、半分は隠してます。でも、分かるでしょう？　僕本人の写真です」

――ホントだ――はい解散――デマかよつまんね――嘘の情報流したヤツ息してる？――

反論しようのない物的証拠。それを突きつければ、さすがの魔女狩りどもも黙らざるを得ない。これでウィングの正体は、存在しない羽田野弘だということになるはずだ。

これで俺は、大嘘吐きだ。

「ウィング＝羽田野弘」であると発表してしまった手前、一生、「ウィング＝北城翼」であることを公開できなくなったわけだ。ゲーム実況者としてイベントに参加したり、ユーチューバーのオフ会に行ったりするのも、情報の漏洩《ろうえい》を防ぐために避けねばなるまい。他の実況者とのコラボも、同様の理由で不可。実況者ウィングがビッグになるという夢は、完全に断たれた。

もう狭い金魚鉢の中でしか生きることはできない。

代わりに、これで魔女狩り板の情報の信憑性を、一気に落とすことができる。一万人のリストとウィングの個人情報は、同じ日にネットに晒された。その一方が誤りだらけだったとなれば、もう一方も信頼には値《あたい》しないだろう。翼自身の情報を駒とした、捨て身の策。

後悔はない。魔女狩りたちの興味を、一万人から逸らすことができるのだから……。

……そう信じていた。

けれども。急ごしらえのダムは、悪意の奔流を受けてあっさりと決壊する。

――黙れ犯罪者――偽物じゃねぇの――もう半分も顔出せよ――そうだ下半分見せろ――犯罪者はすぐに嘘を吐くからな――

「そんな……」腹の底から、冷たい絶望感がせり上がってくる。コメント欄に理性的な声が流れたのは束の間で、あとはまた元の木阿弥《もくあみ》である。かといって、マスクを外せば、魔女狩り板に貼られた写真と同一であることがばれてしまって逆効果。

あくまで話術でごまかすしかない。

「えーと、写真見ましたけど、たしかに北城翼って人、僕と少し似てますね。でも、会ったこともない別人です。これは、誓って本当です」

――同一人物なら似てて当然だろ――まだ疑ってるやつ正直イタいな――俺は信じない――氏ね――

「この人が彼女を妊娠させたとか、中絶させたとか話題になっていますが、ウィングこと羽田野弘は一切関係がありません。今日は、そのことをみなさんにお知らせしたくて……」

――強姦魔が何言っても説得力ないっつうの――学生証見せたのに信じない人って何なの？　チンパンなの？――その学生証が偽物じゃない証拠を出せって言ってんだよ――日本語通じないの？　×××だから？――

嘘が見抜かれているわけではあるまい。彼らはただ、ウィングをレイプ魔に仕立て上げたいだけなのだ。その方が分かりやすく、その方が面白い。だから、翼の言葉は届かない。

何を言っても無駄だと悟り、翼は生放送を切り上げた。接続を切るのとほとんど同時に、襖を開けて香織が入ってくる。その目に、非難の色はなかった。

「お疲れ様」香織は、翼の隣――畳の上に腰を下ろした。「そんな顔しないで。一応、否定したわけだし、あとは様子を見ようよ。もしかしたら、信じてくれる人が増えるかも」

「いや、それはないよ。人間は、自分の信じたいことしか信じない」

翼は力なく首を振った。ネットユーザーの大多数は、「北城翼＝ウィング＝レイプ魔」だと信じ続けるだろう。彼らは、ゲーム実況者ウィングのスキャンダルを欲しているのだから。

「もう十分だよ。キミが一万人の運命まで背負う必要はない。せめて、キミはレイプしたんじゃなくて、ちゃんと合意の上だったことを、みんなに理解してもらう手を考えようよ」

香織の柔らかな手が、翼の髪に、続いて頬に触れる。たしかに、一万人を見捨てて、自分の疑惑を解くことだけに集中すれば、あるいはどうにかなるかもしれない。

でも、それは俺たちのやり方ではない。

（おい、何を躊躇ってるんだよ）

聴き慣れた相棒《あいぼう》の声が、頭の中に響きわたる。ちょうど呼ぼうと思っていたところだ。頼るためではなく、許してもらうために。

（みんなで笑って、エンディング見る方法。もう分かってるんだろ？）

ウィング……。

彼が何を言おうとしているのか、翼には分かっていた。その覚悟があるからこそ、ウィングは来てくれたのだ。

「……まだ、手はある」ウィングへの感謝を噛み締め、翼はポツリと言った。香織の手のひらが、頬から離れていく。翼はスマホを操作し、シンに電話をかけた。

「ハロー？」

「ああ、シン？　お願いがあるんだ。『あいり』のアカウントって乗っ取ったままだよね？」

「オフ・コース。パスワードを変えちまったから、取り返される心配はない」

「だったら、『あいり』と『シノ子』の会話は間違いだったことにできない？」

「予定通り、あれは『あいり』の捏造《ねつぞう》で、中絶事件なんて最初からなかった、ってことにすればいいのか？」

「ううん、ちょっと違う。そうすると、なんだかやらせっぽいからね。そうだな、例えば……『実はシノ子が勘違いをしていて、本当は、中絶をさせたのは羽田野弘だった』って、あいりのアカウントでつぶやくとか。『北城翼はこの事件には無関係だ。顔が似てるから間違えた』ってことにしてほしいんだ」

電話の向こうで、シンは沈黙する。翼の言葉を裏の裏まで吟味するような、慎重な態度。しばしの無音のあと、シンの真剣な声が耳に届く。

「……さっき調べたが、『シノ子』のアカウントは、今はもう残っていない。これなら、何をでっち上げてもシノ子本人に否定されることはないだろう。けど、それをやったらどうなるのか、お前さんは分かっているのか？」

「うん。とにかく『羽田野弘＝ウィング＝レイプ魔』っていう図式にしたいんだ。最初の『北城翼＝ウィング＝レイプ魔』って情報は間違っていた、ってことになって……。一万人のリストの信憑性を落とす目的は、達成できる。北城翼が無関係ってことになれば、誰かが沙夜の情報に辿り着く心配もなくなる」

「ちょ、ちょっと待って」ここまで聴いてしまえば、香織もさすがに、作戦の根本的な欠陥を察知してしまったようだ。翼は右手首を掴まれ、危うくスマホを落とすところだった。「キミのやり方だと、ユーチューバー・ウィングは、堕胎《だたい》の責任を『北城翼』に押し付けて逃れようとした、サイテーの男ってことになるよ」

「うん、それでいいんだ」

（そうだ、それでいい）

頭の外と内。翼とウィングは同時に答えた。さっき翼は「ウィング」として、中絶事件の犯人は北城翼であって、自分ではないと放送したばかり。にもかかわらず、それが嘘だったとなれば、香織の言う通りウィングの信用は失墜するだろう。それこそが狙い。

「そういう筋書きの方が、ネット民は食いついてくるから」

（よく言った。これが最後の、逆転の一手だ）

自分が犠牲になる作戦だというのに。ウィングは脳内で、ケラケラと笑っていた。むしろ激昂したのは香織である。翼の両肩を摑み、至近距離で怒鳴る。

「キミは、自分が何を言ってるか分かってるの⁉」

(分かってるさ)

「分かってるよ」

体を揺さぶられても、心の芯は揺るがなかった。今、自分にとって一番大切なものは何か。それがはっきりしている人間は、迷うことなく行動できる。

「もう決めたんだ」今の翼には、自分よりも大切なものがあった。

肩を摑む力が弱まり、やがて香織はうなだれた。額を、翼の胸にうずめる。

「……ごめんなさい」

「謝る必要なんてないよ」

「だけど、あたしが、あたしがキミを巻き込んだりしなきゃ、こんなことにはならなかった」

「そんなこと……」

言いかけて、香織の体が不自然に震えていることに気が付いた。翼がそっと、彼女のつややかな髪をなでると、ほのかに花の匂いがした。「泣かないで」

「どうして……?」

「俺も、これで良かったと思ってる」

「どうして⁉　どうして、そんなふうに言えるの⁉」

顔を上げた香織の頰には、幾筋《いくすじ》もの涙が流れている。初めて見る泣き顔。彼女の濡れた瞳に怒りはなかった。

「罵倒してよ！　口汚くけなしてよ！『お前のせいだ』って、唾でも吐きかけてよ！」

「香織さんのせいじゃない」

「でも……」

「香織さんのおかげで、俺は立ち上がれたんだ」

翼は左手で、彼女の滑らかな手をやさしく包み込む。彼女の瞳に映る自らの姿を、束の間見つめてから。翼は、右手に持ったスマホをもう一度耳に当てた。「……シン、お願い」

「本当に、いいんだな？」

「うん」

自分がウイングに追いついたのは、まさにこの瞬間。

翼がそう自覚するのは、まだ先のことだった。


海風に頰をなでられて、翼は異変に気が付いた。雲一つない空の下、立ち尽くしている自分を発見する。「あれ？　俺、何してるんだ？」

和室で、シンからの連絡を待っていたはずなのに。すぐ目の前は険しい崖。眼下では波が岩に当たって砕け散り、激しい音を立てていた。太陽は見えないが、水平線を圧する空は真っ白である。今まさに、一日が始まろうとしているのだ。

不意に、焦げ臭い熱風が背後から吹き付けてきた。不思議に思って振り返り、息を吞んだ。

西洋風の古めかしい屋敷がそびえたち、その窓という窓から煙が漏れ出ていた。窓ガラスに、赤い光がチロチロと反射している。火事——しかもこれは、消火器程度で対処できる規模を超えている。一一九に連絡しようと思っても、なぜかスマホが見当たらない。

どうにか助けを呼ばないと。翼は慌てて辺りを見回し、そして見つけた。パーカーのポケットに手を突っ込み、炎上する洋館を眺める男が一人。

声をかける前に、彼は肩越しに振り向いた。ヘッドセットをかぶった、眼鏡の若者。よく知った顔だった。毎朝毎晩、鏡で見慣れすぎた顔だった。翼は驚かなかった。

(よっ。来たか)

「ウィング。ここはいったい……?」

(見て分かんないか?『クルール・ゴースト』のラストシーンだよ。いよいよここまで来たわけだ。気合い入れていこう)

「『クルール・ゴースト』……」

翼はつぶやき、ウィングの隣に立った。ホラーゲームのあらすじを、頭の中に呼び起こす。

謎の洋館に閉じ込められた主人公は、幽霊から逃れながらも、同じく閉じ込められていた強盗団から、囚《とら》われの少女を救出。銃撃戦ののちに強盗団を全滅させると、ついに幽霊の親玉が襲い掛かってくる。熾烈《しれつ》な戦いの末、倒れた燭台《しょくだい》が原因で、洋館は炎に包まれるのだ。

ごうごうと天に響くような音を立て、炎はついに壁面や屋根をも覆いはじめた。

(すごいな、キャンプファイヤーみたいに燃えてる。でも、これだけじゃあの幽霊を倒せないってことは、秘密の日記に書いてあったよな)

「ウィング……」

(洋館を覆っている呪いを解かないと、幽霊は必ず現れる。場所を変え、時を変え、何度でも

何度でも。やっかいな敵だな)

「ウィング、もうやめよう……。これは現実じゃない。ただの夢だ」

(誰かが炎に飛び込んで、終わらせなきゃいけないってわけだ)

そこで翼は、言葉に詰まった。ウィングが、なぜこんな形で現れたのか。翼に何を伝えようとしているのか。すべて、分かってしまったから。

(ヒーローになりたかった。ずっと、ずっと。大切な人を守りたかった)

瞳を炎の色に染めて、ウィングはつぶやいた。刺すような痛みが走り、翼は胸を押さえる。

「ごめん。できることなら、君も救ってあげたかった」

(馬鹿、何言ってるんだよ)

ウィングは笑った。真っ白に染まりきった空をバックに、彼は笑った。

(これは俺の役目だ。俺が自分で決めたんだから)

「選んだのは俺だよ。俺は、君を切り捨てる選択をしたんだ」

(ああ、その言い方は正しくもあり、間違ってもいるな)

「えっ?」

(お前であって、俺でもある。俺であって、お前でもあるわけだ)

「ややこしいな」二人は顔を見合わせた。同じ顔。同じ声。だけど、ウィングはたしかに存在した。翼よりも気が強くて、ちょっと女好きなゲーム実況者。翼を何度も助けてくれた。

水平線の彼方《かなた》の一点がきらめき、やがて光は世界に広がった。顔を出した太陽が二人を照らす。炎はますます勢いを増し、青が濃くなりはじめた空を、赤い舌で舐める。

（朝陽と、燃える洋館……。欲を言うなら、ここまでキッチリ実況して、動画としてアップしたかった。だからせめて、今ここでラスボスを倒す。ゲーム実況者ウィングの、最後の戦い。『クルール・ゴースト』もこれで最終回だ）

翼はゲームが好きだ。ゲーム実況が好きだ。だけどそれは、ウィングのおかげだった。

火の手が噴き上がる音とともに、聞く者の魂を削り取るような不気味なうめき声が、炎上する洋館から聞こえてくる。ウィングの眼鏡が、炎を受けてオレンジ色に輝く。

（呪いを解かない限り、建物を焼いたって意味がない。呪いに打ち勝つ唯一の方法は、命と引き換えに幽霊の親玉を封印すること、だったな）

また、うめき声。幽霊や呪いに、炎は効かない。誰かの死をもってしか、この悲劇を終わらせることはできない。

（行ってくる）

気楽な調子で、片手を上げるウィング。止めることなんてできない。

「君がいてくれて、よかった」

（お別れみたいに言うなよ。俺はお前だ。いつでも、お前と一緒にいるんだ）

「そっか。そうだよね」

（まあ、視聴者のみんなには、うまいこと言っといてくれよ）

「うん」

（それから、時々は俺とお前の動画、見返してくれよな）

「うん……」海を渡ってきた強い潮風が、燃える洋館をきしませる。炎の色が、赤から黒に変わった。ウィングは去り際、翼の肩を軽く小突いた。二人は笑った。涙が溢れそうになるのを、なんとかこらえた。

（けっこう楽しかったぜ、兄弟。幸せになれよ）

それだけ。最後にそれだけ言い残すと、ウィングは自ら、洋館を包む呪いの猛火《もうか》へと飛び込んだ。木の爆ぜる音。鼻や喉をひりつかせる煙の匂い。すべてを、はっきりと感じ取れた。

彼の背中が、徐々に薄らいでいく。

「ウィング！　ありがとう！」

さよならの言葉は、呑み込んだ。翼の中のウィングは、完全に炎に焼かれて、消えた。

魔女狩りの呪いとともに、この世を去った。

目を覚ますと、そこは和室の畳の上だった。跳ね起きた翼は、急いで、みんなの待つ仁藤の部屋へと駆けつける。

香織から聞かされた展開は、まさに翼とウィングが狙った通りのものであった。

レイプ魔の正体が「北城翼」ではないと「あいり」が訂正したことにより、標的はすっかり「羽田野弘」へと変わった。リンチする相手が人違いだったと分かれば、被害者を道端に放置したまま、新たな獲物を襲いに行く。謝罪などない。人間というのは、自分の間違いはなかったことにしたがるものだ。

これで、沙夜の身元が詮索《せんさく》される心配もなくなった。

同時に、魔女狩り板に上げられた他の情報についても、信憑性がガタ落ちした。ウィングが北城翼ではないと判明するや否や、同日に晒された一万人のリストについても、「どれが本当か分からない」「どうせデマだろう」という声が続出したのだ。個人情報の量が膨大すぎて、一つ一つを精査するのが困難だったことも幸いした。一万人のデータは、結果的に、「眉唾もの」という烙印が押されてしまった。もちろん、中にはリストを燃料としてさらなる炎上騒ぎを起こそうという輩もいたが、その連中は明らかに劣勢《れっせい》であった。

ネット住民に残っていたわずかな理性と、大いなる愚かしさが趨勢《すうせい》を決めた。

「グッジョブだ、翼」香織から電話を代わった翼の耳に、最初に飛び込んできた言葉がそれだった。すでに深夜の二時近く――仁藤家の前に停車した車の中で、香織ともるとにょ次郎は、今にも夢にからめとられそうな顔をしていた。

「シンも、ありがとう。『あいり』のツイッターを利用して、いろいろ工作してくれて」

「いいってことよ。そのくらいはイージーだ。誰でもできる」

「二百個のアカウントを使って拡散なんて、誰でもできることじゃないよ」

後部座席のシートにもたれ、翼は笑った。彼のおかげで「羽田野弘＝レイプ魔」という情報は、ネット上を一気に駆け巡った。つまり、ウィング抹殺《まっさつ》のトリガーを引いたのは、直接的にはシンであると言えなくもない。辛い役目を押し付けてしまった。

運転席に深く体を沈め、もるが大きなあくびをする。ついには、にょ次郎のいびきまで聞こえてきた。電話の向こうは、しばしの無音。「シン？」

「早織はお前さんに救われた。お前さん自身については、その、気の毒に思うが……」

「ああ。いいよ、そんなこと」

「いいって言っても、ネット上はえらい騒ぎだぞ。ウィングとしての活動はもう……」

「いいんだ。一番大切なものは失わずに済んだから。自分では、上出来だと思ってる」

「……そうか」シンのしんみりとした声が、電波に乗って届く。

大きすぎる火がすべてを呑み込んだのだ。中絶の話題がこれ以上飛び火することはないだろう。沙夜は安全だ。だったら翼は、これ以上は望まない。「ウィング名義で実況はできなくなったけど。ネット上での活動の仕方は、他にもいっぱいあるからさ」

「ずいぶん前向きだな」

「にょ次郎だって、もるだって、これから再出発しようとしているんだ。負けてられない」

「少し安心したよ。お前さんはこれからも、自由な翼《ウィング》で、ネット上を飛び回るんだろうな」

応援してるぜ。シンは小さく、そう付け加えた気がした。もしかしたら、ただのノイズだったのかもしれない。聞き返すような無粋なことは、しなかった。

「俺は、しばらく身を隠す。事務所の住所が公開されちまったからな。情報屋は休業だよ」

「しばらくって、どれくらい？」

「さあな。ほとぼりが冷めるまでだ。一か月かもしれないし、十年かもしれない」

「そっか」それが何を意味するか、翼もさすがに理解できた。偶然にも交差した二つの道が、再び離れようとしている。元に戻ろうとしている。ただ、それだけだ。

「元気《ファイン》でいろよ」

「そっちこそ」別れの言葉は、ごく簡潔だった。翼の知る中で、最も気のいい犯罪者。またどこかで、と願いつつ、翼はスマホを香織に返した。

「もしもし？……え、出発？　今から？」香織は隣で慌てた声を上げ、続いて、やや抑えた声で尋ねた。「……あたしも、一緒に行っていいの？」

翼は、窓の外へと目を逸らす。運転席で、もるがそっと肩をすくめる。にょ次郎のいびきすらも止まって、車内は妙な空気になる。

「よし、帰るか」もるがハンドルを握ると、ちょうど香織の通話も終わった。四人の犯罪者――あるいは英雄を乗せた車が、深夜の静寂を裂いて滑っていく。

エンジン音が遠ざかっていくと、翼は路上に一人、ポツンと残された。夜風が冷たい。見ず知らずの他人の群れからネットリンチを受けたあとでも、腹は減るし、体は凍えるのだ。命尽きるその瞬間まで、体は生きたいと願い続ける。ネットの向こうにいる人間には、翼の熱を持った肉体は見えていないが、見えていないからといって存在しないと思い込むのは間違いだ。人はたやすく、間違いを犯す。

低い集合住宅が立ち並ぶ谷間を、のろのろと進む。早朝のクールサクセスに侵入すべく、行動を開始してから二十時間。人生で最も過酷な二十時間を経験して、いろいろなことが変わった。ウィングは消えてしまった。北城翼はどうなるだろう？　明日――いや、もう今日だ――大学へ行ったら、どんな反応をされるだろう？

自室のあるマンションが見えてきた。深夜二時半――窓の明かりはほとんど消え、闇を型にはめて固めたような、直方体の巨体が無言でそびえ立っている。

「えっ……」翼は息を止めた。常夜灯がほのかに照らすエントランス前の段差に、誰かが座り込んでいるのだ。白い息が、周囲の黒から浮き上がる。儚いシルエットが立ち上がる。

マフラーに顔をうずめたその女性は、トコトコと駆け寄ってきて、なぜか途中で自分の足につまずいてよろめいた。翼はとっさに腕を開き、受け止める。路上に目を落とす彼女は、耳の先を朱色に染めていた。体が少し、震えている。

「どうして……?」

「待ってたの。ネット見たら、なんだか大変なことになってたから」

「まずいよ。家族には何て言ってきたの?」

「いいの。そんな細かいことは」彼女は笑った。二度と見ることができないはずだった、天真爛漫《らんまん》な笑顔だった。彼女の顔にかかった一条の黒髪を、翼はやさしく払いのける。右手に貼った湿布に気付き、彼女は目を細めた。

「あっ、これは……その……」

「何も言わないで、分かってるから。あたしのために、危ない綱渡りをしてくれたんだよね」

細い腕が、翼の背中へと回される。わずらわしい説明など不要だった。翼もそれに応えた。抱きしめる。もう二度と失うことのないように。強く、強く。

「おかえり、翼」

「ただいま、沙夜」

頬を、温かい涙がひと筋伝う。

それは、誰にも奪うことのできない温かさだった。

エピローグ

弟の頬を引っぱたいたら、どうやら顎が外れてしまったようだ。頬もリンゴみたいな色になっているし、床にへたり込んだまま、目の焦点も合っていない。力を入れすぎただろうか。正直、これでもまだ足りないと思うんだけど。

手のひらがじんじんと痛い。もう一発はたくのは、さすがに面倒だ。

涙目の弟を残して、早織は家を出た。藍《あい》色の地味な軽自動車が、狭い道を塞ぐように待っている。運転席には、ダッシュボードに足を投げ出した晋太郎。「もういいのか?」

「うん。出して。あと、足乗せないで」

「オーケーオーケー」早織が助手席のシートベルトを締めると、車は静かに発進した。あっという間に、実家は他の住宅とともに背後に消えていく。もしかしたら、もう二度と戻ることのないかもしれない我が家。未練などなく、振り返ることもない。住宅地を抜けると、すぐに三車線の国道に合流した。ポケットからスマホを引っぱり出す。

「もしもし?」

「もしもし、仁藤さん?」

「ああ、早織さんですね、こんにちは。どうでしたか、良一さんには会えましたか?」

「うん、会ってきたよ。予想通り、収穫はゼロ」

「そうですか。やはり連絡は闇サイト上で？」

「そう。お互いの素性は秘密のまま、ね」

「なにはともあれ、お疲れ様です」

「キミの方はどうなの？　逮捕はいつ？」

「いえ、実は……。涼子さんに聞いたところ、サイバー課の方では、今回の件を捜査してはいないようなのです」

「そうなの？」

「はい。はっきりとした殺害予告とか、そういう悪質な書き込みがあったわけでもないので」

「まあ、通信ログも消えてるだろうし、仕方ないのかもね。つまんないの」

早織は口をへの字にした。「旧中枢」の四人は個人情報を晒されたわけだから、てっきり捕まるのかと思っていたけど。匿名掲示板に貼られた真偽不明の投稿に踊らされるほど、サイバー課も暇ではないらしい。そう言えば先日も、自作ウイルスの売買をしていた中学生が逮捕されたばかりだ。サイバー犯罪のハードルは低くなり、警察は常に人員不足に陥っている。

「まあ、キミたち『旧中枢』の情報は確保済みだから、どうでもいいんだけどね」

早織は髪を、クルクルと指に巻く。やたらと広い駐車場を持つスーパーマーケットや回転寿司屋が、窓の外を流れていた。

〝Perceval〟ことガウェインは、あの日、翼がぶん殴ってくれた。〝TNTB288〟と〝GGSnake〟については、先日、早織と晋太郎で自宅まで押しかけ、平手打ちをかましてやった。いまだに野放しであるとはいえ、すでに素性は暴かれた。脅しは有効に機能するだろう。

そして、〝IAKA〟こと仁藤博道は、今は『電脳マジョガリ』続編を執筆中の、一人のライターにすぎない。過去を水に流したわけではないが、今のところ、彼にとってはノンフィクションの執筆こそが一番の償《つぐな》いになる。

「じゃあね。ネタになりそうなことがあったら、また連絡する」

そう言い置くと、早織は返事も聞かずに通話を切った。そのままネットニュースをひと通り眺め、「クールサクセス、役員が四億円を横領か」という見出しをタップしようとしたが、やっぱりやめた。「ユーチューブ見ていい？」

「オフ・コース。あいつらの動画なら、俺も見たい」

「キミはダメ。運転に集中して」

晋太郎は不満そうな顔をしているが、目が同じ向きに二つしかついていない人間には、運転とユーチューブ視聴を両立させるのは無理だ。

「音は聞こえるでしょ。それで我慢して」

早織は再生ボタンをタップする前に、コメント欄に目を通した。新グループのデビュー作だというのに、もう温かい声が溢れている。ネットの地獄ばかりを見てきた早織には、砂漠の中のオアシスみたいに見えた。

〝期待のルーキー！〟

〝乙！　楽しかった！〟

以前は早織も、ウィングの動画にコメントを寄せていた。書かなくなってしまったのは、翼本人と出会ってからだったか。実況中のウィングは、まるで実際にゲームの中に入り込んでいるようで、不思議な魅力を放っていたものだ。

早織は動画を再生した。無駄に壮大なBGMとともに、にょ次郎による威風堂々たるナレーションが、車内に流れる。「遠い昔、はるか彼方の銀河系で……」

星空をバックに流れる黄色い文字群に続いて、いきなりライトセーバーを振り回し、斬り合いをはじめる男と女。男はダースベイダーのかぶりものをし、女はジェダイ風の茶色いフードを深くかぶって、顔を隠している。断続的に飛来するビームを弾き返しながら、光の剣を激しくぶつけ合い、火花を散らす二人の戦士。

「けっこうよくできてるよ」

「そんなに言うなら、俺にも見せてくれよ」

「ダメだって。あとで自分で見な」

早織はスマホを独り占めしたまま、手に汗握る斬り合いを眺め続けた。

翼は、友人と同じく、大学院進学を目指すことに決めたらしい。そして聞くところによると、にょ次郎の家に忍び込んだこと、もるのあとをつけたことを白状し、二人の前で土下座したという。にょ次郎は、腹へのパンチ一発で許してくれたそうだ。もるは、薄々勘付いていたようだから、特にパンチもキックもなかったらしい。

早織や晋太郎にはない、馬鹿正直な思考回路だ。早織は、ネットの住人を敵としか認識できなかった。ウィングは違う。殺伐《さつばつ》とした世界で、居場所と、仲間を見つけていた。

それなのに、あたしは翼の居場所を奪ってしまった。愚かな判断ミスで、彼に犠牲を強いてしまった。その罪は負わねばならない。この戦いを続けねばならない。

この先、仁藤の本が出版されて、翼の身に何が起こったのかが公になれば……。この炎上は止まるだろうか。魔女狩りのない世界は訪れるだろうか。ウィングはまた、戻ってきてくれるだろうか。

甘い期待だということは、分かっている。非現実的だということは、分かっている。

でも、翼たちを見ていると、ネットの世界も悪人ばかりではないと思えてくる。早織は、もう一度人を信じてみたい。汚泥を取り払った先――美しい未来の到来を、信じてみたいのだ。

「そうそう。早織、さっき闇サイトに、新しい情報が書き込まれてたぜ」

動画の音声に割り込むように、晋太郎は声をかけてきた。車は滑るように右折。早織は、動画を停止した。

「情報って、『新中枢』の？」

「イエス。隠れ家に着いたら、資料を見せる」

「そう。分かった」

早織はスマホを両手のひらで包み、そっと息を吐く。前方に見えてきた東名高速の高架《こうか》が、土埃で汚れた体を晒していた。

「二十人以上いるらしいし。長い戦いになりそうね」

「付き合うぜ、ラストまでな」

「ありがと」微笑みかけると、早織はまたスマホをタップした。ウィングの過去の動画を開き、罵倒ばかりのコメント欄に、新しい一つを追加する。

〝復活、いつまでも待ってます。〟

戦って、戦って、戦って。二十人を超える「新中枢」を突き止めることができたら、それからどうするか。はっきりとは決めていない。

とりあえず、良一や「旧中枢」にやったみたいに、一人一発は引っぱたこうと思う。そのあとは、少し話を聴いてみるのもいいかもしれない。あたしだったら、分かってあげられるかもしれないから。あるいは、もっと良い痛めつけ方が見つかるかもしれないから。

東名高速に乗った車は、風よりも速く、飛ぶように走る。裸の耕地《こうち》も、平和な住宅地も置き去りに、次の戦場へ。早織と晋太郎は突き進む。

あたしたちはきっと、地獄に堕ちる。だったらせめて、裁きが下るその時まで。

魔女狩り狩りの旅を、続けよう。

主な参考文献

『改訂版　金持ち父さん　貧乏父さん　アメリカの金持ちが教えてくれるお金の哲学』ロバート・キヨサキ（著）／白根美保子（訳）　筑摩書房　二〇一三年十一月
『ハッカーの手口　ソーシャルからサイバー攻撃まで』岡嶋裕史　PHP研究所　二〇一二年十一月
『ケース・スタディ　ネット権利侵害対応の実務　発信者情報開示請求と削除請求』清水陽平、神田知宏、中澤佑一（共著）　新日本法規出版　二〇一七年一月
『突然、僕は殺人犯にされた　ネット中傷被害を受けた10年間』スマイリーキクチ　竹書房　二〇一一年三月
『サイバー攻撃からあなたの会社を守る方法』藤原礼征　中経出版　二〇一二年三月
『魔女狩り』森島恒雄　岩波書店　一九七〇年二月

本書は『「電脳マジョガリ」狩り』（二〇一六年五月中央公論新社刊）を改稿の上、改題したものです。

この物語はフィクションです。実在する人物、団体等とは一切関係ありません。

中公文庫

ネットリンチ
——悪意《あくい》の凝縮《ぎょうしゅく》

2019年4月25日　初版発行

著　者　向井《むかい》　湘吾《しょうご》

発行者　松田　陽三

発行所　中央公論新社
〒100-8152　東京都千代田区大手町1-7-1
電話　販売 03-5299-1730　編集 03-5299-1890
URL http://www.chuko.co.jp/

DTP　嵐下英治
印　刷　三晃印刷
製　本　小泉製本

Published by CHUOKORON-SHINSHA, INC.
Printed in Japan　ISBN978-4-12-206727-1 C1193

死香探偵

尊き死たちは気高く香る

DETECTIVE OF DEATH FRAGRANCE
YOSHIHISA KITA

喜多喜久

イラスト／ミキワカコ

さて、現場の謎を
嗅ぎ解こう
じゃないか！

STORY

特殊清掃員として働く桜庭潤平は、死者の放つ香りを他の匂いに変換する特殊体質になり困っていた。そんな時に出会ったのは、颯爽と白衣を翻し現場に現れたイケメン准教授・風間由人。分析フェチの彼に体質を見抜かれ、強引に助手にスカウトされた潤平は、未解決の殺人現場に連れ出されることになり!?　分析フェチのイケメン准教授×死の香りを嗅ぎ分ける青年の、新たな化学ミステリ！

中公文庫

中公文庫既刊より

各書目の下段の数字はISBNコードです。978-4-12が省略してあります。

あ-87-1
ダーティキャッツ・イン・ザ・シティ
あざの耕平
「BBB」や「東京レイヴンズ」シリーズで人気を博す、あざの耕平が新たな吸血鬼ものに挑む！ 新宿や六本木の〝夜〟に潜む現在の吸血鬼たちの姿とは――。
206688-5

た-85-1
煌《こう》夜《や》祭《さい》
多崎　礼
ここ十八諸島で、冬至の夜、語り部たちが語り明かす「煌夜祭」。今年も人と魔物の恐ろしくも美しい物語が語られる。読者驚愕のデビュー作、ついに文庫化！
205795-1

た-85-2
叡智の図書館と十の謎
多崎　礼
古今東西の知識のすべてを収める人類の智の殿堂。鎖に縛められたその扉を開かんとする旅人に守人は謎をかける。知の冒険へ誘う意欲作！ 文庫オリジナル。
206698-4

と-33-1
蓮の数式
遠田　潤子
婚家から虐げられ孤立する女が出会ったのは、自らの生い立ちと算数障害に苦しむ男。愛を忘れた女と愛を知らない男が向かう先には、何が待っているのか――。
206515-4

ふ-48-1
十六夜荘《いざよいそう》ノート
古内　一絵
面識の無い大伯母・玉青から、高級住宅街にある「十六夜荘」を遺された雄哉。大伯母の真意を探るうち、遺産の真の姿が見えてきて――。〈解説〉田口幹人
206452-2

ふ-48-2
銀色のマーメイド
古内　一絵
大人気「マカン・マラン」シリーズの原点！ 中学水泳部を舞台に、ジェンダーの垣根を超えた熱血×感動の青春物語が登場です。
206640-3

ま-49-1
川の光
松浦　寿輝
平和な川辺の暮らしは突然失われた。安住の地を求め、旅に出たチッチとタータを襲う試練、思いがけない出会い……小さなネズミ一家の大きな冒険譚！
206582-6

ま-49-2
月の光 川の光外伝
松浦寿輝
今日もどこかで彼らが、にぎやかなドラマを繰り広げている！　個性豊かな「川の光」の仲間が大活躍する、仕掛けに満ちた短篇集。『川の光 外伝』を改題。
206598-7

ま-49-3
タミーを救え！（上） 川の光2
松浦寿輝
みんなの人気者ゴールデン・レトリーバーのタミーが、悪徳業者にさらわれた！　救出のため、大小七匹の仲間が、迷宮都市・東京を横断する旅へ乗り出す。
206616-8

ま-49-4
タミーを救え！（下） 川の光2
松浦寿輝
スクランブル交差点でバラバラになってしまった救出チーム。謎の「タワー」を目指し必死の旅を続ける七匹が、再び集結し、タミーを見つけ出す日は来るか？
206617-5

も-25-1
スカイ・クロラ The Sky Crawlers
森博嗣
戦闘機乗りの「僕」の右手は、ときどき、人を殺す――永遠の子供《キルドレ》を巡る物語、終幕。スカイ・クロラシリーズ、一冊目にして堂々の完結篇。〈解説〉鶴田謙二
204428-9

も-25-2
ナ・バ・テア None But Air
森博嗣
周りには、空気しかない。飛ぶために生まれてきた僕は、空でしか笑えない――戦争を仕事にする子供たちの物語、スカイ・クロラシリーズ第一巻。〈解説〉よしもとばなな
204609-2

も-25-3
ダウン・ツ・ヘヴン Down to Heaven
森博嗣
戦闘中に負傷し、いつしか組織に守られる立場となった自分になじめぬまま入院生活を送る「僕」の前に「彼」が現れた。スカイ・クロラシリーズ第二巻。〈解説〉室屋義秀
204769-3

も-25-5
フラッタ・リンツ・ライフ Flutter into Life
森博嗣
いつか、飛べる。また、いつか……濁った地上を離れ、戦闘機パイロットとして永遠を生きる「僕」が知った秘密とは。スカイ・クロラシリーズ第三巻。〈解説〉荻原規子
204936-9

も-25-7
クレィドゥ・ザ・スカイ Cradle the Sky
森博嗣
僕は彼女の車で地を這う。二度と空には、コクピットには戻れないと予感しながら。謎めいた逃避行の先に待つものは。スカイ・クロラシリーズ第四巻。〈解説〉押井守
205015-0

各書目の下段の数字はISBNコードです。978－4－12が省略してあります。

も-25-8
スカイ・イクリプス Sky Eclipse　森　博　嗣
陸、海、空。彼らはこの世界で生き続ける――スカイ・クロラシリーズ、最初で最後の短編集。永遠の子供《キルドレ》たちの叙事詩《サーガ》に秘められた謎を解く鍵がここに。〈解説〉杉江松恋
205117-1

も-25-9
ヴォイド・シェイパ The Void Shaper　森　博　嗣
世間を知らず、過去を持たぬ若き侍。彼は問いかけ、思索し、剣を抜く。強くなりたい、ただそれだけのために。ヴォイド・シェイパシリーズ第一作。〈解説〉東えりか
205777-7

も-25-10
ブラッド・スクーパ The Blood Scooper　森　博　嗣
立ち寄った村で、庄屋の「秘宝」を護衛することになったゼン。人を斬りたくない侍が、それでも刀を使う理由とは。ヴォイド・シェイパシリーズ第二作。〈解説〉重松　清
205932-0

も-25-11
スカル・ブレーカ The Skull Breaker　森　博　嗣
侍の真剣勝負に遭遇、誤解から城に連行されたゼンを待つ、思いがけぬ運命。若き侍は師、そして己の過去に迫る。ヴォイド・シェイパシリーズ第三作。〈解説〉末國善己
206094-4

も-25-12
フォグ・ハイダ The Fog Hider　森　博　嗣
ゼンを襲った山賊。用心棒たる凄腕の剣士は、ある事情を抱えていた。「守るべきもの」は足枷か、それとも……。ヴォイド・シェイパシリーズ第四作。〈解説〉澤田瞳子
206237-5

も-25-13
マインド・クァンチャ The Mind Quencher　森　博　嗣
突然の敵襲。絶対的な力の差を前に己の最期すら覚悟しながら、その美しさに触れる喜びに胸震わせ、ゼンは剣を抜く。ヴォイド・シェイパシリーズ第五作。〈解説〉杉江松恋
206376-1

も-25-14
イデアの影 The shadow of Ideas　森　博　嗣
主人と家政婦との三人で薔薇のパーゴラのある家で暮らす「彼女」。彼女の庭を訪れては去っていく男たち。知性と幻想が交錯する衝撃作。〈解説〉喜多喜久
206665-6

も-25-6
森博嗣の道具箱 TOOL BOX The Spirits of Tools　森　博　嗣
人がものを作るときの最も大きなハードルとは、それを作る決心をすることだ――小説執筆も物作りの一つと語る著者が、その発想の原点を綴る。〈解説〉平岡幸三
204974-1